最強
陰陽師の
転生記
てモンスターが弱すぎるんだが～
2
小鈴危一
Illust. 夕薙

アミュ
【学生】

「これからも、甘やかされてればいい。かわいい勇者さま」
メイベル・クレイン
【学生】

セイカ・ランプローグ
【陰陽師】

「さっきからなぜ、キミは僕らの事情に口を出すんだい？」
カイル
【護衛部隊】
「なぜ……？
そんなの、決まっているじゃないか
このぼくが気に入らないからだよ。」

リゼ
【王室魔術師】
「私の精霊を少しばかりやろう」

イーファ
【従者】

CONTENTS

最強陰陽師の異世界転生記～下僕の妖怪どもに比べてモンスターが弱すぎるんだが～②

小鈴危一

MONSTER
bunko

第一章　其の一

魔法の灯が照らす講堂で、大勢の新入生たちがめいめいに談笑を交わしている。

去年の春ぶりに見る入学式は、あの時の騒動のせいか、はたまたただの偶然か、やや人の数が少なく見えた。

ぼくたちが魔法学園に入学して、早一年が経った。

あれから魔族の襲撃もなく、学園生活も穏やかなものだ。

筆記の成績が徐々に落ちていたアミュも、イーファの勉強会の甲斐《かい》あってか無事軌道修正に成功し、ぼくらは揃って二学年へと進級していた。

そして、今日は入学式。今年は在校生としてここにいる。

アミュもイーファもぼくも、初等部二学年の成績優秀者として出席が許されていた。

「アミュちゃん、これおいしいよ」

「ほんと？　一つもらうわね」

二人ともくつろいだ様子で式を楽しんでいる。

去年は緊張してただろうし、途中からデーモンの襲撃があったからな。料理を満足に味わう余裕もなかっただろう。

学園中の式神であちこち見張っているが、さすがに今年は刺客《しかく》の気配もない。何事もなく終われそうでよかったよかった。

もう演目は一通り済み、歓談の時間が終われば閉式となる予定だった。

ぼくとしてはもう腹も膨れたことだし、そろそろ帰りたいところだけれど……。

「セイカ・ランプローグ君」

ふと、背後から声がかかった。ぼくは振り返る。

そこには、糸杉のような老夫が立っていた。

骨張った長身の身体に面貌《めんぼう》。総髪になでつけられた髪はすべて白いが、ピンと伸びた背筋だけは老いを感じさせない。

ぼくは目をしばたたかせる。こういった場でしか見ないが、この学園の副学園長だ。

式の始めに挨拶したきり姿が見えなくなっていたので、退席したものだと思っていたけど……。

ぼくが何か言う前に、副学園長が感情のうかがえない目でこちらを見下ろし、口を開く。

「明日の夕方、イーファ君と共に学園長室まで来るように」

それだけ言うと、背を向けて去って行った。

ぼくは眉をひそめる。なんだ？

「どうかした？」

皿を手にしたアミュから、怪訝《けげん》そうに声をかけられる。

「呼び出しみたいだ……たぶん、学園長から」

「ふうん……？　そういえばあたし、学園長って見たことないわね」

ぼくもそうだ。

学園内ではもちろん、こういった式典の場でも挨拶の類《たぐい》はすべて副学園長が担っている。今年の入学式でも去年の入学式でも、学園長の姿を見ることはなかった。

てっきり帝都の官吏《かんり》が名前だけ置いているのだと思っていたが、ひょっとして違うのか？

「でも、呼び出しなんて穏やかじゃないわね。退学勧告かしら？」

「明日の天気みたいな調子で縁起でもないこと言うな。というかイーファも一緒だぞ」

冗談はともかく、なんだろう？　特に心当たりはないけど……。

なんとなく、妙な予感がした。

◆◆◆

翌日の夕方。

授業が終わった後、ぼくは緊張する様子のイーファと二人、学園本棟最上階に位置する学園長室の前に来ていた。

「失礼します」

ノックと共に入室する。

高級感のある、落ち着いた内装の室内。そこで待っていたのは二人の人間だった。

一人は糸杉のような立ち姿の副学園長。そしてもう一人は、老年の女性だ。

エラの張った顔に鉤鼻《かぎばな》。いかにも魔女と言った風貌だが……何より特徴的だったのは、豪奢《ごうしゃ》な仕事机を前に、椅子に座っていながらでもわかるその矮躯《わいく》だった。

おそらくは、この学園の誰よりも小さい。

隣で、イーファが息をのむ気配がした。

「よく来たね。ランプローグの」

老婆が、風貌に似つかわしいしわがれた声で言った。その目が眇《すが》められる。

「これは意外だね。才に溺れた糞餓鬼《クソガキ》が来ると思っていたが、存外に達観した顔をしている」

「……それはどうも。ぼくも意外でしたよ。帝立魔法学園の長が、まさか亜人だったなんてね」

書物でしか知らないが、間違いない。

人としては小さく、寸胴な体型。学園長は矮人《ドワーフ》と呼ばれる種族の生まれだろう。

小柄な老婆は口元を歪める。

「その呼称は気に入らないね。アタシらは人に次ぐ種族じゃあない。まだ魔族と呼ばれた方がいいくらいさ」

矮人《ドワーフ》も厳密には魔族だ。

だが、彼らは人間と敵対していない。

過去の大戦で、矮人《ドワーフ》や森人《エルフ》といった元来人間に対し友好的だった一部の種族は、魔族の連合軍から離脱し、新たに共同体を作って中立を宣言した。

当初は争いもあったものの、今では人と魔族の両方と交流を持つ貴重な存在だ。彼らの領土は魔族領と帝国領の中間にあり、そこは軍事的な衝突を防ぐ緩衝地帯ともなっている。

敵対する魔族と区別するため、帝国の人々は彼らを亜人と呼んでいた。

まあ人間に準ずる種族みたいな意味なので、確かに蔑称《べっしょう》と言えなくもない。

「このアタシを前にその態度とは、達観は尊大な自信の裏返しかね。ふん、あやつの血族だけある」

「……？　父をご存じでしたか？」

「いいや。お前の叔父のことだ」

はて、今生《こんじょう》での父に男の兄弟がいたとは聞いていなかったが。

話しぶりからするに、この学園の生徒だったようだけど……若くして死んだとかだろうか？

学園長は息を吐いて続ける。

「まあそんなことはどうでもいい。さっさと本題に入ろうかね。アタシもお前も、そこな奴隷の嬢ちゃんも、早いとこ済ませたいのは一緒だろう」

ぼくはちらと横目で、緊張で固まっているイーファを見やる。

大都市か冒険者の集《つど》う街でもなければ、亜人はまず見ない。初めて目にすればこんな反応にもなるだろう。

学園長があまり公に姿を見せないのは、もしかしたら無用ないざこざを避けるためかもしれないな。

「で、本題とは？」

「ランプローグの、お前さんは帝都へ行ったことはあるかい？」

「いえ……」

「ならば知るよしもないだろうが、帝都では毎年春に、宮廷主催の剣術大会が開かれる」

学園長が説明を続ける。

「ウルドワイトの現皇帝も観戦する、いわゆる御前試合だ。優勝者には莫大な賞金と、近衛《このえ》への入隊が認められている。帝国全土から腕自慢の集う、この国最大の剣術大会だよ」

聞いたことはなかったが、そういうのがあっても別に不思議はないな。

学園長は、そこで一拍置いて言う。

「お前たちには、この大会に出てもらいたい」

「はい？」

「……え？　わ、わたしもっ？」

驚きのあまりか、イーファがここに来て初めて声を上げた。

ぼくも思わず眉をひそめる。

「どういうことです？　ぼくら、剣なんて使えませんよ」

「今年はルールが変わったのだ」

学園長に代わり低い声で答えたのは、傍らに立っていた副学園長だった。

「ルールが変わった？」

「魔法の使用が許可された」

沈黙するぼくに、再び学園長が説明を引き取る。

「強ければいい、ということさ。魔法剣士のような人材を取りこぼす損失に、この国もようやく気づいたんだろうね。よって今年は剣術に限らない、なんでもありの武術大会となった。魔法剣士だけでなく、光属性の支援魔法《バフ》を纏《まと》う僧兵《モンク》でも、土属性のゴーレムを使役《しえき》する人形遣いでも、火属性や風属性の後衛職でも自由に出場できる。さすがにモンスターを使う調教師《テイマー》や召喚士《サモナー》などは対象外だがね」

「死人が出そうなルールですね」

魔法には峰打ちも寸止めもない。普通は当たれば、ただでは済まない。

「元々多少は出ていたが、まあその辺りはどうにかするだろうさ。話を戻すと、魔法解禁にあたって我が学園にも出場枠が与えられた。予選は免除、いきなり本戦から出場できる特別待遇枠だ。これが二人分ある」

「それに、ぼくとイーファが選ばれたと？」

「いや……内一人はすでに決まっていてね」

その時、部屋の扉がノックされた。

振り返ると、開かれた戸の奥から、一人の人間が歩み入ってくるのが目に入る。

それは小柄な少女だった。

赤というよりは錆色《さびいろ》に近い髪に、空色の瞳。大人しげな見た目だが、この場においてもおど

おどする様子はなく、感情の読めない表情のまま超然としている。

学園長が笑顔で声を上げる。

「おお、よく来たね、メイベル。さあ、先輩たちに名乗っておやり」

少女はぼくとイーファに一瞥《いちべつ》をくれると、無表情のまま淡々と自分の名を口にする。

「……メイベル・クレイン」

「クレイン……」

「クレイン男爵家の息女だ。養子だがね」

クレイン男爵家は名前だけ聞いたことはあったが、娘が学園にいたなんて初耳だ。そもそもこの子を学園内で見たことがない。

いや待て、さっきぼくたちを先輩と言ったか？

「まさか……新入生ですか」

「ああ。入学式で見なかったかい？」

ぼくはしばしの沈黙の後、疑問をそのまま口にする。

「わかりませんね。そもそもこういうのは普通、上級生から選ぶものでは？」

「高等部の生徒は自分の研究で忙しい。それにこの学園は、戦闘技術を学ぶ場所ではないからねぇ。攻撃魔法を教えるにも理論が中心だ。武を競う大会に向いた生徒は、そう多くないのさ」

「なぜ、ぼくらが向いていると」

「去年自分がロドネアの森の地下ダンジョンから生還したのを忘れたかい？　加えて……お前さんたちは一年半ほど前にも、領地で高レベルのエルダーニュートを倒している」

「……」

「優秀な生徒の過去くらいは調べるさ。事実、お前さんたちは二人とも実技の成績も良いからね」

「あ、あの、あれはほとんどセイカくんがやったことで、わたしは全然……」

あわてて言うイーファに、学園長は貼り付けた笑みを向ける。

「もちろんわかっているとも。だがアタシは、お前さんにも十分な力があると思っているよ。主人ほどではないかもしれないがね」

「……そしてそれは、彼女も同じだと？」

ぼくはメイベルを視線で示して言う。学園長は、笑みのままうなずいた。

「ああ、メイベルは強いよ」

「昨日入学したばかりの生徒の、いったい何を知っていると言うんです」

「言っただろう、生徒の過去くらい調べると。彼女は入試成績も良くてね」

「入学前から出場枠に内定しているだなんて、どれほどの武勲《ぶくん》があるんですか？」

学園長から返ってきたのは、笑顔の沈黙だった。

ちらとメイベルを見やるが……彼女は、ぼくらの会話などどうでもいいかのように、無表情でただ突っ立っているだけ。

ぼくは溜息をついて言う。

「やっぱりわからないな。何よりわからないのは――なぜこの場に、アミュが呼ばれていないんです？」

部屋を満たす空気の質が、少しだけ変わった気がした。

「入試は首席合格。実技試験に至っては満点で、入学後も成績はずっと上位です。さらには去年、襲撃してきたレッサーデーモンと、地下ダンジョンのボスモンスターを倒している。入学前には冒険者をやっていて十分な戦闘経験もある。上級生を含めても、アミュ以上に適切な人材がいるとは思えませんが」

そして、勇者だ。たとえ事情を知らない者でも、その強さを理解できないわけがない。

短い沈黙の後、学園長が口を開く。

「それを踏まえても……アタシはお前たちの方が適任だと判断した。それだけだよ」

「その理由は？」

「さてね。強いて言うなら勘かね。年長者の勘は、そう馬鹿にできるもんじゃないよ」

年長者、ね。

ぼくは内心で失笑する。ぼくにとってもそうかは、かなり微妙だけど。

学園長は続ける。

「で、どうするんだい。お前さんが出るか、嬢ちゃんが出るか、それとも二人とも辞退するのか」

「……もし辞退すると言ったら、どうなります？」

「その時は枠を一つ使わないだけさ。予選からの本戦出場者が、その分一人増えるだろうね」

イーファが、ちらとぼくを見てくる。どうするセイカくん？　という目をしていた。

うーん……。

どうも何かありそうな気はする。少なくとも一部の説明は確実に嘘だし、いろいろと妙だ。意図が気にはなる。が、わざわざ首を突っ込む必要も……、

「……まだ、話は終わらないの」

不満と無関心を、混ぜ合わせて押し固めたような声。

思わず顔を向けたぼくは、そこで初めて、メイベルの目をまともに見た。

「……」

やがて顔を戻し、溜息をついて告げる。

「ぼくが出場しますよ」

「おや、いいのかい？　てっきり断られるかと思ったがね」

楽しげに言う学園長に、ぼくは黙ってうなずく。

イーファも、少し意外そうな顔をしていた。

ぼくが出場を決めた理由は、言ってしまえば一つだ。

メイベルという少女の纏う雰囲気が――――師匠に師事し、兄弟子や妖《あやかし》どもと殺し合いをしていた頃のぼくに、少し似ていたから。

まあまともなものじゃない。

だから、少しだけ見届けたくなったのだ。

魔法が解禁された武術大会とやらと。

それを取り巻いているであろう、様々な思惑の顛末《てんまつ》を。

◆　◆　◆

その翌日。

「はあ？　なによそれ」

講義の合間、道端でアミュに学園長とした話を聞かせてやると、そんな答えが返ってきた。

アミュは不満たらたらに言う。

「なんっっっであたしに声がかからないのよ！　元々剣術大会なんでしょ？　魔法はともかく、剣ならこの学園の誰にも負けないのに！」

「やっぱり出たかったたか？」

「んー……よくよく考えたらそうでもないわね。近衛隊とか興味ないし、対人戦って、モンスター相手と比べるとあんまり……」

アミュが唸《うな》るように言う。

戦いが好きと言っていた彼女にしては意外だけど……まあ元々、対人戦にはそんなに興味を示してなかったたか。

あるいは、多少は丸くなったのかもしれない。最近じゃ誰彼構わずトゲのある態度を取ることもなくなったし。

アミュは、再び不満そうに言う。

「でも、声がかからなかったことには納得いかないわね」

「あまり強すぎるやつを出したくなかったんじゃないか？　見方によっては、近衛隊に人材を取られるとも言えるからな。宮廷には学園卒業生の派閥もあるようだし、そういう選択もありえる」

と、ぼくがそんな適当なことを言うと、アミュが薄目で睨《にら》んできた。

「じゃあ、なんであんたが選ばれるのよ」

「ぼく？　ぼくはそこまでの実力もないしね」

「その嘘くさい笑い方やめなさい」

「……わかったよ。でも意外だな、君がそんなに評価してくれてたなんて」

「……ダンジョンで助けてくれたでしょ。それに多少冒険者やってれば、相手の実力くらいなんとなくわかるようになるのよ」

アミュは目を逸らして、そう取り繕《つくろ》うように言った。

ふうん……もう少し気をつけないとかなぁ。あの時はやむを得なかったとは言え。

アミュが再び唸るように言う。

「それにしてもわからないわね……あんたはともかく、イーファが候補になってたなんて」

「え……あはは、そうだよね……」

困ったように笑うイーファに、アミュは片目を閉じて言う。

「別に実力がないとは言わないわよ。でもあんた、人に精霊の魔法を向けられる？」

「それは……」

「剣以上に、魔法って人には向けにくいの。当たったら軽い怪我じゃ済まないからね。最初から躊躇《ちゅうちょ》なく撃てる頭おかしいやつもいるけど、普通は訓練や実戦で慣れないとダメ。あんた、モンスターも倒したことないんでしょ？　いきなり本番じゃまともに戦えないわよ」

「そういうものか」

ぼくは呟く。

自分の場合を思い出してみると……初めて使った呪詛《じゅそ》で野盗一味とその血族をまとめて呪《のろ》い殺したから、頭おかしいやつの部類だった。

アミュは続けて言う。

「それから、メイベルとかいう新入生よ」

「ああ……そうだな。何者だろう」

昨日から式神を使って監視しているが、誰かと交流する様子もなく、今日もただ淡々と講義を受けているだけ。

実技は闇属性を専攻しているようだが、無難にこなすのみでその実力のほどはよくわからない。

アミュが言う。

「貴族なんでしょ？　クレイン男爵家って、どういう一族なの？」

「ランプローグと同じく魔法学研究者が多いようだけど……詳しくは知らないな」

というより、単にそれほど有名な家じゃない。この際、実家に訊いてみるのもありかな……。

「あたしが思うに……」

アミュが真面目くさった声音で言う。

「たぶん、お貴族様の口利きね」

「出たよ。お貴族様への僻《ひが》みが」

「僻みじゃないわよ。普通に考えて、ぬくぬく育ってきた貴族の子供が強いわけないじゃない。きっと在学中に帝都での武術大会に出場歴あり、って箔《はく》を付けさせて、上級官吏への登用を有利にするつもりなのよ」

「そうかなぁ」

一応それっぽい理由ではある、が。

メイベルのあの鬱屈《うっくつ》しきった目を見る限り、そんな生ぬるい事情だとも思えなかった。

貴族は貴族でも、養子だという点も気になる。

しかし本人を目にしていないアミュは、自分の考えに自信がある様子だった。

「そうに決まってるわ。ま、本戦は早々に棄権するつもりなんじゃない？　怪我でもしたら大変だしね――――」

「――ぬくぬく育ってきたのは、あなたの方」

冷たい声に振り返る。

背後からアミュを見据えていたのは、錆色の髪の少女だった。

メイベル・クレイン。

アミュはメイベルに向き直ると、その濁った空色の瞳を睨み返す。

「なにが言いたいわけ？」

「弱いのに、さえずって、それが許されると思ってる。よっぽど、甘やかされてきたのね」

メイベルは、まるで独り言のように続ける。

「あなたが選ばれなかったのは、ただ、力がないから。魔法でも、剣でも」

「へぇー、言うじゃない」

アミュが怒りのこもった笑みを浮かべる。

そして、道の向こうでたむろしていた学園剣術クラブの連中に目を向けると、詰め寄りながら声をかけた。

「ちょっとあんたたち。その模擬剣二本貸しなさい」

アミュは最近どうやら一部に人気があるらしく、男子生徒二人は笑顔で模擬剣を差し出した。

借り受けた剣のうちの一本を、アミュはメイベルの足下に放り投げる。

「……」

「一戦付き合いなさい。それだけ言うからには、あんたも剣くらい使えるんでしょ？」

「……これに、なんの意味があるの」

「そっちから喧嘩売っておいて、その言い草は笑えるわね」

メイベルは無言で模擬剣を拾い、アミュと対峙《たいじ》する。

ぼくは意外に思った。

ゆるりと片手剣を構えるその姿は、アミュと比べても遜色《そんしょく》ないくらい様になっている。

本当に剣を使えるのか。

「セ、セイカくん……止めなくて大丈夫かな？」

「大丈夫だろう」

心配そうなイーファに答える。

お互いそこまでやる気はないだろうし、いざとなれば止めればいい。

それに……メイベルの実力のほどを、その一端でも知れるかもしれない。

「セイカ。合図お願い」

「ああ」アミュに答え、一拍置いてぼくは声を張る。「――――始め」

合図と同時にアミュが地を蹴った。

そして勢いのままに、上段からの鋭い斬撃が繰り出される。

最初から武器が狙いだったのだろう。アミュの、おそらく全力に近い一撃は、目で追うのが難しいほどの速さでメイベルの握る剣へと振り下ろされた。

勝負を決めるかと思われた、勇者の一閃。

メイベルはそれを――ただ一歩、引いただけで受けた。

「っ……！」

甲高い金属音と火花が散り、アミュの目が驚きに見開かれる。

無理もない。初撃のあれを、並の人間が受けられるとは到底思えない。

激しい鍔《つば》迫《ぜ》り合いが始まるが、メイベルは無表情のままアミュの馬鹿力を受け流し、やがて押し返し始める。

先に引いたのはアミュの方だった。悪くなった態勢を立て直すための後退。

その機を、メイベルは見逃さなかった。

追撃は横薙《な》ぎの一閃。

アミュは剣を立て、それを受けようとする。だが、それは叶わなかった。

破裂するような音と共に――アミュの手から、模擬剣が弾け飛ぶ。

数瞬後に遠くの地面へ転がった剣身は、歪《いびつ》にひしゃげていた。

メイベルは残心の姿勢を解くと、模擬剣を地面に投げ、アミュの脇を通り過ぎながら呟く。

「これからも、甘やかされてればいい。かわいい勇者さま」

ぼくは眉をひそめた。

今、メイベルは……。

「待ちなさいよ」

かけられた声に、メイベルが振り返る。

アミュは腰に手を当てて言う。

「魔法はなしじゃない？　あたしはそのつもりだったんだけど」

「……」

ん、アミュも気づいてたか。

初撃を受けた辺りからずっと、メイベルには力の流れを感じていた。

杖も杖剣《じょうけん》も魔法陣も使ってなかったから、一見わかりにくかったけど。

身体強化系の支援魔法《バフ》かとも思ったが、闇属性の使い手ならおそらく……、

「……次が、あると思ってる。だから、あなたは弱いの」

と、メイベルは言って、それからぼくへと目を向けた。

取るに足らない、部外者を見るような目を。

「あなたも、軽い気持ちでいるなら、今からでも辞退するべき」

「それは……どうして？」

「怪我せず済むような、甘い大会にはならないから」

ぼくは笑顔を作って答える。

「ありがとう。考えておくよ」

「……」

メイベルは無言で踵《きびす》を返すと、そのまま去って行った。

なんだ。

アミュの軽口に怒って挑発したり、他人の心配して忠告したり……思ったより全然まともな子だった。少なくとも若い頃のぼくに比べればかなりマシだな。

「アミュちゃん……怪我はない？」

「大丈夫か？」

アミュはというと、ぼくらの問いかけにも答えず、しばらく腕を組んで考え込んでいたが……やがて顔を上げ、威勢のいい声で言った。

「よし、決めたわ」

◆　◆　◆

それから二十日後。

ぼくは武術大会に参加するべく、学園の用意した立派な馬車に乗り込んで帝都へと向かっていた。

向かっていたわけなんだけど……。

「……なんで君らまでいるんだ？」

馬車の中には、イーファとアミュの姿があった。

「わ、わたしはセイカくんの従者だもんっ。ついていかないわけにはいかないよ！」

「まあ、イーファはいいとして……」

「なによ。文句ある？」

アミュは仏頂面で言った。

「いいじゃない。あたし、帝都なんて行ったことなかったし。こんな機会でもなければ行くこともないだろうし」

と言いつつ、目的は武術大会の観戦なんだろうけど。

負けた相手の戦い振りが気になるみたいだ。けっこう負けず嫌いなところがあるからな。

「でも、いいのか？　学園を休むことになるのに」

「長くても半月くらいでしょ？　平気よ。なぜか副学園長から直接止められたけど、押し切ったわ！」

「押し切るなよ。宿はどうするんだ？」

「イーファの部屋にお邪魔させてもらうわ」

確かに学園からは、従者の分の部屋も用意してもらっていた。

けどベッドが二つもあるかは知らない。

「それよりセイカくん、馬車だけど平気？」

心配そうに言うイーファへ、ぼくは正直に答える。

「普通にもう気分悪い」

「ええ、なんでそんな堂々と……大丈夫なの？」

「まったく大丈夫じゃない。だから……メイベル。できたら窓際を替わってほしいんだけど」

錆色の髪の少女は、その青い瞳でぼくを一瞥すると、顔を背《そむ》けて呟いた。

「嫌」

そう。実を言うと、この馬車にはメイベルも乗っていた。

いや当たり前の話なんだけどね。目的地は一緒だし、馬車を二台に分ける意味もないし。

「ふうん？　年下のくせに、ずいぶん生意気な口をきく後輩ね」

元冒険者だけあって上下関係にはうるさいのか、アミュが突っかかっていく。

メイベルはそれに、また独り言のような声音で返した。

「学園は、実力がすべて。そう聞いた。それに私、年は、あなたと同じ」

アミュが意外そうに目を見開く。

「へぇ、珍しいわね。お貴族様で一年遅れの入学なんて。じゃあ、全員年は一緒なのね」

「あのう……」

イーファがおずおずと手を上げる。

「わたしも一年遅れだから、みんなより一つ上だよ」

「ええっ、そうだったの？」

「言ってなかったのか？　イーファ」

「なんかタイミングなくて」

「ふうん……年上だったのね。どうりで……」

「……どこ見て言ってるの、アミュちゃん」

イーファが自分の胸を抱いてアミュから距離を置く。

「……うるさい」

ほとんど聞こえないくらいの小さな声で、メイベルが呟いた。

ぼくの視線に気づくと、溜息と共に言う。

「学園には、こんなのばかり」

「こんなの？」

「能天気な、子供」

「実際、ぼくら子供だからね。何かおかしいかな」

メイベルは、一呼吸置いて言う。

「おかしいと思わないところが、おかしい」

「そ……」

「……なに？」

「いや……なんでもない」

余計なことを言うのはやめておこう。

メイベルの言うことは正しい。

不作が起きれば、飢《う》えて死ぬ。疫病が流行れば、罹《かか》って死ぬ。

それが人間の普通だ。能天気に生きられる子供など、そう多くない。

日本よりはるかに豊かなこの帝国でも、貧困のために物乞いに身を落としたり、自らを奴隷として売る人間は珍しくなかった。

学園に通える子供は、それだけで恵まれている。

ただ……それが悪いことのようには、あまり言ってほしくなかった。

皆が不幸になるよりは、せめて目の届く範囲の子だけでも幸せに生きてほしい。前世でぼくが孤児を拾って弟子としていたのは、そんな理由もあったから。

「言っておくけど」

メイベルがぼくを横目で見て言う。

「あなたも、能天気の一人」

「……確かに、そうかもしれないな」

今生でのぼくは生まれから恵まれている。それこそ、前世からは考えられないほどに。

そしてそれがわかるメイベルも……おそらく、ろくな生まれではなかったのだろう。

◆◆◆

帝都はロドネアの西、距離としてはそれほど離れていない場所にある。

街道を馬車で揺られ、二日。ぼくたちは無事、目的地へとたどり着いた。

ウルドワイト帝国の首都、ウルドネスク。

帝国最大の都市。ロドネアも一応都会ではあったが……その規模は段違いと言っていいほどだった。

「わぁ……すごい人だね」

イーファが感嘆の息を漏らした。

往来には背の高い建物が建ち並び、イーファの言う通りたくさんの人々が行き交っている。その喧噪《けんそう》も、どこか洗練されている気がした。

領地に比べればロドネアも都会だったけど、さすがに帝都とは比べものにならないな。

「でも、ロドネアよりも馬車は少ないね」

「外から来る馬車は、昼間は入れない決まりなのよ。交通量が多くなりすぎて危ないから」

「へぇ。だから城壁の外で降ろされたんだね」

イーファとアミュの会話を感心しながら聴く。

そういえばかつてローマ帝国の首都だったローマでも、同じような法律があったと聞いた。

と、それから二人はぼくを振り返る。

「それより、あんたは大丈夫なの？」

「今日はもう宿で休もっか？」

「だ……大丈夫」

そう答えるぼくは……建物の外壁に背を預け、ぜいぜいと荒い息を吐いていた。

大会前から満身創痍《まんしんそうい》だ。吐きそう。

城壁手前で降ろされたのは助かったけど、気分の悪さはまだ治らない。

くっそ……もう帰りは妖《あやかし》に乗って飛んで行くか？

「なにも今日は無理しなくてもいいんじゃ……」

「いや……先に組み合わせを見ておきたいんだ」

ぼくたちが向かっているのは、会場となる予定の闘技場だった。

そこの掲示板に、参加者の名前や組み合わせ、試合の日時などが張り出されることになっている。

ちなみに、メイベルの姿は馬車を降ろされてすぐ消えていた。

宿も別のようだし、次に会うのは会場で、ということになるだろう。

結局、彼女のことはよくわからないままだ。

ルフトに手紙を出してクレイン男爵家のことは訊いてみたが、大した情報は得られなかった。

アミュが言う。

「見に行くのはいいけど、まだ少し歩くわよ。どうする？　辻馬車でも拾う？」

「……殺す気か」

◆◆◆

会場となる闘技場は、大きな観客席で楕円形《だえんけい》に囲われ、外から中の様子を見ることはできなかった。

ただ、今用があるのは、外に設置された巨大な掲示板だ。

「えっと、ぼくの名前は……」

試合は勝ち残り方式《トーナメント》で行われるようで、上から下に枝分かれした線が描かれ、その先に名前が記されている。

出場者は、全員で三十二名。

ぼくとメイベルの名はほどなく見つかった。完全に別ブロックというわけではない。仮に勝ち進めば準決勝で当たることになる、中途半端な位置。

……意外だな。トーナメント表はまず間違いなく恣意《しい》的に作られると思っていたのに、決勝の手前で学園出身者同士が当たるのか。

あるいは、これも意図の一つなのか……？

「アミュちゃん、誰か知ってる名前ある？」

「ないわね。名のある冒険者はこんな大会まず出ないし」

ぼくの目にも、見覚えのある名前は映らない。まあ、そもそもこの世界の武芸者の名前なんてほとんど知らないんだけど。

とりあえず一通り暗記すると、ぼくは掲示板に背を向ける。

「見たかったものは見られたし、先に宿で休んでるよ」

「そう？　じゃあ、わたしも……」

「いや、大丈夫。どうせ横になってるだけだし。二人は夕方まで観光でもしてれば？」

「でも……」

「イーファ。男にはね、一人になりたい時があるのよ。ちょっとまだ明るいけど」

「え、ええええ……」

「おい、変なこと吹き込むな。まだ気分悪いから寝るだけだよ」

嘘だけど。

アミュが笑って言う。

「冗談よ。せっかくああ言ってくれてるんだし、行きましょう、イーファ。セイカと新入生がもし一回戦で負ければ、すぐ帰ることになっちゃうしね」

「う、ううん……じゃあセイカくん。帰る時になにか買ってくるね」

「ああ」

ぼくは二人と別れ、一人街を行く。

さてと。ネズミとカラスとフクロウはどれくらい必要だろう？

この妙な大会の思惑を探るのは、少し骨が折れそうだ。

其の二

それから二日が過ぎ――武術大会、初戦の日がやってきた。

『さあやって参りました！　歴史ある帝都剣術大会改め、帝都総合武術大会の開幕です！　今年はルールが一新され、なんと魔法の使用が認められました！　したがって今回、本戦出場者の約半数が魔術師となっております！』

風魔法で増幅された司会の声が、よく晴れた闘技場中に響き渡る。

開会式こそ格式張っていたが、実際には興行の面も強いのか、今は口調がだいぶ砕けていた。

『敗北条件は、戦闘不能、場外、降参の宣言、審判の判定は例年通りですが、今年はそれにもう一つ、護符《アミュレット》の破損が加わります！』

ぼくは、首から提《さ》げた精緻《せいち》な金属細工を手に取る。

ミスリルで作られたこの護符《アミュレット》は、魔法のダメージをある程度所有者の身代わりとなって防ぐ代物で、大会運営から与えられていた。

限界が来ると音と光を出しながら自壊し、それをもって敗北とするのだとか。

文字通り災厄を防ぐお守りだ。前世にあったものと大差ない。

これで死人が出るのを防ぐということらしいが……どのくらい意味があるかは疑問だな。

『それでは、記念すべき第一試合の選手を紹介いたします。魔法学の大家、ランプローグ伯爵家の神童――セイカ・ランプローグ‼』

歓声の中、ぼくは闘技場のステージに上がる。

そう、ぼくの初戦はなんと大会第一試合目となってしまったのだ。運がいいやら悪いやら。

『帝立ロドネア魔法学園の推薦枠からの参戦、さっそく魔術師の登場となりました！　過去には弱冠十一歳にしてエルダーニュートを討伐。学園の入試でも三位の成績を修めております！　剣も杖も使わない異色の選手ですが、いったいどのような戦いを見せてくれるのか‼』

ぼくは観客席を見回す。

闘技場を楕円形に取り囲み、天高く階段状に設置された観客席は、ものすごい数の人であふれていた。

イーファとアミュも来ているはずだけど、さすがにここからじゃ見えないな。

『そして対戦相手となるのは――ガルズ傭兵団からの参戦です！　神速の狂犬、デニス・リーガン‼』

ぼくの反対側からステージに上ってきたのは、十八、九歳くらいの細身の男だった。

革鎧に、腰帯で剣を吊っている。左腕には丸い盾。どうやら剣士のようだ。

ついでに言うと目つきが悪い。

『こちらは純粋な剣士！　それも、ガルズ傭兵団の中では随一の使い手です！　特にその速さは、暗殺者《アサシン》職の冒険者にも引けを取らないほど！　素行不良によりリーガン子爵家から追放された過去を持つ元貴族ですが、未だ家名を名乗っているのは実家への嫌がらせなのかぁ⁉』

「よお。お坊ちゃま」

　デニスとかいう剣士が話しかけてくる。

「オレも運が良いぜ。初戦から貴族のガキをぶちのめせるなんてな。ああ、何も言わなくていい。お前の思っている通り、ただの逆恨《さかうら》みだからよ」

『魔術師対剣士、この大会を象徴するかのようなカードです！　果たして、どのような試合展開となるのでしょうか！』

「魔術師相手は簡単でいい。あいつらは前衛がいないと何もできない。ちんたら呪文を唱えている間に、オレなら十回は斬り殺せる」

「……」

「今日はわざわざ刃引きした剣を持ってきてやったんだ。その女顔、ちったぁ男前にして帰してやるよ。死ななければな」

「……体調が」

「あ？」

「体調が、実はあまりよくないんだ。少し頭が痛くてね」

「……なんだぁ？　もう負けた時の言い訳か？」

「違うよ」

　ぼくは告げる。

「だから、さっさと終わらせるってこと」

デニスが舌打ちと共に、無言で直剣を引き抜く。

『それでは、一回戦第一試合目――開始です！』

そして、試合開始の笛が響き渡った。

「死ねやぁっ！」

デニスが地を蹴った。

自信があるだけあって、速い。ぼくとの距離が瞬く間に縮まっていく。

刹那《せつな》、剣が引き絞られ……最も出の速い攻撃、刺突が、ぼくの胸へと放たれた。

正確な一撃。

だが剣先が捉えたのは――ぼくではなく、一枚のヒトガタだった。

「なっ⁉」

デニスの背後へと転移したぼくは、その背にヒトガタを貼り付ける。

「さよなら」

《陽《よう》の相――発勁《はっけい》の術》

デニスが弾《はじ》け飛んだ。

まっすぐすっ飛んでいった身体は、耐属性魔法陣の描かれた流れ弾防止の立て板をぶち破って、そこで止まる。

そのままピクリとも動かない。

『け……決着――ッ‼　デニス選手場外！　勝者、セイカ・ランプローグ選手です‼　な、何が起こったのでしょうか？　デニス選手の突きを目にも留まらぬ動きで躱《かわ》したかと思えば、次の瞬間には吹き飛ばしていました！　なんらかの魔法でしょうが……』

救護班がデニスに駆け寄っている。あの分なら死ぬことはないだろう。

それにしても……やっぱりというか、陰陽術に護符《アミュレット》は発動しないようだ。気をつけないと殺しかねないな。《発勁》は対象に運動エネルギーを付加するだけの術だが、護符《アミュレット》で弱められる前提で使ったせいで思った以上に威力が出てしまった。

まあ向こうも寸止めする気なんてなかったようだし、別にいいけど。

歓声の中、ぼくはステージを降りて裏手へと戻っていく。

「セイカさま。どの程度勝ち進むおつもりですか？」

「うーん……」

ユキへの返答に迷う。

負けたら試合内容に干渉できなくなるから、ある程度は勝ち残るつもりだけど……。

「……そのうち決めるかな」

「お戯《たわむ》れもよろしいですが、こんな場でもあまり目立たない方がいいと、ユキは愚考《ぐこう》します。最近、セイカさまは脇が甘くなっているようでございますし」

「わかってるわかってる」

実はこの世界にもかなり多様な魔法があることがわかってきたので、多少陰陽術を見せたくらいでは変にも思われないかな……と考え始めているふしが、正直ある。

だって実際、『妙な魔法を使っている。さてはこいつ、異世界から転生してきたな?』なんて思うやつがいたら、そっちの方がおかしい。

だから、強すぎない分には問題ないと思うんだけど……まあ、ユキの言うことももっともだ。気をつけるか。

「それと……」

ユキが少しためらいがちに言う。

「いくらセイカさまといえど、一度に式を使いすぎでは? ユキは心配です」

「いや、これは必要なんだ」

むしろ、大会よりも大事なことだった。

◆◆◆

トーナメントは、一回戦が一番試合数が多くなる。

次の自分の試合までの三日間、ぼくは他の試合の観戦に時間を費やしていた。

さすがに実力のある出場者が多かったが、その中でも注目したのは、二人。

一人はメイベルだ。

彼女は一試合目、自分の背丈ほどもある両手剣を背負って闘技場に現れた。

そして開始直後、対戦相手だったベテラン騎士の持つ直剣を一合目でへし折り……剣を捨てて甲冑術《かっちゅうじゅつ》の要領で掴《つか》みかかってきた相手を、片手で投げ飛ばしていた。

明らかに小柄なメイベルが、大剣や大男を微動だにせずぶん回す様子は不自然すぎて目の錯覚のようだった。

間違いなく、何か魔法の効果だろう。もっと情報が欲しかったから、一瞬で終わってしまったのは残念だった。

もう一人は、レイナスという二十歳くらいの騎士だ。

魔法も使うようで、対戦相手だった冒険者上がりの魔法剣士を土と風の魔法で圧倒。危なげなく勝利を収めていた。

まだ実力を隠していそうだったから目を引かれたが……観客席に手を振っていたり、試合後も酒場で女漁《あさ》りをしていたりと、どうもただ強いだけの優男という感じがする。

そして。

これから始まるのが、本日最後の試合。

『さて、いよいよ一回戦の最終試合となります！』

「ねえ、セイカくん」

隣に座るイーファが心配そうに声をかけてくる。

「本当に大丈夫？　頭痛いんだったら休んでた方がいいんじゃ……」

「大丈夫大丈夫。大したことないよ」

ぼくは頭を押さえていた手を振って答える。

原因はわかってる。

そして、これは必要なことだ。

「あんたがそれくらいでどうにかなるとは思わないけど、無理はしない方がいいわよ？」

「わかってるよ、ありがとう。でも今日はこの試合で最後だから」

アミュにそう返して、ぼくは観客席から闘技場を見下ろす。

これが終われば、出場者は一通りチェックしたことになる。

『まずは一人目――賢者フォルドの一番弟子、ベレン選手！　フォルド氏と言えば数々の実績を持つ水属性の使い手として有名ですが、果たしてベレン選手はどのような魔法を見せてくれるのか！』

ステージに上るのは、ローブを羽織り、杖を手にした、典型的な魔術師風の青年だ。

『対する相手は――ルグローク商会護衛部隊より、カイル選手！』

ゆっくりとステージに上る選手を見て……ぼくは思わず眉をひそめた。

鎧でもローブでもないぼろぼろの装束を着た、十代半ばから後半ほどの少年。

右手には片手剣を握っている――抜き身のまま。

腰に鞘を付けているわけでもない。ただ必要だから持ってきた、というような装い。

灰色の髪に、生気の感じられない足取りも相まって、まるで幽鬼《ゆうき》のようだった。

『カイル選手につきましては、こちらも詳しい情報が掴めておりません！　剣士とも魔術師ともつかない異彩を放つ風貌ですが、どのような技を使うのか！　注目であります！』

両者がステージ上で対峙する。

対戦相手となる魔術師も、やや気圧《けお》されているように見えた。

『それでは一回戦最終試合――開始です！』

笛とほぼ同時。異装の少年へ、魔術師の青年が杖を向けようとする。

だが――唐突に、その動きが止まった。

「なんだ……？」

青年は杖を上げかけた体勢のまま動かない。

明らかに何かがおかしい。

異装の少年、カイルは、硬直する青年へとゆっくりと歩みを進める。

ぼくは、上空を飛ばしていた式神のタカを降下させた。もっと近くで見たい。

『何が起こっているのでしょうか⁉ ベレン選手、一向に動く気配がありません！　カイル選手、緩やかに距離を詰めていきます！』

観客席のざわめきも大きくなっている。

降下させていたタカは、選手の顔が見えるところにまで来ていた。

魔術師の表情には恐怖が滲《にじ》んでいる。

気になるのは少年の方だ。ぼくはタカを旋回させる。

少年が、ふと足を止めた。対戦相手との距離は、いつの間にか一歩分にまで縮まっている。

そして、おもむろに。

まるで日常の一場面のような、何気ない動きで――少年の剣が、魔術師の首を刺し貫いた。

青年の口から血泡があふれる。

この期に及んでまで、魔術師の青年にはわずかな抵抗もない。

少年が剣を引き抜くと……青年の身体は動きを思い出したかのようによろめき、そして、ステージ上に仰向けに倒れた。

その周囲に血だまりが広がっていく。

『ベレン選手、戦闘不能――――ッ！　勝者、カイル選手です！　なんということでしょう、本大会初の死者が出てしまいました！　カイル選手に剣を止める気配がまるでなかったのも気になりますが、それ以上になんだこの奇妙な試合展開はぁ――――ッ！』

アミュが顔をしかめ、イーファに至っては目を逸らして口元を押さえている。この子らがまともでよかった。

会場は騒然としていたが、どこか暗い盛り上がりを見せていた。

こんな展開を期待していたかのように。

人の死は、どうやらこちらの世界でも見世物になるらしい。

その時、タカの視界がカイルの顔を捉えた。

少年の表情は――無だった。なんの感情も浮かんでいない、虚無の表情。

ルグローク商会の護衛部隊とか言っていたが、嘘だな。

こんな化け物を商会が飼うわけがない。おそらくはどこかから送り込まれた、裏のある人間。

ふと、ぼくの興味はあるところに引きつけられた。

少年の目だ。

右目が空色。そして、左目が深紅のその瞳。

『おっとぉ！　ここで新たな情報が入って参りました！　なんとカイル選手――左目が邪眼であるとのことです‼　なんということでしょう！　歴史あるこの大会に、異端の邪眼持ちが参戦してしまいました！　明日から始まる第二回戦に、いったいどんな波乱が巻き起こるのか‼』

こちらの世界にもいたのか。

視線に呪力を乗せ、睨みつけた相手を呪《のろ》う異形の呪術師――邪視使いが。

◆◆◆

邪視とは、視線を使った呪術だ。目で見ることで、その相手を呪《のろ》う。

言ってしまえばちょっと変わった呪詛なのだが、特殊な才能が必要な代わりに効果が強力で、しかも返せない。

並の使い手だと体調を崩させたり運を悪くしたりする程度らしいが、西洋で出会った魔女などは野ウサギを睨み殺して夕食にしていた。過去には生き物を石に変えてしまうような使い手もいたという。

ここまで強力な呪詛はそうない。

ただ防ぐのは素人でも難しくなく、西洋やイスラムなどでは邪視除けの護符や印が広く知られていた。簡単なのでも十分効くそうだ。

と、ここまでが前世の話。

これによく似た異世界の邪眼はというと……案の定、めちゃくちゃ恐れられているようだった。

その効果は相手の動きを縛ったり病気にしたりと前世とだいたい似たような感じだが、肝心の対策が全然広まっていない。

元々邪視使いが少ないせいもあるんだろうけど……こっちは呪《のろ》い関係が本当に未発達だな。

おかげで邪眼持ちは異端扱い。迫害とまではいかないが、やはり厭《いと》われているようだった。

まあ、そこら辺は前世も同じだったけど。

『さて始まりました、二回戦第一試合目！　勝ち上がってきた一人目は――――セイカ・ランプローグ選手‼』

それはそれとして、ぼくの二戦目。長ったらしい紹介を待たずにさっさとステージに上がる。

昨日の試合を見てすっかり怯えきっていたイーファには、もう棄権した方がいいと泣かれて大変だったが、なんとかなだめてここまで来た。

実際、完全に別ブロックのカイルとは、当たるとしても決勝戦だ。

『対戦相手となるのは――――〝人形遣い〟ラビネール選手だぁーッ！』

地響きが鳴る。

ステージへと上がってきたのは……人ではない、巨大な石人形だった。

高さは十五、六尺（※約五メートル弱）にも及ぼうか。

身体は緑がかった巨石でできており、全身に所狭しと文字や魔法陣が描かれている。

『おっと、前回とは異なるゴーレムのようです！　一回戦の黒いゴーレムは相手選手の戦棍《メイス》をまったく寄せ付けませんでしたが、果たして魔術師相手にも同じ手が通じるのか⁉』

「ほっほっほ……光栄ねぇ。高名なランプローグ伯爵家の三男坊と、こんな場で相見《あいまみ》えることができるなんて」

ゴーレムに続いてステージに現れたのは、長い黒髪を垂らした、全体的になよなよした感じの長身の男だった。

宋《そう》の宦官《かんがん》に似た雰囲気だが、同じような文化でもあるのか？

ぼくは普通に返す。

「多少名が知れているとは言え、遠方貴族の三男風情をご存知とは、こちらこそ恐れ入るね」

「あら、もちろん知っているわよ……だってこの大会の出場者のことは、みぃんな調べたもの。あなたのこともね」

男は笑みを深める。

「当主の愛人の息子であること、一時期は魔力なしと思われていたこと、幼なじみの奴隷をもらい受けたことだって知ってるわ……それに、ふふ、入学試験のことも」

「入学試験？」

「あなた実技試験で、火、土、水の三属性を使って合格したそうね。大した才能ではあるけれど……逆に言えば、それ以外の属性は使えない。そうじゃなくて？」

「……」

「うふふ……見なさい、アタシのゴーレムを！」

男が手を広げ、悠然と立つゴーレムを示す。

「魔術を学ぶ者ならわかるんじゃないかしら？　このゴーレムには、実に五属性分の強固な耐性が付与されている！　本来なら複数種を重ねがけするほど効果が弱まる属性耐性だけど、アタシのゴーレムは、一部の属性にのみ極端に脆弱《ぜいじゃく》にすることで、その効果を保つことに成功したの」

「……」

「このゴーレムの場合は……風よ。ふふ、あなたの扱えない属性ね」

「つまり、風属性が弱点ってこと？」

「ええ。自分が今、どれだけ絶望的な状況かわかった？」

『それでは二回戦第一試合――開始です！』

試合開始の笛が響き渡る。

「自分の魔法が通じない相手とどう戦うのかしら？　さあっ、降参するなら今のうちよぉっ!!」

男の叫びと共に、緑灰色のゴーレムが歩みを開始する。

巨体が迫り来る圧力の中、ぼくはヒトガタを選びながら呟く。

「えっと……颪ね。了解」

《召命《しょうめい》――鎌鼬《かまいたち》》

突風が吹いた。

空間の歪みからつむじ風と共に現れたイタチの妖《あやかし》は、すさまじい勢いでゴーレムへと襲いかかり――神通力《じんつうりき》で生み出した風の刃で瞬く間に巨体をバラバラにすると、目にも留まらぬ速さで位相へと帰っていった。

闘技場は静まりかえっている。

『……おーっ、とぉ⁉　ラビネール選手のゴーレムが崩壊です！　セイカ選手の強烈な風魔法により、あっという間に倒されてしまったぁ‼』

「降参するなら今のうちだけど」

呆然と立ち尽くすラビネールに告げる。

長髪の男はふっと小さく微笑《ほほえ》むと――審判に向かって軽く手を上げ、それから真顔になって宣言した。

「すみません、降参します」

◆　◆　◆

「しかし、危なかったな」

闘技場の控え室に戻る途中。ぼくがそう呟くと、ユキが驚いたように言った。

「え、ええっ⁉　さっきの試合のどこにそんな要素が⁉」

「この大会、召喚士《サモナー》は出場禁止なんだよ。妖《あやかし》を喚《よ》んだのがバレたら最悪失格になるところだった」

鎌鼬《かまいたち》はいつも神通力で姿を隠しているし、そもそも人間の目では追えないほど素速いから、まず大丈夫だとは思ったけど。

つむじ風に乗った鎌の爪を持つイタチなんて、見つかったら言い訳のしようがなかったな。

「……そうでございますか」

小言を言ってくるかと思ったが、ユキは呆《あき》れたように呟いただけだった。

そういうのは心にくるからやめてほしい。

◆　◆　◆

メイベルの二回戦が同じ日に行われることになっていたので、ぼくは観客席でアミュとイーファと合流することにした。

「ん、お疲れ様。ほらイーファ。セイカ、帰ってきたわよ」

「うん……おめでとう、セイカくん」

イーファが伏し目がちにぼそぼそと言う。

あー……。

「イーファ。ほら、ちゃんと帰ってきただろ？　怪我もしてないよ」

「……うん」

「そっ……それにしても、この人混みでよくあたしたちのこと見つけられたわね。大雑把《おおざっぱ》な場所しか言ってなかったのに」

「けっこう探したよ」

　空からだけど。

「あんた、風の魔法も使えたのね。授業取ってなかったのに」

「まあね」

「属性耐性付きのゴーレム相手に、ずいぶんあっさり決めてくれちゃって。あんたの試合ってほんと盛り上がんないわね」

　それから、アミュは思い出したように言う。

「そういえば……優勝したら近衛隊に入るつもり、あるの？」

「え、いや？　興味ないな。大会が終わったら学園に戻るよ」

「ふ、ふうん。そう……よかった」

「何が？」

「な、なんでもないわよ！　す、素直に辞退させてくれるのを祈ることねっ。向こうにだってメンツがあるでしょうから」

「それは大丈夫だと思うけどな」

むしろ魔術師なんかを近衛に入れたくはないはずだ。向こうとしても願ったり叶ったりだろう。

「優勝賞金だけ受け取れればいいわね。最悪そっちも辞退させられるかもしれないけど」

「というか……さっきからぼくが優勝する前提で話してるけど、さすがにそう簡単にはいかないからね」

いくらなんでも優勝までは考えてないし。

ぼくの言葉に、アミュはきょとんとした表情を浮かべる。

「なぜかあんたが負けるところって、全然想像つかないのよね……イーファもそう思わない？」

「…………わかんない」

イーファがそう言って顔をうつむけた。

あー……。

やっぱり、ずっと心配してくれてたのかな。

そんな必要は全然ないんだけど……しかしながら笑い飛ばすのも気が引ける。

ぼくはイーファのそばに寄り、橙色《だいだい》の瞳を見つめながら言う。

「イーファ……絶対大丈夫だから。負けるにしても死んだりしないよ」

「……ほんと？」

「本当」

実際、ぼくにしてみれば子犬と遊んでいるようなものだ。ついでに言えばあと十回くらいなら全然死ねる。

「……ぜったいだからね」

不安の残るイーファの声と、ほぼ同時。

司会の大音声が闘技場中に響き渡った。

『お待たせいたしましたーッ！　第二回戦、続いての試合です！』

「ほら、いつまでもイチャイチャしてないで。新入生の試合始まるわよ」

アミュの言葉にステージを見下ろすと、すでに両選手が出そろっていた。

メイベルは相変わらず両手剣を背負っている。だが今回はそれに加え、腰に二振りの細剣を差し、さらに腿《もも》には投剣の収められた収納具《ホルダー》を付けていた。

ぼくは首をかしげる。あんなに武器を持ってどうするつもりだ？

相手選手はというと、杖を手にしていることから魔術師のようだった。

『ハウロ選手は高い実力を持つ土属性魔術師です！　魔法学園一学年のメイベル選手、一回戦では魔術師らしからぬ怪力と身のこなしで正統派騎士を圧倒しましたが、果たして同じ魔術師相手にはどのように立ち回るのか！　それでは——試合開始です‼』

笛の音が響き渡る。

先に動いたのは相手の魔術師だった。大ぶりな杖がメイベルに向けられる。

「剛岩弾《ロックブラスト》ッ！」

術名の発声と共に、一抱えほどもある岩がいくつもメイベルへと放たれる。

護符《アミュレット》がなければ死んでもおかしくない、土属性の中位魔法。

しかし、メイベルの対処は落ち着いていた。

すでに抜いていた二振りの細剣。そのうち右手に持つ方を、迫る岩に向けて軽く斬り上げる。

ぼくは思わず眉をひそめた。メイベルの細剣は明らかに刺突に向いたものだ。あれで岩を弾こうなど、普通に考えれば無謀でしかない。

だが――――岩の砲弾は、その細い剣身に触れた瞬間爆散した。

相手の魔術師が驚愕《きょうがく》の表情で魔法を連発する。しかし放たれる岩は、両の手で舞うように振るわれる細剣によって、すべて粉砕され払われていく。

明らかにおかしな光景だった。

勢いよく飛んでくる巨岩を、小柄なメイベルの振るう華奢《きゃしゃ》な剣が次々に打ち砕いていく様は異様としか言いようがない。使い手がどれだけ剛力の持ち主でも、あれでは普通剣が折れるか、乗せる体重が足りずに弾かれるはずだ。

土の魔法を浴びながらも、メイベルがじわじわと相手選手との距離を詰めていく。

焦《あせ》りの表情の魔術師が、その時大きく後退した。

「くっ！　脈動し唸り爆《は》ぜ割れるは黄！　嶮岨《けんそ》、峻厳《しゅんげん》、峨々《がが》たる山岳の……！」

呪文詠唱。

中位魔法ではらちが明かないと判断したか。魔術師はメイベルから離れながら、おそらくはより上位の土魔法を放つべく声を張り上げる。

隙はできるが、距離を詰められるには至らない、絶妙なタイミング。

メイベルも間に合わないと判断したのだろう。両の細剣を捨てると、収納具《ホルダー》の投剣に素速く手を伸ばす。

しかし、魔術師の反応も早かった。

詠唱を即座に中断し、杖を地面に向ける。すると、一瞬にして岩の防壁が立ち上がった。

投剣相手には過剰に見えるが、時間稼ぎを兼ねたのか。案の定、魔術師は再び詠唱を始める。

一方のメイベルは……そんなものに構わず、投剣を放った。

空を裂いて飛ぶのは、岩の壁になどまるで太刀打ちできそうもない小さな刃。

だが――その刃は、防壁を轟音と共に打ち砕いた。

魔術師はあわてて詠唱を中断。混乱しきった様子で岩の防壁を重ねる。

しかしメイベルの投剣は、その程度ものともしない。

岩の壁を、生み出されるそばから豪快に砕き、削っていく。防壁の魔法など、もうほとんど意味をなしていなかった。

投剣そのものは小ぶりのナイフほどしかなく、速度も目で追える程度だ。分厚い岩の壁を平然と貫通するのは明らかにおかしい。

アミュが呆然と呟く。

「なんなの、あれ」

「……たぶん、重力の魔法だな。メイベルは闇属性を専攻してたはずだから」

アミュがぼくの方を見る。

「あたしも授業で少しやったけど、あれって物を重くしたり軽くしたりするだけの魔法でしょ？　あんなことができるの？」

「学園の講義では、確か詳しくは解説していなかったな。単に重くすると言っても方法は大きく分けて二つある。一つは星が物体を引く力を強める方法、もう一つは物体の星への引かれやすさを高める方法だ。関わる粒子が共通しているからか同じ重力魔法でくくられているようだがどちらを選ぶかで結果は大きく変わる。後者の数値は動かしにくさや止めにくさの数値とも連動するから……」

「……？？？」

「あ、いや」

ぽかんと口を開けるアミュを見て、ぼくはやむなく説明を変える。

「ええと……重い物は頑丈だし、投げつければ威力が出るだろ？　細剣や投剣を岩の何倍も重くしていれば、ああいうこともできるんだよ」

武器を軽くするか、握る自分自身を重くすれば、どれだけ重量のある武器だろうと自在に扱える。

反対に武器自体を重くすることで、その強度や威力を上げることもできる。

「なんとなくわかったような気はするけど、でも……」

アミュが呟く。

「それ、かなり難しくない？　重いままだと振れるわけないから、細剣なら当てる瞬間、投剣なら手から離れるか離れないかくらいのタイミングで魔法を使ってるってことでしょ？　詠唱もなしにそんな繊細なこと……」

確かにそこも気になる。

ステージに注意を戻すと、魔術師が投剣の圧力に負け、防壁から飛び出したところだった。

その杖が再び向けられる前に、間合いを詰めていたメイベルの両手剣が振るわれる。

一振りで杖を両断し――――そして返された切っ先が、魔術師の首筋に突きつけられた。

数瞬ほどの静寂の後、笛が鳴る。

『ここで審判より決着の判定が出されましたーッ！　勝者、メイベル・クレイン選手‼』

メイベルは剣を下げると、周りの歓声など聞こえていないかのように、無表情のままステージを降りていく。

魔法の技術以上に気になるのが、彼女の使う剣術だ。

ぼくも前世で少し齧《かじ》っていたからわかるが、あれは一朝一夕で身につくものではない。

細剣の扱いも投剣を放つ動作も、メイベルは熟達していた。

貴族の養子になるような子が、どのようにして得た技術なのだろう。

『支援魔法《バフ》か何かだったのでしょうか？　メイベル選手、すさまじいパワーを見せつけてくれました！　赤髪の勇者の剛剣は止まることを知らないぞーッ‼』

ぼくは微《かす》かに眉をひそめる。まただ。

一回戦の終わりでも、あの司会はメイベルを勇者に喩《たと》えていた。観客席や街中でもちらほらとそういう声を聞く。

初めはよくある表現なのかと思ったが、他の選手がそう呼ばれている気配もない。

「……なんで、メイベルばかり勇者だなんて言われてるんだ？」

思わずそう口に出すと。

イーファとアミュは、そろって不思議そうな顔を向けてきた。

「なんで、って……セイカくん、知らない？」

「メイベルって、二番目の勇者と同じ名前なのよ。別に珍しい名前でもないけど、剣を使ってるからそう見立ててるんじゃない？」

その時。

頭の中で、何かが繋がった気がした。

なるほど。ひょっとして、そういうことだったのか――――。

発勁の術

陽の気により対象に運動エネルギーを付加する術。符を貼り付けた方向にかかわらず、任意のベクトルを指定できる。

其の三

まだ夜の明けきらぬ早朝。

人通りのない帝都の路地を、足早に行く一人の男がいた。

男は路地の突き当たりで足を止めると、ゴミ山の隅《すみ》に隠されていた木箱の蓋《ふた》を静かに開ける。

中に入っていたのは、一羽のハトだった。

男はハトを慎重に捕まえると、片方の足に懐から取り出した足輪をはめる。

そして、両手で空へと放った。

ハトは自分の行く方角を見定めると、迷いなく羽ばたき、帝都から遠ざかっていく——。

と、そこに、突如飛来したタカが空中で襲いかかった。

もがくハトを強靱《きょうじん》な爪で押さえ込むと、あらぬ方向へと飛び去っていく。

思わぬ不運に、男は目を見開いた。

伝書鳩が猛禽《もうきん》に襲われることは珍しくない。だが、よりにもよって今この時に——と言ったところだろうか。

「チッ……クソッ」

悪態をつく男。

その背に、ぼくは声をかける。

「ハトを飛ばすなら早朝だと思っていたよ」

男が驚いたように振り返った。

二十代半ばほどの、どこにでもいそうな男。特徴のない顔は印象に残りにくい。

こういうのが向いているんだろうな。

ぼくは笑顔で言う。

「魔族側の間者《かんじゃ》だよね」

「……いきなり何の話だ。誰だか知らないが、俺に何か用か？」

「いろいろ訊きたいことがあるんだ。あのハトに持たせた密書の内容とか」

「密書……？　あれはロドネアの支部に送るうちの伝票だよ。あのタカのおかげで送り直しだがな。そろそろ大旦那の出勤なんだ。悪いが失礼するよ、坊や」

男は困ったように言って、視線を逸らした。

こちらへと歩きながら、まるで仕事道具でも取り出すような何気ない仕草で――――腰から一振りのナイフを引き抜く。

次の瞬間、その歩みが疾駆《しっく》に変わった。

ナイフの切っ先は、いつの間にかぼくを向いている。

「そういう態度だと助かるな」

《木《もく》の相――――蔓縛《つるしば》りの術》

石畳を割って、幾本もの太い蔓が伸び上がった。

それは男に触れるやいなや巻き付き、木質化して強く締め上げていく。

苦鳴と共に、ナイフが手から落ちた。

「クソ、な……んで、わかった」

「内緒話を聞いたんだ。君が情報屋としていた、ね」

「あ、あの場には誰もいなかったはず……！」

「人間はね。いやぁ大変だったよ、帝都中に放った式から情報を集めるのは。おかげで寝不足だし頭痛はひどいし。でもこうして一人捕まえられたから、その甲斐はあったかな。これでようやく一息つけそうだ」

男は理解不能なものを見るような目でぼくを見る。

「セイカ、ランプローグっ……お前はいったい……」

「あー、やっぱり大会出場者の顔くらいは把握してるよね。ついでに、君が報告しようとしていたことも教えてくれないか？」

男は口の端を歪める。

「はっ……誰が吐くか」

「そう」

「拷問でもするかい？　俺が正直に話すとは限らないがな」

「いや」

ぼくは一枚のヒトガタを宙に浮かべる。

「其の方の魂に訊こう」

《召命《しょうめい》──覚《さとり》》

位相から引き出されたのは、一匹の猿に似た妖《あやかし》だった。

顔だけは妙に人に似ていて、ニタニタと気味の悪い笑みを浮かべている。

突如現れた妖《あやかし》を、男は不気味そうに見る。

「『なんだ、このモンスターは？　こいつは召喚士《サモナー》だったのか？』」

「こっ……」

「『言葉を喋るだと？　考えが読まれた、俺の？　まずい。なぜ？』ゲハハァ……」

覚の話す言葉に、男の顔が蒼白になる。

そう……覚は、人の心を読む妖《あやかし》だ。

「じゃあ尋問といこうか。まず、君の上には誰がいる？」

「っ……そんなことを話すわけがっ」

「ゲハハ……『ボル・ボフィス断爵《だんしゃく》だ……黒、閣下、砦……森……』」

「ふうん？　ならその上は？」

「『わからない、わから……知ら……エル、エーデントラーダ大荒爵《だいこうしゃく》……予想。危険、勇……』」

「雑音がひどいな。もう少し話し言葉で思い浮かべてくれ。一応訊くが、それは悪魔族の者で間違いないな？」

「『……そうだ。そうだ。そう……』」

名前に独自の称号からしてそうだろうと思ったが、案の定か。まあコーデルも悪魔族の間者だったしな。

「伝書鳩が向かうはずだった場所はどこだ」

「『ルーウィック。ルー……魔族領。東北東、帝国国境近、郊に位置する街の商業資源は……』」

「わかったわかった、余計なこと考えるな」

しかし、魔族領まで直接飛ばすつもりだったんだな。だいぶ遠いけど、国境に近いならまあいけるか。

「で、内容だけど……人間側に誕生した勇者に関することで、間違いはないな」

「『そうだ、そう、なぜ勇者の誕生を知っている？　そうだ、違、魔族側、間者から？　限られる知る人間。どこまで？』」

「ぼくのことはいい。君が調べていた勇者の名前を言え」

「『……メイベル・クレイン』」

「なぜ……あの子が勇者だと？」

「『……託宣《たくせん》のあった年と生年が一致、する。性別と髪色も託、宣に沿う。そして強い。魔法学園の出身だが、あそこ、では一年前、勇者らしき子供がいると報告してきた間者が送り込んだ刺客、と共に消えている。入学時期の矛盾は、ある。だが情報工作の可能性も、が……』」

「ん？　いきなり素直になったな。あとは？」

「『メイベル・クレインは勇者で、あるとの噂が流れて、いる。情報屋の間で。出所はクレイン男爵家、の使用人に行き着い、た流出、元として自然……』」

ふうん、なるほどね。

「他にはどんな内容を記した？」

「『公式に、は半年前にクレイン男爵家の、養子、となっている。学園生時代の恩師の孫娘だと当主が喧伝《けんでん》、しているが、裏付けはとれてい、ない。入学試験で、は……』」

男が調べ上げたであろう、メイベルの情報が開示されていく。

が……どうも当たり障りのないものばかりだ。

たぶん、あえて流した表向きの情報だろうな。彼女が勇者であるという噂も含めて。

「最後に訊く。実際にメイベルが勇者である可能性を、君たちはどれほどと見込んでいる？」

「『一割程、度の。一割ほどまでは大会で優勝するならばあるい、は……』」

「そんなものか。他に候補が……いや、帝国が秘匿《ひとく》している可能性が高いと見ているのか？」

「『見ている、見てい……加え人間がすで、に勇者を過去のものとしている以上未だ、在野に、埋もれ世に出ていない可能性を誰もが警戒してい、る。商家、農民、奴隷……』」

確かに、生まれによっては剣になんて触れずに育つことも多いからな。女ならなおさら。

勇者の存在を帝国が把握しているならば、隠している可能性が高い。

把握していないならば、どこかに埋もれている可能性が高い。

こんな大会に都合良く出てくる可能性は低いが、条件が合致していて強いから、メイベルを無視はできない……みたいな感じかな。

見方としては妥当なところだ。

「よし、このくらいでいいかな。どうもありがとう。おかげで知りたかったことを知れたよ」

男を締め上げていた蔓が朽ちていく。

支えを失った男が、石畳に膝をついた。蒼白の顔で……しかし決意の表情と共に目を剥き、その手を落ちていたナイフに伸ばす。

だがそれを掴む寸前。男のすぐ目前に、覚がすっ、と立った。

ここからじゃよく見えないが――きっとその顔は、期待に歪んでいただろう。

「よくやってくれた、覚」

ぼくは妖《あやかし》に告げる。

「褒美《ほうび》だ。喰っていいぞ」

「なっ……⁉」

「『なんだと⁉　喰う⁉　ふざけるな冗談じゃな』ゲハハハハァ――――アオウゥンッッ」

覚の頭が、数倍に膨れ上がり――その大きく開いた顎《あご》で、男をひと飲みにした。

もがく人の形が喉《のど》を通り、腹に収まる。

男は、その中でまだ暴れ回っている。

「『やめろ』『出してくれ』ゲハハハッ『苦し』『怖』ゲハハハゲハハハハハハァ！」

やがて、その動きもにぶくなっていく。

覚の大きく膨らんでいた腹が、すっと凹《へこ》んだ。巨大な顔もいつの間にか小さくなっており、小柄な猿と変わらない姿に戻っている。

今し方人を喰ったようには、もう見えない。

覚が振り返り、気味の悪い笑みでぼくを見る。

「『哀れ』『仕方ない』『捨て置くには危険だった』ゲハハッ」

ぼくは薄目で覚を睨み、呪力を滲ませた声で告げる。

「ぼくの心を読むな、覚。殺すぞ」

「ッ、ゲ……ァ……」

覚が、笑みを凍り付かせた。

竦《すく》み立ち尽くす妖《あやかし》の眼前に、ぼくは位相への扉を開いてやる。

「ご苦労だった、もう戻っていいぞ。それとも……まだ、ぼくと話をするか？」

覚は、一目散に位相へと飛び込んでいった。

ぼくは扉を閉じ、そして、一つ息を吐く。

「セ……セイカ、さま……」

「ん？　ああ悪い。怖がらせたな」

ぼくは頭に手を伸ばし、髪の中で震えるユキを指先で撫《な》でてやる。

それにしても。下級妖怪に舐めた態度をとられるなんて、前世ではありえなかったんだけどな……。

バサバサッ、という羽音。見ると、式神のタカが伝書鳩を捕まえたまま戻ってきていた。

ぼくはハトを両手で受け取ると、足輪を外し、折りたたまれていた手紙を開く。

そして思わず溜息をついた。

「……暗号の解読法も訊いておくんだったな」

密書を火の気《ひけ》で燃やす。

ハトに大した怪我はなかったようで、地面に放すと勝手に飛び立っていった。

密書は読めなかったが、まあいい。これでわかった。

今回の大会は、メイベルが優勝するために開かれたものだ。

そしてその目的は──真の勇者たるアミュの身代わり。

最初からおかしいと思っていた。

そもそも、魔法剣士なんかを入れたところで近衛が強くなるわけがない。強さとは数だが、軍となれば均質さが重要だ。同じ訓練、同じ作戦、同じ行動で同じ強さを発揮できなければならない。そこに特殊な技能なんて不要。魔術師など持て余すだけだ。

おそらく、帝国は勇者の誕生を把握している。

コーデルの言っていた通り魔族領に間者を忍ばせているなら、予言の術を失っていても諜報《ちょうほう》で知ることができる。

コーデルがアミュを見つけた時、帝国側もまた、学園を通して勇者の存在を知ったのだろう。

そう考えると、去年の騒動があった後に学園を閉鎖しなかった理由も説明がつく。アミュの生家は貴族じゃない。学園を出られると、帝国の監視下から外れてしまうことになる。

そんな形で一時は両者共に勇者を把握していたが、その直後、図《はか》らずも魔族側だけがアミュを見失う。

ぼくが刺客と内通者を始末してしまったためだ。

ガレオスとの会話を思い出すに、コーデルはアミュの名前すら伝えている様子がなかった。

たぶん、あわよくば勇者討伐の手柄を自分のものとしたかったのだろうが……しかしそのおかげで、魔族側の持つ情報が『学園に勇者がいるかもしれない』程度にまで後退した。ガレオスとコーデル以外に、アミュの顔と名前を知った魔族はいなかったから。

で、おそらくまた、帝国は諜報によってその事実を知る。

運良く人間側が情報的に有利になった。だが学園に目を向けられたままでは、いずれまたアミュの存在を知られかねない。

だったら……学園から他に勇者っぽいやつを仕立て上げてしまえばいい！

そして近衛隊あたりに引き取らせ、学園から目を逸らさせよう！

……うん。裏にあった思惑はきっとこんな感じだろうな。

アミュが推薦枠に選ばれなかった不自然さも、これならうなずける。

「はー、すっきりした」

勇者に仕立て上げられるメイベルの経歴が気になるところだったが、さすがにそこまで調べるのは無理だ。

どう考えても偽名だし、たぶんあの錆色の髪も染めてるだろうから。

これ以上深入りする必要もない。アミュを守ってくれるなら、ぼくとしても願ったり叶ったりだ。

間者があいつだけということもないはずだから、メイベルのことはきちんと報告されるだろう。むしろ二人消えているくらいの方が真に迫っていていいかな。

さて、学園にはいつ頃帰ろう……。

「待てよ。実はメイベルこそが真の勇者という可能性も……いや、ないか」

見ていれば、なんとなくわかる。

あの娘に、アミュほどの才はない。

◆　◆　◆

邪視使いのカイルは、二回戦も同じように勝利した。

相手は屈強な剣士だったが、邪眼の前には為す術《すべ》なかったようだ。再び転がった死体に、観客席の一部は大いに沸いていた。

カイルの方は予想の範囲内だったが、レイナスは少し違った。

一回戦で土と風の魔法を見せていた若き騎士は、二回戦ではなんと火と水の魔法を使い、またまた鮮やかに勝利を収めたのだ。

四属性を使える魔術師はかなり珍しいようで、その涼しげな顔立ちも相まって人々の話題を一気にさらっていた。オッズも一番人気だ。

そんな流れで第二回戦が一通り終了し、ぼくの三回戦。

『セイカ・ランプローグ選手の登場です！　セイカ選手、どうやら同じ学年の女子生徒が応援に来てくれているようですね。うらやましい限りです！』

「おい」

観客席の一部からブーイングが沸き上がる。余計なこと言うな。

『さて、キーディー選手の死獣を相手にどのような戦いを見せてくれるのでしょうか‼』

ぼくは対戦相手を見る。

正面に立つのは、白い髪の女だった。年齢がわかりにくく、少女にも老女にも見える。

ただ、そんなことはどうでもよかった。

ぼくはキーディーとかいう魔術師に、ずっと思っていたことを告げる。

「それさぁ、ずるくないか？」

女魔術師を守るように散開しているのは、黒い毛並みを持つ狼の群れだった。ただし、ところどころ肉は腐り、骨が見えている個体もいる。

女がにやりと笑い、しわがれた声で答える。

「ひぇっひぇ。なにがずるいさね」

「調教師《テイマー》や召喚士《サモナー》は出場禁止のはずだろ」

「ひぇっひぇっひぇっひぇ、あたしゃ死霊術士さ！　使役するのもモンスターじゃなく獣の死骸。どこに文句があるってんだい」

と、女がのたまう。

いや、死骸に入れる霊魂はモンスターと大して変わらないだろ。呼び方の問題じゃないか？

納得いかない……。

『キーディー選手はこれまで、死獣を用いた数の差で試合を制してきています。未だ底を見せないセイカ選手ですが、多勢に対抗する手段はあるのでしょうか？　その点が勝敗の決め手となりそうです』

「ひぇっひぇ。戦いは数さ」

死霊術士の女は笑う。

「剣士も魔術師も関係ない。多こそが個の天敵さね。どんな冒険者だって、一人ではダンジョンに潜れない」

「……」

「獣の群れに襲われ、生き残る自信があんたにはあるかい？」

いや、言いたいことはわかるんだけど……。

『それでは――試合開始です‼』

司会の声と共に、笛が鳴った。

「行きなッ、死狼《しろう》どもッ！」

扇状に広がった黒い死骸の狼たちが駆け出し、こちらに迫る。

ぼくはそれに目をやりつつ、腕を組んだまま呟く。

「やっぱりそれ、ナシでしょ。とりあえず大人しくしてくれ」

《土水《どすい》の相――混凝土《こんぎようど》の術》

ヒトガタから吐き出された灰色の泥の波濤《はとう》が、狼の群れを飲み込んだ。

「ひぇ？」

泥はそのままキーディーをも飲み込み、押し流していく。

そして、完全に固まった。

『おっとこれはーッ⁉　セイカ選手の……これは土か水の魔法でしょうか⁉　泥がキーディー選手と死獣に襲いかかりましたぁ！　ギリギリ場外ではないようですが……泥が岩のように固まっています！　キーディー選手、死獣共々動けない！』

「な、なんだいこりゃぁッ⁉」

固まった泥の上から片腕と頭だけを出して、キーディーが喚《わめ》く。

ぼくは周囲で狼がもがく中、泥の上を歩いて女術士の前に立つ。

「アストラル系のモンスターがいるのに、霊魂はモンスターじゃないってその理屈はおかしいだろ。それはそうと、これって戦闘不能だよね？」

「ぐっ……」

『ここで笛が鳴りましたぁーッ！　名門伯爵家の神童は強かった！　セイカ・ランプローグ選手、準決勝進出です‼』

ぼくが踵を返して歩き出すと、キーディーがあわてたようにもがき出す。

「こ、こらっ！　まさかこのままほっとく気じゃないだろうね⁉」

「心配しなくても出してあげるよ」

ぼくは泥から降りると、内部に埋め込んでいた数枚のヒトガタに呪力を込める。

その瞬間、泥の各所に亀裂が入り、全体が砕け散った。

ステージの端っこでもがいていた女術士は、その拍子にステージから転げ落ちる。

ここからじゃ見えないけど、狼が動いているから頭を打ったりはしていないかな。

やれやれ。

◆　◆　◆

「変わった術でございますね。ユキは初めて見ました。セイカさまならば、あのような岩に変わる泥も生み出せるのですね」

ユキの言葉に、ぼくは苦笑する。

「いや。あれは元々人の技術者が発明した建築材料だよ。ぼくはそれを術で再現しただけだ」

別に陰陽術を使わなくても、水に火山灰や石灰岩を適量混ぜることであの泥は作れる。時間と共に硬化する人工の岩だ。

かつてローマで巨大な円形闘技場や公衆浴場を作るのに使われたというこの技術を、ぼくはイスラムの技術者から聞いて知っていた。速乾性を高めるために成分は多少いじっているが、基本はそのままだ。

千年の時を耐えるほど強靭な素材だが、内側からの圧力には弱い。内部にヒトガタを仕込んで衝撃を加えてやれば、壊すのも簡単というわけ。

「セイカさまはなんでも知っておられますねぇ。大工仕事を好き好んで学ぶ術士など、セイカさまくらいではないでしょうか」

「勉強するのは嫌いじゃなかったからね」

世の中、意外なことが役に立つもんだ。

◆◆◆

ぼくの生み出した大量の泥の残骸を片付けるために、以降の試合は翌日に持ち越しとなってしまった。観客からのブーイングがすごかったようで、ちょっと申し訳なく思う。

で、翌日。ぼくは観客席で、一人ステージを見下ろしていた。

アミュとイーファはいない。ぼくの試合はなかったから宿に置いてきたのだ。

今日は、カイルの第三回戦もある。アミュはともかく、イーファにあれの試合をこれ以上見せるのは気の毒だった。

肝心の試合はというと。

メイベルは、図体のでかい槍使い相手に危なげなく勝利していた。

レイナスの試合の方は、こちらは相手選手が棄権したようだった。実力差を見極めたんだろう。勝てない勝負に挑む意味もない。

そして、今ステージ上に立っているのはカイルだ。

「……」

ただ、相手選手が一向に現れない。

司会も話すことがなくなって静かになっているし、周りの観客もイライラし出している。

怖《お》じ気《け》づいて逃げたか。そんな雰囲気が漂う中、カイルは相変わらず感情のない顔で、一人ステージ上に佇《たたず》む。

うーん、レイナスに続いてこの試合もなくなりそうだな……。

「セイカ・ランプローグ」

突然、横手から声をかけられる。

顔を向けると、そこにはメイベルの姿があった。

どこかに置いてきたのか、両手剣は持っていない。涼しげな佇まいは、つい先ほど試合を終えたようには見えなかった。

ぼくは彼女へ笑いかける。

「やあ、おめでとう。さすがに勝ち上がってきたね。でも明日の準決勝では負けないよ」

「棄権して」

メイベルは、そう短く告げた。

短い沈黙の後、ぼくは問い返す。

「なぜ？」

「これは、あなたが思っているような大会じゃない」

「……ぼくの思っている大会というのが何を指すのかわからないけど、嫌だね。決勝に進みたいなら、正々堂々勝負することだ」

「あなたが強いのはわかる」

メイベルの言葉に、ぼくは口をつぐんだ。少女は続ける。

「今までの相手より、ずっと強い。だから、手加減できないかもしれない」

「……」

「私は、負けるわけにはいかないの。お願い。あなたも、死にたくはないでしょ？」

ぼくはしばらく黙った後、口の端を吊り上げて告げる。

「嫌だ」

「……」

「ぼくに勝つ自信がないならそう言えばいい。それでも、譲《ゆず》る気はないけどね」

「……ふざけないで。あなたっ……」

その時、司会の声が闘技場中に響き渡った。

『えー、審議の結果、どうやらザガン選手の失格となることが決定したようです。したがって

『……カイル選手、不戦勝！　準決勝への進出が決まりましたぁ！』

観客席から激しいブーイングが湧き上がる。

無理もないな。入場料払ってるのに、二試合も中止になったんだから。

カイルが踵を返し、ステージを後にしていく。

ふと横を見ると……メイベルが、ほっとしたような表情でその様子を眺めていた。

なんだろう。

手加減とか言っていたし、彼女も試合が命のやり取りになるのは望んでいないのかもしれないが……少し引っかかる。

メイベルはぼくの視線に気づくと、少しあわてたように言った。

「とにかく、棄権して。学園がどうして、あなたなんかを送り込んだのかわからないけど……」

「セイカ？」

聞き覚えのある声に振り返る。

案の定、そこにはアミュがいた。驚いたような顔でぼくを見つめている。

「まさか、この混み具合で見つけられるとは思わなかったわ……。あれ、新入生もいたのね」

そう言ってメイベルに視線を向けると、赤髪の少女は不敵に笑う。

「三回戦も勝ったんだってね、やるじゃない。でも、こいつもけっこう強いわよ？」

メイベルはアミュを憎々しげに見つめた後、無言のまま、背を向けて去って行った。

人混みに消える彼女を見ながら、ぼくは思う。

棄権するよう言ってきたのは、やっぱり優勝を命じられていたからだろうか。学園と、そのさらに上から。

「あの、セイカさま……」

耳元で、ユキがささやくように訊《たず》ねてくる。

「先ほどのお話ですが……まさか、あの娘にも勝つおつもりで？」

「いや」

ぼくは小声で否定する。

予定通り、メイベルには負けるつもりだ。彼女の任務を邪魔するつもりもない。

棄権を断ったのは、ただぼくがちょっと手合わせ願いたかったからだ。

彼女の戦い方には興味がある。もう少し手の内を見てみたい。

そして満足したら、適当に場外にでもなるつもりだった。

「――――セイカ？」

「えっ、何？」

あわてて返事をすると、アミュが半眼で言う。

「なにぼーっとしてるのよ。ねえ、今何試合目？　なんか周りがざわついてるけど」

「あー……実は、二枚目騎士と邪眼持ちが不戦勝になったんだよ。今日はメイベルの試合しか行われなかったんだ」

「そうなの？　なあんだ……」

アミュが残念そうに呟く。

「というか、アミュはなんでここに？　宿にいるはずじゃ」

「やっぱり試合が気になってね。イーファを置いて抜けてきちゃったのよ。あの子に付き合わせるのも悪かったから」

「そっか。せっかく来たのに、残念だったな」

「まあいいわ。帰りましょ？　明日はあんたと新入生の準決勝が……」

その時。闘技場に、再び司会の声が響き渡った。

『皆さん！　朗報です！　レイナス選手とカイル選手が共に第二回戦で不戦勝となりましたので、本日これより、両選手の準決勝を行うことが決定いたしました‼』

会場のざわめきが大きくなる。ところどころで歓声が上がっていた。

予定では、明日準決勝と決勝を行うことになっていたはずだけど……たぶん運営が、さすがに一日に二試合中止は興行的にまずいと判断したんだろうな。昨日もぼくのせいで他の試合が延期になったばかりだし。

「……運がいいわね。今日来てなかったらこのカードは見られなかったわ」

アミュが呟き、眼下のステージに目を向ける。

明日来る予定だったやつはかわいそうだが……先にこちらの準決勝をじっくり見られるのは、ぼくとしてもありがたい。

『それでは選手の入場だぁ！　四属性使いのイケメン魔法騎士、レイナス・ケイベルン‼』

歓声の中、身軽そうな金属鎧を身につけた優男が、手を振りながらステージに上る。

相手はカイルなのに、棄権しないのか。

ということは、何か邪眼に対抗する策があるのかな。

『続いて――本大会の殺戮者！　邪眼の剣士カイルーッ‼』

幽鬼のような少年が、静かにステージに上がる。

右手には抜き身の剣。今までの試合と変わらない。

観客席が、自然と静まっていく。

『両者共に本大会では話題の選手ですが、果たしてどのような戦いが繰り広げられるのか⁉

注目の準決勝、第一試合――開始です‼』

司会の声と共に、笛が鳴り響いた。

少年がうつむけていた顔を上げ、その赤い左目で若き騎士を見据える。

しかし――邪眼がその効果を発揮する前に、レイナスはすでに詠唱を開始していた。

「輝き照らすは白！　慈愛と庇護《ひご》の精よ、死の眼差《まなざ》しに抗する明《あか》き身光《しんこう》を我に与えよ――

付与《アド》・中級邪眼耐性《イービルアイ・トレランス》」

詠唱が終わると同時に、騎士の身体が一瞬淡い光に覆われる。

アミュが隣で驚きの声を上げた。

「邪眼耐性の支援魔法《バフ》⁉　あの騎士、光属性まで使えたの⁉」

少年の邪眼に睨まれる中、五属性使いのレイナスは悠然と剣を抜き、振ってみせる。

「ははは！　どうだ少年。君の目はもう効かないぞ？　降参するか？　それとも、このオレと剣術勝負でもするかい？」

軽やかに、レイナスが声を張り上げる。

カイルは答えなかった。

ただその代わりに、一歩足を踏み出した。

一歩、また一歩。

抜き身の剣をだらりと下げ、効かない邪眼で騎士を見据えながら、カイルは静かに敵との距離を詰めていく。

顔には一切の感情が浮かんでいない。

幽鬼のごとく、ただ歩みを進める。

その様子に、レイナスは気圧《けお》されたように杖剣の切っ先を向けた。

「っ、火炎弾《ファイアボール》！」

生み出された火球が少年へと襲いかかる。

カイルは抵抗すらせず、その攻撃を受けた。

「……は？」

炎を割って、少年が現れる。

皮膚どころか髪にも服にも、焼けた様子は一切ない。

「チッ、火炎弾《ファイアボール》！　火炎弾《ファイアボール》！」

火球が連発される。

カイルは抵抗の素振りすらなく、だが火傷一つ負わないままに歩みを進める。

隣でアミュが呟く。

「……なにあれ。護　符《アミュレット》が効いてるってこと？」

「いや……それならとっくに音と光を出して自壊してるはずだ」

「でも、あんなに魔法を浴びてるのよ？」

「あれは所持者に降りかかる災厄……ダメージに反応するものなんだ。だから……」

カイルは、火球によるダメージをほとんど受けていないということになる。

「なんなんだよお前は……！　風錐槍《ウインドランス》！　氷錐槍《アイシクルランス》！　剛岩弾《ロックブラスト》！」

レイナスが突風の刃を放ち、氷の槍を放ち、岩の砲弾を放つ。

カイルは、それらをすべて受けた。

少年の身体に突風が叩きつけられ、氷と岩が激突し砕ける。

数々の魔法にも……カイルは反応すらしなかった。

無傷のまま、ただ歩みを進める。

その足跡は……不自然なほど深く地面に刻まれていた。

物理攻撃どころか燃焼すら防ぎ、服や髪にまで及ぶ強い耐久性。

そんなものを実現する方法に、心当たりは一つしかない。

メイベルと同じ、重力の魔法。

『どういうことでしょうかぁ⁉　カイル選手、魔法をまったく寄せ付けません！　邪眼を封じられて大ピンチかと思われましたが、どでかい奥の手を隠し持っていたーッ！』

「ちょっとちょっと！　なんであんなことになってるのよ！」

興奮したように袖《そで》を引っ張るアミュに、ぼくは説明する。

「メイベルの時と同じだよ。闇属性魔法では物体の星への引かれやすさを操作できるけど、この数値は動かしにくさや止めにくさの数値とも勝手に連動するんだ。メイベルは武器の威力を上げていたけど破壊や燃焼なんかの現象もごく小さな視点でみれば実は物理的な動きに過ぎないからその構造が耐えられる範囲で重くするなら強度を上げることもできる。人間の体は短時間なら意外なほどの自重を支えられるし術の工夫次第ではもっと大きな重量だって……」

「……？？？」

「あ、いや」

ぽかんと口を開けるアミュを見て、ぼくはやむなく説明を変える。

「ええと……藁《わら》を縛って作った家より、レンガをただ積んだだけの家の方が風で飛ばされにくそうだろ？　重いと壊れにくいんだよ」

「わかるようでぜんっぜんわかんないけど……それってあたしにもできる？」

「がんばればたぶん……」

その時、実況が吠《ほ》えた。

『おーっとレイナス選手、新たな手を打つようです！　果たして状況を打開できるのかぁーっ⁉』

「くそっ……！」

レイナスが突然地面に杖剣を突き立て、呪文を唱え始めた。

すると土がボコボコと変形し、そこから岩の人形が立ち上がる。

大きさは人よりも小さいが、数が多かった。見ている間にも、岩人形はステージ上の土から次々と湧き出してくる。

アミュがまた驚いたように言う。

「ゴーレムをこの場でこんな数作るの⁉　あの騎士も相当ね……」

レイナスは、さすがに消耗したのか苦しげな様子を見せていた。

だが、その口元には笑みが浮かんでいる。

「ずいぶん頑丈みたいだな。しかしそれだけでゴーレムを相手できるかな……！」

レイナスのゴーレムたちが、一斉に歩みを開始する。確かに、数で押さえ込めれば動きを封じられるかもしれない。

カイルが初めて立ち止まった。

その時、奇妙なことが起きた。

少年の影が、突如グネグネとうごめき始める。

そして一瞬だけ円形になると、そこから棘《とげ》のような細い影が大量に飛び出した。それらは猛烈な勢いで伸び、各々がゴーレムへと殺到していく。

地を這っていた影は、岩人形に迫ると突然蛇のように鎌首をもたげ、その鋭い先端で胴体を貫いた。空中に縫《ぬ》い止められたゴーレムは身動きがとれなくなり、次々と無力化されていく。

「闇属性の影魔法……あのカイルって邪眼持ち、普通の魔法も使えたのね」

授業で聞いて知っていたのか、アミュが呟く。

カイルの影魔法は、次いでレイナス自身にも迫っていた。

地面から飛び出し、強襲する鋭い影。

だがそれを、若き騎士は鮮やかな身のこなしで躱していく。

初めからゴーレムは囮《おとり》だったのか。そう思えるほどのよどみない動きで、レイナスは瞬く間にカイルとの距離を詰める。

そして間合いに入った少年に向け、剣を振り上げた。

上手いと思った。

おそらく魔法で超重量となっているカイルの身体は、剣すらも弾くだろう。だが、寸止めにすれば審判の判定で勝ち得る。

唯一残った細い勝ち筋。

しかし――――そこで、レイナスの動きが止まった。

若き騎士は剣を振りかざしたまま、驚愕の表情で固まっている。

観客席もどよめいていた。

剣を突きつければ勝てるのに、動く気配がない。

否――動けないのか。

注意深くステージを見ると、カイルの影の内の一本が、レイナスの影に入り込んでいた。

あれは……呪詛だな。

おそらくは相手の影を本体の関連オブジェクトと定義し直し、自分の影を刺すことで動きを封じている。藁人形に釘を打つのと似たようなものだ。

少年が顔を上げて、自分よりも背の高い騎士を見つめる。

そこにはやはり、感情は見受けられなかった。殺意すらも。

カイルが、抜き身の剣を持ち上げる。

死の予感に、観客たちが盛り上がりの前兆を見せた。

その時――――、
試合終了の笛が、鳴り響いた。

『おっとぉーッ！　ここで審判より決着の判定が出されました！　勝者――邪眼の剣士、カイル選手‼　見事決勝戦へ進出です‼』

剣を持ち上げかけていた少年は……意外にも、素直に刃を下ろした。

無言のまま踵を返し、ステージを後にしていく。

少年の影が持ち主の元に戻ると、レイナスが腰を抜かしたように倒れ込んだ。

なかなか見られない試合だったと思うが、観客席は静かなものだった。

圧倒されているのだろう。その内容か、カイルの持つ底知れない気迫のどちらかに。

闘技場に司会の声が響き渡る。

『すさまじい試合でした！　残るは明日の準決勝第二試合目、そして決勝戦です！　記念すべき第一回帝都総合武術大会がどのような結末となるのか、絶対に見逃せません‼』

◆　◆　◆

その日の夜、逗留《とうりゅう》中の宿にて。

ぼくは吊していた灯りを消して、ベッドに潜り込んだ。

帝都中で式神に行わせていた盗み見、盗み聞きはもうやめていた。だから心置きなく眠ることができる。

めちゃくちゃ大変だった割りに、あまり効率はよくなかったな……。

明日予定通り負ければ、ぼくの大会も終わり。あとは学園へ帰るだけだ。

でもその前に、一日くらい観光にあててもいいかな。あの二人と違ってぼくはあんまり帝都を回れてないし……。

「……セイカさま」

ユキの、何やら疑わしげな声。

「ん？」

「本当に、明日は負けるのでございますよね？　まさか優勝しようなどと考えては……」

「ないない。そんなことしてなんの意味があるんだよ」

「おっしゃる通りでございますが……なんとなく、ユキはそんな予感がしたものですから」

「確かに管狐《くだぎつね》は予知もできたはずだけど、お前が成功したことなんてあったか？」

「ユキだって次の日の天気くらいは言い当てたことがありますよ！」

「お前あれ、結局全部当てずっぽうだったじゃないか……。あめはれくもりの三択なんだから、そりゃたまには当たるだろ」

ぼくはあくびをし、目を閉じる。

「今日はもうお休みになるので？」

「うん」

「では……ユキも寝ます。おやすみなさい」

声が聞こえたかと思うと。

何やらもぞもぞと、左腕に柔らかいものが触れた。

目を開けると、白い少女がぼくの左腕に抱きついている。

「……おい」

「はい？」

不思議そうな返事と共に、少女の姿のユキがぼくを見る。

暗くてよくわからないが、どうも笑いを堪《こら》えているような。

「いや……なんだよ、急に」

「久しぶりに一緒に寝ましょう！　セイカさま！」

「寝てるだろ、ぼくの頭で」

「そうではなく、こうやって横でということです。だいたい、もうずっとユキは人の姿をとっていなかった気がします！」

「まあそうだけど」

「いいではないですか、たまには！　この宿の寝台は広いようですし！」

「……仕方ないなぁ」

「えっへへ！」

ユキが抱きついてくる。

そういえば人の姿を与えたばかりの頃は、はしゃいでいつまでも妖《あやかし》の姿には戻ろうとせずに、夜もこうして布団に潜り込んできたっけ。

管狐として見るならもうけっこうな年月を生きているはずなんだけど、いつまで経っても子供みたいだ。番《つが》いにしてやらないとこんなものなのかな。

と、ユキがおもむろにぼくの頬《ほお》へ手を伸ばすと、ベタベタ触ってきた。

こちらに顔を寄せるユキは、どうやらにやけている様子。

「うふふ、セイカさまのお顔はかわいいですねぇ……！　ちっちゃなハルヨシさまみたいで」

「やめんか……」

と、その時。

感じた気配に、ぼくは屋根にとまらせていたフクロウの視界に注意を向けた。

これは……。

「ハルヨシさまが童《わらわ》の頃もこんな感じだったのでしょうか……って、ええっ、セ、セイカさま⁉」

ぼくが身体の向きを変え、右手でユキの肩を掴むと、白い少女は動揺の声を上げた。

「い、いけませんセイカさまっ！　こ、こここれでもユキは管ですので人と番うのはそのっ！」

「ちょっと静かにしてくれるか」

ユキの細い身体を抱くようにして、その上に覆い被さる。

そして――そのまま反対側に寝返りを打ち、ぼくはベッドから転がり落ちた。

どすん、という音が響く。

「ぐえっ」

ぼくと一緒に落ちたユキが、呻《うめ》き声を上げる。

次の瞬間。

天井をぶち破って落下してきた人影が、ベッドへ短剣を突き立てていた。

轟音が宿に響き渡る。

ベッドはすさまじい衝撃に耐えかね、銛《もり》で突かれた鯉《こい》のようにへし折れていた。

びっくりしたユキが狐姿に戻り、ぼくの髪に潜り込む。

ぼくはさらに転がって、ヒトガタを掴みつつ体を起こした。

そして、破壊されたベッドの中心に佇む人物へ目を向ける。

「はは、夜這《よば》いにしては過激じゃないか。メイベル」

メイベルの返答は、閃《ひらめ》く投剣だった。

身を伏せるようにして銀の刃を躱す。

狙いが外れた投剣は、そのまま背後の壁の木材をぶち破り、大穴をいくつも開けた。やはり尋常じゃない威力だ。外から夜風が入り込んで、ひんやりした空気が肌に触れる。

投剣を投げ終えたメイベルは、すぐさま短剣を抱えて突進してきた。

突き出された刃を、腕を掴み逸らして止める。だが突進の勢いまでは殺しきれなかった。体ごとぶつかってきた少女を受け止めきれず、背中で穴の開いていた壁を突き破る。そして、ぼくはメイベルと共に空中へ放り出された。

夜の街並みが眼下に広がる。

三階の高さだ。大したことはない。

落ちながらメイベルを蹴って距離を空け、気の流れを意識し、空中で体勢を整えて着地する。

前方では、刺客の少女が羽のような軽やかさで路上に降り立っていた。

夜の帝都。

人気のない路地で、ぼくらは静かに対峙する。

月明かりに照らされた重力使いの少女の顔に、表情はない。その内心も読みとれない。

再び、メイベルが投剣を放った。

唸りを上げる刃を転がるようにして躱し、ぼくは片手で印を組む。

《木《もく》の相――蔓縛《つるしば》りの術》

メイベルの足下から蔓が噴出する。

彼女は一瞬目を見開いたものの、対処は早かった。目の前の蔓を根元から断ち切り、前に大きく踏み込んで周りの蔓からも逃れる。

そして、その勢いのままぼくとの間合いを一気に詰める。

ぼくの肩口へ短剣が突き出される。

だがその刃先が貫いたのは、一枚のヒトガタ。

メイベルの背後に転移したぼくは、その背にヒトガタを貼り付けた。

「悪いがお帰りいただこう」

《陽《よう》の相――発勁《はっけい》の術》

符より運動エネルギーが付加され、メイベルを路地の向こうまで吹っ飛ばす――――はずだった。

だが。

彼女は、瞬間的に体を屈《かが》ませたかと思えば。

吹き飛び始めると同時に、短剣を石畳へと突き立てた。

ガガガガガッ、というすさまじい音と共に石畳が削《けず》れていく。

しかし同時に勢いも急激に失われていき……やがて、彼女の体は止まった。

焦げ臭い臭気が辺りに漂う。

んー……。

けっこう勢いを乗せたが、まだ足りなかったみたいだな。体重をかなり増加させていたのか、初速からだいぶ遅かった。

メイベルがゆっくりと立ち上がる。

さすがにギリギリの攻防だったのか、やや息が乱れているようだった。

ぼくは溜息をつく。

強いな。命を狙われて捨て置くには、少々危ない。

気は進まないが、消しておくか――――、

「なんだよ、うるっせぇなぁ……うおっ⁉」

声に振り返る。

見ると、路地の角から酒場帰りらしき中年の男がこちらを覗《のぞ》き込んでいた。割れた石畳や、穴の開いた宿の外壁を見て目を丸くしている。

「闖入者《ちんにゅうしゃ》とは無粋だな」

ぼくが術を放つ……その前に。

メイベルの投剣が、ぼくの背後から飛んでいた。

細い投剣は、男のいる角の街壁に命中し、派手に破壊。破片と粉塵《ふんじん》を闖入者へと降らす。

「ひっ！」

短い悲鳴を上げ、中年の男が逃げていく。

振り返ると、すでにメイベルの姿は消えていた。

静けさの戻った、夜の路地。

冷静になったぼくは一つ息を吐く。

「うーん……」

頭が冷えると同時に、思考が戻ってくるのを感じる。

落ち着いて戦いを思い返してみると、いくつか気づくことがあった。

ユキがおそるおそる、髪の中から顔を出す。

「セイカさま……あの、今のは？」

「……明日の前哨戦《ぜんしょうせん》、と言ったところかな。よし、決めたぞユキ」

ぼくは笑みを浮かべ、ユキに告げた。

「せっかく会いに来てくれたんだ。今宵はあの娘と過ごそうか」

蔓縛りの術

木の気で生み出した巨大な蔓植物で相手を拘束する術。蔓が物に巻き付く仕組みは接触屈性と言い、茎に何かが触れると、その逆側の細胞が急速に成長することで起こる。木質化とは細胞壁にリグニンが蓄積し、組織が非常に硬くなること。樹木や竹の表皮に見られる現象で、蔓植物の中ではフジやアケビなどが該当する。

混凝土の術

大量の生コンクリートによって相手を固める術。ベースとなっているのはケイ酸ポリマーが主体のいわゆる古代コンクリートだが、硬化を速めるために成分は調整されている。古代ローマで全盛を誇った古代コンクリートの技術は、現実にはローマ帝国の滅びと共にそのすべてが失われたが、作中ではセイカの転生前の時代、イスラム文化圏にのみ細々と伝えられていた。

其の四

帝都の端にある、小さな広場。

昼でもあまり賑《にぎ》わいのないこの場所で、メイベルは足を止めた。

こぢんまりとした噴水の縁に腰掛けると、溜息と共に星空を見上げる。

その少し寂しそうな姿に、ぼくは声をかけた。

「やあ」

メイベルは弾かれたように立ち上がると、こちらを見据えて投剣の収納具《ホルダー》に手を伸ばす。

それに、ぼくは両手を振って見せた。

「待て待て。戦いに来たんじゃないよ。決着は明日つけよう。それでいいだろ」

メイベルはぼくを睨んで言う。

「私には、明日も今も関係ない」

「でも君、短剣はあまり得意じゃないだろ」

メイベルが目を見開く。

「なんで」

「なんだか戦ってて物足りなさそうだったから。本当はあの両手剣よりも重たい武器が君の得物なんじゃないか?」

言いながら、ぼくは噴水の縁に腰を下ろした。

そして空を見上げる。

「ここは静かでいいな。ただ快晴なのが残念だ」

「……晴れの、なにが悪いの」

「月に雲の一つでもかかっていた方がぼくは好きだな。明るすぎる月は風情がない。二つもあるとなおさらね」

「風情……？　月が二つあるのは、あたり前。へんなの」

そう言って、メイベルがぼくから離れて腰を下ろした。

涼やかな夜風が、小さな広場を流れていく。

「戦わないんなら……なんで、追いかけてきたの」

「話をしに来たんだよ」

「話……？」

「君は、どうしても勝ち残りたいんだろう？　ぼくはただ頼まれても譲る気はないし、力で迫られても同じだ。だけど……君の抱える事情を話してくれたら、もしかしたら気が変わるかもしれない」

「……あんなことがあった後に話し合いだなんて、どうかしてる」

「でも君は、ぼくを殺そうとまではしていなかっただろ？」

「……」

「あの闖入者の男に対してもそう……ぼくが何かする前に、逃がそうとしたんじゃないか？」

メイベルはしばらく押し黙った後、小さく溜息をついて言う。

「あの時は、あなたが……あの目撃者を消そうとしているように見えた」

「別にそんなつもりはなかったけどね」

危ないから追い払おうとしただけだ。ちょっと殺気は出てたかもしれないけど。

メイベルは続ける。

「私は、あなたが怪我をして、明日試合を棄権してくれればそれでよかった」

「それにしてはずいぶん過激だったけど」

「腕か足の二、三本もらうつもりだった。それくらいで行かないと、怪我も負わせられないと思ったから」

「……」

「実際には、それも無理だったけど……。ひょっとして、もし怪我しても、あなたなら自分で治せた？」

「……さてね」

死んでも復活できたとは言いにくいな。

メイベルは、ぼくを見て言う。

「ただ、それでも……本気で戦ったら、私は負けない。私には、負けられない理由があるの。お願い、棄権して。あなた相手では手加減できない。これ以上、誰かに死んでほしくないから……」

「言ったはずだよ。ぼくはただ頼まれても、勝ちを譲る気はないと」

「……」

沈黙が夜の広場に降り積もる。

メイベルは、やはり自分から話す気はないようだった。

それなら仕方ないな。

「じゃあ、ぼくが勝手に予想を喋ろう」

「え……？」

「君はアミュの身代わりだ」

「……！」

「この大会で優勝して勇者になりすまし、魔族側の注意を引くことが君の使命。クレイン男爵家の養子になって学園に来たのもそのため」

「し、知ってたの？」

「いや、ただの予想だよ。違った？」

「違わない、けど……どうして、あいつが勇者ってことまで」

「その辺はいろいろね」

ぼくは苦笑する。

「でも、それだけじゃなさそうだね」

「君がそこまで必死になるのは、何か別の理由がありそうだ。それ次第では棄権を考えてあげてもいいよ」

「……」

長い長い沈黙の後。

メイベルは、重々しく口を開いた。

「あなたの予想には、一カ所だけ、違うところがある」

「違うところ？」

「私に求められているのは……決勝で負けること」

「は……？」

「決勝で、あの邪眼の剣士に殺されること。それが、私の役割。魔族側に、勇者は死んだと思わせるために」

ぼくは、一呼吸置いて口を開く。

「やっぱりカイルも、送り込まれた人間だったってことか……。理解できないな。そんなずさんな計画を立てたやつの頭も、君のことも。まず魔族側は、おそらく君のことを勇者だなんてそれほど考えていないぞ。普通に考えて、どこかの村で自覚もなしに暮らしているか、帝国が秘匿している可能性の方がずっと高いんだ」

「……うん」

「……」

「こんな大会に出てくる状況自体、都合が良すぎる。それなのに……優勝するならまだしも、決勝で負ける？　それで勇者が死んだと偽れるなんて思っているなら、宮廷の連中は相当頭がおめでたいみたいだな」

「……仕方なかったの」

「仕方ない？　何が」

「私を貸し出す条件がそもそも、決勝戦で、カイルに殺させることだったから」

「はあ……？」

「学園とその上は、飲むしかなかった。勇者と年が同じで、女で、確実に大会を勝ち進めるような人材なんて、たぶん、私しかいなかったから。優勝させて影武者にすることは諦めて、死んだと見せかけることにした。多少、その意味が薄れるとしても」

「……悪いが、何が何だかわからない。貸し出す条件……？　君はいったい、どこから遣わされた人間なんだ？」

「……ルグローク商会」

メイベルは、ぼくに向き直って問う。

「聞いたことある？」

「ああ……カイルがそこの護衛部隊出身だと司会が喋ってたな。表向きの身分だと思ってたけど」

「表向きじゃない。事実。護衛部隊は、まだ『商品』じゃない予備人員を置いておく組織の名前」

「商品？」

メイベルは一拍置いて言う。

「ルグローク商会は、人を商品にしてるの。奴隷の売買と、傭兵の派遣。それが、ルグロークの商い」

メイベルが続ける。

「あの商会が他の奴隷商と違うのは……才能のある奴隷を見つけ出して、自分たちで傭兵に育て上げるところ。特に、魔法の資質がある子供を。カイルも、そして私も、その一人だった」

「……」

「帝国も、もちろんそれを知ってる。だから今回の計画が立てられた時、真っ先にルグロークへ話を持って行った。勇者に仕立て上げられそうな、強い子供はいないかって。それで、私が選ばれたの。私は髪の色こそ違うものの、年齢と性別が合ってたから。でも……」

「……でも？」

「……私は、本来別の用途に使われるはずだったの。カイルの、最後の試験の相手、って用途に。だから、商会は私を貸し出す代わりに、条件を付けた。それが、大会にカイルを出場させ、決勝で私と当たらせること。そして、私の勝敗自体には、一切の責任を負わないこと……。私が決勝でカイルに負けてしまっても、それは商会の知るところではないというわけ。帝国側もその意味がわかってたのか、私を優勝させることは初めからあきらめてた」

「……」

「でもルグロークにとっては、今回の件はいいことずくめだったと思う。使い捨てるはずだった私で利益を得られて、大会では試験を済ませられるうえに、カイルという自信作の宣伝までできるから」

ぼくは、少し考えてから口を開く。

「その、試験というのはいったいなんなんだ？　君だって商品である傭兵の一人なんだろ？どうしてそれを使い潰すような真似なんか」

メイベルが首を横に振る。

「私は、正式な『商品』じゃない。ルグロークの、正式な傭兵になるためには……手術が、必要だから」

「手術だって？」

ぼくは問い返す。

「なぜわざわざそんなことを。身体に何か埋め込むのか？」

「ううん、違う……頭を、開くの」

「……頭？」

「そう」

メイベルは、自分の額のさらに上辺りを、指でなぞる。

「皮を切って、頭蓋骨に穴を開けて……脳に、刃を入れる」

「それは……なんのために」

「そうすると、完璧な兵士になれる。恐れや、怒りや、ためらいを一切覚えず、あらゆる命令に従う完璧な兵士に。代わりに、喜びや悲しみのような感情も失われて、別人になってしまうけど」

「……」

そこで、メイベルはこちらを見た。

「信じられない？」

「いや……信じるよ」

似た事例を知らないわけではなかった。

ぼくは続けて問いかける。

「君はそれを受けていないが、カイルは受けたということだな。どうりで人間離れしてると思ったよ……。それで、試験というのは？」

「手術が成功したかどうかを確かめるの。仲間を……殺させることで」

メイベルは続ける。

「奴隷の中で魔法や剣の才能を見込まれた子供は、育成所に送られる。そこで、四人一組で育てられるの。四人は、いつも一緒。寝る時も、ご飯を食べる時も、厳しい訓練の時も。喧嘩することもあったけど、身寄りのない奴隷の子たちにとっては、家族みたいなものだった。一緒にがんばろうって、いつかきっと自由になれるからって励まし合って、育成所の大人たちからも、仲間同士助け合いなさいって言い聞かされて……でもね」

　メイベルは言う。

「手術を受けられるのは、四人のうちの一人だけ。一番強い一人」

「まさか……」

「試験の内容は、他の三人を殺すこと」

　言葉を失うぼくへ、メイベルは続ける。

「ためらいなく殺せて、初めてルグロークの傭兵になれる」

「それじゃあ、君は……」

「私はカイルの、三人の仲間のうちの一人。他の二人はもう殺された。あとは、勇者の身代わり候補になって、試験が延期された私だけ。私を殺すことが、カイルにとっての最後の試験なの」

　ぼくは、長い沈黙の後に口を開く。

「君は……そんなことのために勝ち残ろうとしていたのか。決勝に進んで、あいつに殺されるために……」

「違う」

　メイベルが即座に否定する。

　その声の奥には、初めて感情らしきものが見えた。

「勇者も、試験も、知らない。私が負けられない理由は……決勝戦で、カイルを殺さなきゃならないから。帝国や、商会の意図とは関係なく」

「それは、なぜ……」

「私には、兄がいたの。実の兄が」

メイベルが言う。

「一緒に奴隷に売られた、たった一人の家族。たまたま私も兄も、魔法の才能があって、一緒に商会に拾われた。育成所でも一緒だった。いつもやさしくて、みんなを気遣って、辛い時もなぐさめてくれて……そして一番最初に、あの人に殺された」

「……」

「仇《かたき》を、討つの。それが私の理由」

メイベルの言葉を聞いて。

積み重なっていた違和感が、ようやく形になる。

「カイルが兄の仇というのは、嘘だろう」

「え……」

「カイルこそが……君の兄なんじゃないか？」

「なっ……なんで……」

メイベルが愕然《がくぜん》と呟く。

ぼくは溜息をついて言う。

「なんでと言われると答えにくいな。ほとんど勘だよ。仇に対して語っているには違和感があったし、闘技場でカイルを見ていた君の視線もそう。それに、君の瞳の色と、カイルの邪眼じゃない方の瞳の色が同じなのも気になってた。顔立ちも少し似ているしね」

「……そう」

「ひょっとしてその髪も、染める前はあいつと同じ灰色だったんじゃないか？」

メイベルがこくりとうなずいた。

そのまま押し黙る少女を見て……ぼくは、さらに思い至ることがあった。

思わず目を眇めながら訊ねる。

「まさか……カイル自身が望んだのか……？　君の手にかかって死ぬことを」

メイベルが目を丸くした。

それから顔をうつむかせ、ぽつりと呟く。

「なんでもわかるのね……。あなたも、ひどい世界を生きてきたの？」

「いや……君ほどじゃないよ」

少なくとも今生ではそうだ。

メイベルがぽつりぽつりと話し始める。

「手術を受けることになる少し前……兄さんが、私に言ったの。『もし僕が僕じゃなくなったら、その時はメイベルが、僕を楽にしてほしい』って。言われた時は、なんのことかわからなかったけど……たぶん兄さんは、自分がああなることがわかってたんだと思う。『商品』の人たちは、みんなどこかおかしかったから。そして、その『商品』になる可能性が一番高かったのが兄さんだった。生まれつき邪眼を持っていた兄さんは、育成所の誰よりも強かったから」

「……」

「今のあの人は……もう、兄さんじゃない。兄さんならぜったいに、試合の相手を無闇に殺すことなんてしなかった。ましてや、仲間だった二人を手にかけるなんて……。今のあの人が、なにを考えているかはわからない。でも、もしあの人の中に、まだ兄さんが残っているのなら……きっと、苦しんでる。私は、それを楽にしてあげたい」

ぼくは、沈黙の後に問いかける。

「君は、カイルに勝てるのか？」

「わからない……ううん。たぶん、無理」

「……」

「でも、やるしかないの。これはもう、私にしかできないこと。それに」

そこでメイベルは困ったように、小さく笑った。

「私は、もうどうなっても死ぬだけだから。決勝で負けても、勝っても、逃げ出しても。あの人に殺されなくても、商会に処分されるだけ。だったら……最後に、兄さんの頼みを、聞いてあげたい」

ぼくは、メイベルの笑った顔を初めて見たことに気づいた。

少女は言う。

「お願い。決勝で、兄さんと戦わせて。あなたに負ける気はない。でも、ただで勝てるとも思ってない。できれば万全の状態で、兄さんに向かい合いたいの。私の望みはもう、それだけだから……」

「……気が変わったよ」

　ぼくは目を伏せる。

「実は、準決勝はわざと負けるつもりだったんだ。優勝に興味はなかったし、この大会の意味も予想がついていたから。でも、やめた」

　ぼくは、静かに告げる。

「準決勝は君に勝つよ。そして決勝で、ぼくがカイルを倒そう」

「なっ……」

　一瞬後、メイベルが怒りの表情を作る。

「なんで！　なんでそんな！」

「君は兄に殺される必要も、殺す必要もない。もうこんな大会から降りろ。たった一人の家族を手にかけるなんて間違ってる」

「あなたになにがわかるのっ！」

　メイベルが叫ぶ。

「私がどんな気持ちで戦ってきたと思ってるのっ！　学園なんかに入れられてっ、恵まれた人たちを見せつけられてっ、こんな大会で兄さんと再会させられてっ！　今さらそんな綺麗事《きれいごと》言わないで！　私は違うの！　能天気な貴族の子供とも、大事に守られる勇者とも、あなたともっ！　私の最後の役目まで奪わないでよ！　あなたに負けて、なにもできないまま消える私はどうすればいいのっ！」

「どうすればいいかなんて決まってる。学園に帰るんだ。今の君は、男爵令嬢で学園の生徒なんだから」

ぼくは言う。

「学園に帰って、準決勝まで進んだことを祝福される。それから、学園生活に戻る。能天気な生徒と一緒に勉強して、普通の試験を受けて、進級して、いずれは卒業する……そこから先は君次第かな」

メイベルは目を見開き、唇を震わせる。

「やめて……そんなこと、あるわけない。失敗して用済みになった私を、学園が囲っておく理由がない」

「うーん、ぼくの予想だと、そこは心配ないんだけどな」

「百歩譲ってそんなことがあるとしても……商会が黙ってない。内情を知る私を、放っておくわけがない。絶対に刺客を送ってくる。兄さんより強い『商品』だって、ルグロークはたくさん抱えてる。無事に過ごせるわけ……」

「さすがにそのくらいの手は打ってると思うけどなぁ。まあでも、刺客程度ならなんの問題もないよ」

ぼくは笑って言う。

「ぼくが学園にいる限り、誰も君に手出しなんてさせないから」

「そ……そんなこと、できるわけない」

「できるよ——だってぼく、最強だからね」

「は、はぁ……⁉」

メイベルは呆気にとられたような顔をして言った。

それから、なぜかこちらをうさんくさそうに睨んでくる。

「もしかして、口説いてる？」

「へっ⁉」

「兄さんが言ってた。自分を大きく見せて気を引いてくる男には、注意しろって」

「い、いや……」

ぼくはさすがに気まずくなる。変なこと言わなきゃよかったよ……。

「さ、さすがに最強は冗談だけど……腕には覚えがあるって言いたかっただけだよ。少なくともカイルやその上の『商品』とやらには負けない。だから、安心していい」

「……」

「それに……君の兄さんに願いがあるとしたら、それは自分を殺させることじゃない。たった一人の妹が自由になることだと、ぼくは思うな」

夜風と共に、沈黙が舞い降りた。

やがて——、

「ありがと。でも……」

メイベルは、静かに口を開く。

「……やっぱり、信じられない」

少女がすっくと立ち上がった。

そして、その空色の瞳でぼくを見据える。

「明日は、全力で行く。そしてあなたに勝つ」

メイベルへ、ぼくは笑い返す。

「いいよ。それなら、ぼくはぼくで証明して見せよう。全力の君に余裕で勝ち、造作もなくカイルへ引導を渡してやるとしよう。まずはそこからだな」

「……わかった」

うなずいて、メイベルは踵を返す。

その姿を見つつ、ぼくはようやく気を抜いた。

追いかけてきてよかったな。そうだ、優勝となれば賞金がもらえるんだっけ。どのくらいだろう――――。

などと考えていると、メイベルがふと思い出したように、体半分だけ振り返る。

「その、宿のことはごめんなさい。あの女の人にも、怪我がなかったらよかったんだけど」

「いいよ……え、女の人?」

「うん。あの、白い髪の」

「っ⁉」

げっ……ユキを見られてた？

ぼくはしらばっくれる。

「な……なんのこと？」

「……？　あなたが連れ込んだ、その……じゃなくて？　だってベッドで」

「はあ⁉　違っ……い、いや、知らないな。何言ってるんだ？」

「……あなたの従者とあの勇者に黙っててほしいんなら、別に構わないけど」

「いやいやいやいやいや！」

そういう気遣いはありがたいんだけど！

「待て、本当に知らないんだ。思い出してみてくれ。君とあの部屋でやり合ってた時、他に人がいたか？」

「……そういえば、いつの間にかいなくなってた、かも」

「ドアも閉まってたし、いなくなるとかありえないんだよ！　そもそもぼくはずっと一人だったんだ。いったい君には何が見えてたんだ？　やめてくれよ怖いなー……」

「……？　アストラル系のモンスターだったってこと？」

「うー……ん」

微妙に通じてない。この国って怪談の文化とかないのか……？

首をひねっているぼくを見て……メイベルは、少しだけおかしそうに口元を緩めた。

「……へんなの」

◆　◆　◆

メイベルと別れ、深夜の街を行く最中。

「ユキの予感は当たりそうですね。セイカさま」

ユキが唐突に言い放った言葉に、ぼくは口ごもった。

「う……ああ、ユキはすごいな。成長したよ」

「そういうことではございませんっ！　もう、なにを考えておられるのですか！　今生では力を誇示《こじ》しないように生きると決めたのではっ？」

「……だって」

ぼくは思わずすねたような口調になる。

「かわいそうだったし」

「……はぁ～～～」

ユキが盛大に溜息をついた。

「セイカさまはいつもそうでした。犬か猫でも拾うように、不憫《ふびん》な子供を拾ってきては弟子に迎えて」

「いいだろ。皆ちゃんと立派になったんだから」

「……確かに、どういうわけかセイカさまの拾ってくる童は、皆優秀だったんですよねぇ。呪《まじな》いの才がなかった子でも、後に官僚や武者や商人として頭角を現していましたし」

「皆がそれぞれがんばった結果だよ」

それから、補足するように言う。

「一応真面目に答えると、こんな大会で優勝するくらいどうってことないよ。本当の強者はこんな場に出てこないし、それくらい誰でも見当がついている。メイベルだって言ってただろ？　カイルより強い兵を、ルグロークは何人も抱えてるって」

「むむ……では、どのくらいから危ないので？」

「布陣してる軍を一人で壊滅させたり、災害を治めたり、死人を生き返らせたりするとやばいかな」

「それはそうでしょうねぇ」

それからユキは、しばらく黙った後に言う。

「でも……あの娘の話は本当なのでしょうか。ユキは信じられません」

「どこか引っかかるところでもあったか？」

「……頭を開いて、人格を変えてしまうという手術のことです。そんなことが果たして可能なのでしょうか」

「ありえなくはないな」

ぼくは説明する。

「西洋にあった癲狂院《てんきょういん》……気の触れた人間を入れておく施設だが、そこで過去に同じようなことが行われていたと聞いた。脳に刃を入れる手術をね。驚いたことに、ひどい発作や暴力衝動が収まり、日常生活を送れるようになった者もいたそうだ。ただ……大半は廃人のようになったり、手術の傷が元で死んだり、成功したように見えても、後に自ら命を絶ったりしていたようだけど」

「ならば、やはり手術で冷酷な兵を作るというのは……」

「いや、それでも不可能とは言い切れない」

　ぼくは言う。

「西洋の癲狂院で行われていた手術は、記録を見る限り明確な方法論などはなかった。刃の入れ方も医者によって違ったから、結果にばらつきがあったのも当然だ。だから、逆に……実験によって成功率の高い方法を確立できているならば、話は変わる」

「実験、でございますか」

「ああ」

　ぼくは続ける。

「ルグローク商会は奴隷を扱っている。実験材料なんて、自分たちでいくらでも調達できるんだよ。気が触れたり病を患ったりして、売り物にならなくなる商品はそれなりに出てくるはずだからね。それにこちらの世界には治癒の魔法があるから、手術の傷が元で死ぬなんてことも防げる」

「な、なるほど……」

次いで、ユキがおそるおそる訊ねてくる。

「その……手術によって起こった変化を、セイカさまが元に戻してやることは、できないのですか？」

「無理だな」

ぼくは即答する。

「魂の変質を戻すには、それこそ死人を蘇らせるような方法が必要になる。一日程度ならまだしも、何日も経ってしまっているとね」

「そうでございましたか……」

「それでも、カイルを殺すつもりはないけど」

「えっ」

ユキが驚いたような声を上げた。

メイベルにはあえて言わなかったが、ぼくは最初からそのつもりだった。

「たとえ人格が変わってしまっても、また新たな関係を結び直すことはできるよ。今のカイルをメイベルが受け入れられるかはわからないけど、それはぼくが決めることじゃない。それに」

ぼくは付け加える。

「あいつも、人形のまま死ぬのではかわいそうだ」

「……はぁ～～～」

　ユキがまた盛大に溜息をつく。

「セイカさまは甘いですねぇ」

「そうかな」

「そうでございますよ。甘々です。その子供に甘いところは、前世からまったく変わられていないようで」

「そりゃあ百何十年と生きているわけだからな。転生したくらいで今さら変わらない」

「しかしながら」

　そこで、ユキの口調にわずかに咎《とが》めるような響きが混じる。

「セイカさまは今生では、狡猾《こうかつ》に生きると自ら決められたはず。早々に初志を軽んじられるような真似は、いかがなものかとユキは思います」

「ん……」

　ぼくは、わずかに口ごもった後に言う。

「……それは、あくまで前世と同じ轍《てつ》を踏まないためだ。その目的に支障のない範囲で、少し他人の世話を焼くくらいはいいじゃないか」

「む……」

　押し黙るユキに、ぼくは少し笑って付け加える。

「それに……いつもいつも周りを欺《あざむ》くことばかり考えていたのでは、疲れてしまうからな」

　そして、ぼくは頭の上の妖《あやかし》をなだめるように小さく言った。

「なに、心配するな。せいぜいうまくやってやるさ」

◆　◆　◆

そして、準決勝の時がやってきた。

大勢の観客の中、司会が高らかに謳《うた》う。

『さて、そのセイカ選手に対する相手は――同じく魔法学園からの推薦枠、メイベル・クレイン選手!!』

ステージに上ってくるメイベルを見て、ぼくは軽く微笑む。

「それが君の本来の得物か、メイベル」

『おっとメイベル選手、武器を変えております！　これはなんと……巨大な戦斧《バトルアクス》だぁーッ！』

柄を含めれば身長の倍近くもある両刃の戦斧を携《たずさ》えたメイベルが、ぼくと相対する。

「勇者のふりは、終わり」

戦斧を構え、メイベルがそう告げる。

あれはどれほどの重量があるだろう。少なくとも、魔法なしでは持ち上げることもできなさそうだ。

ぼくは、メイベルを見据えて言う。

「準決勝を棄権するつもりがなかったのは、実は君の戦い方をもう少し見てみたかったからなんだ。まだ何かあると思ってたけど……やっぱり、昨日話をしてよかったよ」

メイベルが眉をひそめる。

「見くびってる？　言っておくけど、私は今も、あなたに勝つつもり」

「見くびってないよ」

ぼくは笑って言う。

「実力を正しく評価しただけだ」

「……あなたが強いなんて、やっぱり信じられない。安穏と生きてきた、貴族の子供なんかが――私に、勝てるわけない」

『共に学園生徒ではありますが、まったく正反対の二人！　準決勝第二試合、果たしてどちらが勝つのでしょうか！　それでは――試合開始です‼』

笛が響き渡った。

「っ！」

同時に、メイベルが地を蹴った。

戦斧を振り上げ、一瞬のうちにぼくをその間合いに入れる。

振り下ろされる重厚な刃。だが速さはなく、軌道も読みやすい。

余裕を持って避けるぼく。その左横に、遅れて戦斧が叩きつけられる。

かすりすらしない一撃。

しかし、次の瞬間――足下の地面が跳ね上がった。

「なぁっ⁉」

下を見ると、舞い上がった土と共に石材のようなものが露出している。

どうやら今の一撃で、ステージの基礎として土の下に敷かれていた石材を叩き割ったらしい。

どんな威力だ。

体勢の崩れたところへ、横薙ぎの戦斧が襲いかかる。

仕方なく転移で躱す。だが入れ替わる先を読まれていた。再び強襲する刃を、今度は屈んで避ける。

あれほどの戦斧なのに、切り返しが片手剣並みに早い。

たぶん、振り回す時は極端に軽くしているんだろうな。メイベル自身がほとんど反動で動いていない。

おかげで狙いやすくていい。

ぼくは逃げ回りながら、先ほど地上に現れた石材へヒトガタを飛ばす。

そして片手で印を組む。

《陽《よう》の相――発勁《はっけい》の術》

石材に運動エネルギーが付加され、メイベルへ撃ち出された。

戦斧は切り返したばかり。防御に使うには間に合わない。

彼女の対処は、奇妙なものだった。

振られるはずだった戦斧の勢いが、突如弱まる。するとその反動が今さら伝わったかのように、メイベルが大きく振り回された。狙いを外した石材は空を切り、観客席を支える柱で砕け散る。

「……おもしろいな」

思わず呟く。

メイベルは今、戦斧の重さを戻したのだ。

武器の重さが変われば、武器と使用者を一つの物体と見た時の重心が変わる。重心が変われば回転運動の中心がずれる。振り回されるのが、戦斧からメイベルの側となる。

ぼくに間合いを空けられる形となったメイベルが、低い軌道で投剣を放った。

跳び退って躱すと、地面へ細い刃が次々と突き立っていく。相当な重量が与えられていたのか、衝撃で地面には円錐《えんすい》状の穴が穿《うが》たれ、土埃《つちぼこり》が派手に舞い上がった。

悪くなった視界の中、ぼくは目を細めてメイベルを見据える。

追撃への牽制《けんせい》だったんだろうが、向こうは投剣を放ったために戦斧から片手を離してしまった。

《木《もく》の相——蔓縛《つるしば》りの術》

メイベルの足下から蔓が伸び上がる。

今日は短剣は持っていない。今さら戦斧を振るうには遅すぎる。果たしてこれを——、

「こんなものっ！」

メイベルが手を横に振る。

それだけで金棒に薙ぎ払われたかのように、数本の蔓がまとめて引きちぎられた。

ぼくは、思わず笑いがこぼれる。

「……うん」

いいね。やっぱり彼女のこれまでの試合なんて、前座もいいところだったみたいだ。

まあ、これくらい見られれば満足かな。

当初の予定ではここで負けるはずだったが……今は勝たなければならない。

しかも余裕で勝つと言ってしまったからな。さくっと終わらせないと。

再び距離を詰めてきたメイベルの、横薙ぎの戦斧が迫る。

ぼくは、その刃の腹へ密かに貼り付けていた不可視のヒトガタを起点に、術を発動した。

《陽《よう》の相――落果《らっか》の術》

戦斧の重さが、一気に千倍にまで増加する。

「なっ⁉」

強制的に重心をずらされ、メイベルが大きく振り回される。

体勢が崩れたところへ、ぼくはさらなる一手を放つ。

《木金《もくごん》の相――汞蔓縛《みずがねつるしば》りの術》

地面から微かに黒みを帯びた蔓が噴出する。

「同じ手をっ！」

メイベルがまた腕を振るう。

だが蔓は、今度は引きちぎられなかった。

触れた腕に巻き付いて動きを封じ、さらには他の蔓が全身に巻き付いて縛り上げていく。

メイベルが苦鳴を漏らす。

その手から、戦斧が落ちた。

「な……んで……」

「これは水銀を湛《たた》えた蔓でね。普通のやつよりもずっと重いんだ」

それでも全力を出されれば引きちぎられていたかもしれないが、メイベルにはすでに二度《蔓縛り》を見せていた。

半端に知っていたからこそ油断したんだろう。

「これくらい……っ！」

メイベルが、唯一自由な左手で自分を締め付ける蔓を掴む。

すると、木質化した蔓全体が軋《きし》み始めた。

すさまじい重量を与えられているのか、ところどころで組織が壊れ、水銀化合物の赤い樹液が漏れ始める。

これは長くは持たないな。

ぼくは、メイベルが取り落とした戦斧の柄を手に取った。それを見た少女がぼくを睨む。

「あ……あなたなんかに、持ち上がるわけない」

「持ち上がるさ」

《陰《いん》の相――――浮葉《ふよう》の術》

戦斧から重さが消える。

それを片腕で派手に振るうと――――囚《とら》われの少女の首元に、その刃をぴたりと突きつけた。

メイベルが表情を歪ませる。

「そんな軽い斧では、私に傷一つ付けられない」

「君を傷つけるつもりなんてないよ」

笑って告げる。

「ぼくは試合に勝てればいいだけだからね」

言い終えると、ほぼ同時に――――試合終了の笛が鳴り響いた。

『ここで審判が決着の判定を下しましたーッ‼　なんということでしょう！　序盤圧倒していたかのように見えたメイベル選手ですが、一気に覆されましたぁ！　否、最初から彼の掌《てのひら》の上だったのか⁉　神童セイカ・ランプローグ選手、決勝戦進出です‼』

ぼくは息を吐いて、戦斧を背後に放り投げる。

術の解かれた戦斧は空中でくるくると回った後、ずーんっ、という音と共に地面へ突き立った。

昨日レイナスが最後にやろうとしたことを真似してみたが、うまくいったようだな。

「カイルのことは任せてもらうよ」

朽ちた蔓の中心で、地面にへたり込んだメイベルへと、ぼくは告げる。

「もう大丈夫だ。君は少し休むといい」

汞蔓縛りの術

高濃度の水銀を含んだ重たい蔓で相手を拘束する術。ハイパーアキュムレーターと呼ばれる植物群は、地中から取り込んだ重金属を積極的に蓄積する性質を持つ。身近なものではイネやヤナギなどがあるが、ニューカレドニアに生息するピクナンドラ・アクミノータなどは、実に二十五パーセントものニッケルを含む青緑色の樹液を流すことで知られる。仮に一般的な樹木の持つ水分量のうち、全体の四分の一をより比重の大きい水銀に置換できるとすると、同じ体積で三倍近い質量を持つ超重量級植物を作り出せる。

浮葉の術

対象の重量を減少させる術。《落果》の逆。いわゆる『重さ』を決定する要素である重力加速度と重力質量のうち、異世界魔法がいずれかを選んで影響をおよぼすのに対して、《落果》《浮葉》は後者のみを増減する。重力質量は等価原理によって慣性質量と連動するため、武器に対して使用すると取り回しや威力が変化する。

幕間　メイベル・クレイン男爵令嬢、闘技場控え室にて

メイベルは闘技場控え室の椅子に腰掛け、窓の外を眺めていた。

会場では、土属性の魔法を使える作業員たちが大急ぎでステージの修繕を進めている。

自分たちが派手に壊したせいで、決勝は明日に持ち越しになるかと思ったが……この分だと午後には行われそうだった。

ただ、もう自分には関係ない。

負けてしまったのだ。

言いようのない心細さが湧き上がってくる。

これまでは、ただひたすらに自分が果たすべきことだけを考えていればよかった。たとえその先に死が待っていようとも、心を強く持つことができた。

しかし終わってしまった今となっては、果たすべきことなどない。

自分がこの先どうなるのかもわからない。

わからないことが不安だった。

傍らの卓から、カチカチという音が響く。見ると、なぜか外からついてきた一羽のカラスが、卓の上で歩き回っていた。爪が硬い木の卓にあたり、カチカチという音を立てている。

このカラスがそばにいると思うと、不思議と心が落ち着いた。

ふと、セイカからかけられた言葉が思い返される。

――もう大丈夫。

あの言葉を聞いた時……不思議と彼に兄の姿が重なって、安心する心地がした。

大丈夫だよ、メイベル。そう言って頭を撫でてくれた、かつての兄の姿が。

セイカは強い。

自分と戦っていた時も、まだ余裕があるように見えた。

ただそれでも……今のカイルに勝てるかどうかはわからない。

別人となってしまった兄でも、失ってしまうことはずっと怖かった。

だけど今は、それと同じくらい。

兄に挑むセイカのことが心配だった。

其の五

『皆様、長らくお待たせいたしました！　記念すべき第一回帝都総合武術大会、いよいよ、いよいよ決勝の時がやって参りましたぁ！』

司会の声が響き渡る。

『栄《は》えある決勝戦に臨む精強なる戦士、その一人目は――ランプローグの家名は伊達じゃなかった！　未だ底を見せないこの少年は、いったいどれだけの引き出しを持っているのか⁉　帝立魔法学園の俊英、セイカ・ランプローグ‼』

湧き上がる歓声の中、ぼくはステージに上る。

午前にあれだけ派手に壊したのに、ステージの上は綺麗なものだった。

きっと興行的に、これ以上の遅延は許されなかったんだろう。基礎が叩き割られた以上、応急処置でしかないだろうが、少なくとも今は支障なさそうだ。

『続いて二人目は――異色、異質、異端にして最も異彩を放つこの剣士！　彼はいったいなんなのか⁉　こんなのどこから連れてきたぁ！　ルグローク商会の隠し球、邪眼の殺戮者カイル‼』

灰色の髪の少年が、階段を上ってステージに姿を現した。

右手にはだらりと提げた抜き身の剣。半開きにした左右異色の瞳。幽鬼のような雰囲気は変わらない。

ぼくの姿を認めているかもよくわからなかった。

「やあ」

ぼくは笑みを浮かべながらカイルに話しかける。

「悪いね、君の妹じゃないんだ。メイベルは準決勝で、ぼくに負けてしまったから」

「メイベル……？」

存外に高い声で、少年が呟いた。

「メイベル、メイベル……ああ」

両の瞳をほんの少しだけ見開き……そして言う。

「困ったな……予定と違う。あの子は、生きているのかい？」

「ああ」

「そうか。よかった」

カイルは、夢うつつのような声で言う。

「それなら、ちゃんとあの子を殺すことができる」

ぼくは一つ息を吐いて言う。

「君の妹だぞ」

「ああ、最後に残った仲間で、大切な家族だ」

カイルは、なんの感情もこもらない声で告げる。

「大切な人を殺せと、僕は言われているんだよ」

「……君の事情は知っているが、やはり理解できないな」

　ぼくは問う。

「君はなんのために生きている？　幸せになるためじゃないのか？　大切な妹を殺すことが、その目的の達成に寄与するのか？　兵として使うために、手術で論理的思考まで奪っているとは思えないが」

「幸せのために生きるとは、どういうことだい？」

「……」

「幸せとは、生きることだろう？　明日へ命を繋ぐこと。僕にとって、いや育成所のみんなにとってはそうだった。強くなるのも、より強い者に従うのも、すべてはそのため。僕は一番強かったおかげで手術を受けられた。でも商会は僕よりも強いから、今も彼らに従っている。生きるために。何かおかしいかな？」

「……生きるために、大事な家族を犠牲にするのか」

「そうだよ。幸せとは生きることだからね。家族といえど、所詮は他人さ」

「かつての君はそうじゃなかったはずだ。そのことはもう忘れてしまったのか？」

「もちろん、覚えているよ。でも今は……この方が正しいと思えるんだ」

「なお悪いな。メイベルが悲しむ」

「……わからないな」

カイルが重さのない声で、ぼくに問う。

「僕のこともメイベルのことも、キミにはなんの関係ないはずだ。さっきからなぜ、キミは僕らの事情に口を出すんだい？」

「なぜ……？　そんなの、決まっているじゃないか」

ぼくは微笑しながら告げる。

「このぼくが気に入らないからだよ。たった一人の妹くらい大事にしろ。強い者には従うそうだな？　ならこの試合に負けた後、メイベルに一言謝ってもらおうか」

「……やっぱり、わからないな」

カイルが、微かに右手の剣を鳴らした。

「――――どうして、僕がキミに負けると？」

『さぁ、決着の時だ！　第一回帝都総合武術大会決勝戦――――試合開始です‼』

笛が響き渡った。

カイルが、その両の目を見開く。

だが邪眼がその効果を発揮する前に、ぼくはすでに扉を開き終えていた。

《召命《しょうめい》――――御坊之夜簾《オンボノヤス》》

位相から引き出された濃霧が、瞬く間に闘技場を覆っていく。

『おーっとこれはセイカ選手の魔法かァ⁉　ステージの様子がまったく見えません！』

「これは……」

「その目に頼ろうとしても無駄だよ」

霧にぼやけたカイルを正面から捉え、ぼくは笑って見せる。

御坊之夜簾《オンボノヤス》は、蝦夷《えみし》の山奥で捕まえた霧の妖《あやかし》だ。

山に入り込んだ者を迷わせ、遭難させるこの妖《あやかし》は、内部に取り込んだ者の認識能力そのものに阻害《デバフ》をかける。効果は帰り道がわからなくなったり、近くにいる者の顔が判別できなくなったりする程度だが、視覚で呪術を行使する邪視使いには邪魔で仕方ないだろう。

まあ、こいつを出したのは観客の目から隠れるためなんだけど。あの程度の邪視なら普通に抵抗できそうだし。

みしり、という音。

カイルが一歩、足を踏み出したようだった。

一歩、また一歩と歩く度に刻まれる足跡は、不自然なほど深い。

「ふうん」

《火土《かど》の相――鬼火《おにび》の術》

青白い火球がカイルへとぶち当たるが、少年は意に介す様子もない。周囲で弾ける燐《リン》の炎は服にすら燃え移らない。

やっぱり、重力の魔法で相当な重量になっているみたいだな。

「じゃあこれは？」

《木金《もくごん》の相――汞蔓縛り《みずがねつるしば》の術》

黒みを帯びた蔓がカイルの足下から噴出する。

水銀を含んだ重たい蔓は、まったく無抵抗の少年に巻き付き、拘束していく。

一瞬、これで終わったかと思った。

だがその時。霧で薄れていたカイルの影が、突然黒みを増してグネグネと動き出した。

影が少年の体へと這い上っていく。そして次の瞬間、拘束する蔓を内側から切り裂いた。

地面へと舞い戻った影は次いで枝分かれし、地を這ってぼくへと殺到する。

その先端が、鎌首をもたげた。ぼくを貫こうと襲いかかる。

が、そこまでだった。襲いかかる影は結界を貫けず、あっけなく途絶し消えていく――。

と。

そんな攻防など、まるでなかったかのように。

カイルは無言のまま、また一歩、歩みを進めた。

そこに感情の色はない。

ぼくは溜息をつく。

ここまでなんの反応もないと寂しいな。

カイルにはもう、戦いの高揚も、緊張も、恐怖も残っていないんだろう。

仕方ない、当初の予定通りに行くか。

一枚のヒトガタを取り出し、位相への扉を開く。

《召命《しょうめい》――牛鬼《うしおに》》

空間の歪みから現れたのは——牛の頭を持った鬼だった。

黒い肌をした筋骨隆々の体躯。見上げるほどの高さにある牛頭には鋭い角が生え、この世すべてを恨むかのような凶相が貼り付いている。

ぼくはカイルに向けて問う。

「感情を失った今の君が、果たして完璧な兵士だろうか？」

太い金棒を引きずりながら、牛鬼が一歩、カイルへと歩みを寄せた。

そこで、少年の足が止まる。

「ミノタウロス……？」

カイルが虚ろに呟いた。

足下の影がグネグネとうごめき出すと、牛鬼に襲いかかる。

牛鬼は何もしなかった。

だがそれにもかかわらず、影は牛鬼を貫けない。目に見えない何かに阻《はば》まれ、黒い体の表面を這うばかり。

「……？」

「恐怖を感じるのが悪いことだとは、ぼくは思わない」

牛鬼がまた一歩、少年に迫る。

その時、カイルが初めて大きく踏み込んだ。

抜き身の片手剣を振りかぶり、牛鬼へと斬りかかる。

おそらくその剣も、重力の魔法で相当な重量となっていたのだろう。

だが。

牛鬼は、ただの腕の一振りで――その剣を叩き折った。

霧の向こうで、カイルが息をのむ気配があった。

それはこの大会で初めて見せた、微かな動揺の仕草。

牛鬼が、無造作に金棒を振り上げる。

「そいつを見て、何も感じなかったか？」

そして金棒が横薙ぎに振られ――カイルを吹き飛ばした。

少年はステージの外にまで転がり、動かなくなる。

攻防も何もない、圧倒的な力の差だった。

「そいつは、君なんかとは格が違うんだ。重力の魔法とか影の魔法とか、そんな小細工が通じる相手じゃない」

ぼくは、倒れ伏すカイルを眺めて呟く。

「もし恐怖が残っていれば、そんな無謀な戦いなど挑まなかっただろうに」

◆◆◆

のしのしと戻ってきた牛鬼に向かい、ぼくは言う。

「おい、ちゃんと手加減しただろうな」

牛頭が寡黙にうなずいた。

相変わらず無愛想なやつ。

牛鬼は蛟《みずち》ほどではないものの、今持っている中では強力な方の妖《あやかし》だ。その割に扱いやすくて前世では頻繁に使っていたのだが、今回もよくやってくれた。ちなみに顔は怖いが別に怒っているわけではない。

牛鬼を位相に戻すと、ぼくは仰向けに倒れるカイルへと駆け寄った。

気絶しているようだが、息はある。どうやら大した怪我もなさそうだ。

「……ほんとうに生かしておくのでございますね」

ユキの声に、ぼくはうなずく。

「まあね。甘いか？」

「甘いです。でも……ユキも、これでいいと思えてきました」

さてと、ここからどうするかだな。

とりあえずこっそり連れ出すとして……それからは実際のところ、本人の意思次第だ。どうしても商会に戻ると言うのなら止められない。

ただ、もし自由になりたい気持ちがあるのなら……それはきっと叶うだろう。カイルほどの強さがあれば、冒険者や、どこかの商隊《キャラバン》に護衛として潜り込み、身分を隠して生活することくらい難しくない。

感情だって、戻る可能性はある。

盲《めし》いた者が音に鋭敏になるように、人間の体は失った機能を補おうとするものだ。感情が求められるような普通の暮らしを送れば、脳の違う箇所がそれを補うこともあるだろう。

まあ先のことよりも。

まずはメイベルに会わせてやるところからかな――、

「――セイカさまっ‼」

ユキの鋭い声に、ぼくははっとした。

カイルの頭。そこから放射状に、黒い紋様が顔や体へと浸食していく。

これは……呪印か⁉

「っ……！」

即座にヒトガタを引き寄せて結界を張る。

紋様の浸食が止まり、やがて薄れ消えていく。

ほっとしたのも束の間――カイルの体が、激しく震えだした。

ぼくは目を見開く。結界は効いているはずだ。となると……浸食が始まった時点で、もう肉体に損傷が加えられていたのか。

だが……詳しい損傷箇所がわからない。今から身代《みのしろ》のヒトガタを用意するには時間が足りなさすぎる。

間に合わない。

「……メイ、ベルに……」

カイルが、薄く目を開いていた。

掠《かす》れた声で告げる。

「……謝れと、言って、い、たね……伝え、て、ほしい……」

そしてぼくは、少年の最期の言葉を聞いた。

「――――、――――」

カイルの全身から力が抜ける。

息はない。左右異色のその瞳からも、すでに光が失われている。

邪眼の剣士は事切《ことき》れていた。

「セイカ、さま。これは……」

ユキが愕然と呟く。

呪《のろ》いの正体には、見当がついていた。

おそらく、これはルグローク商会が手術の際に施したものだ。

捕虜になり、情報を吐くことがないように。あるいは手術の詳細を知られないように。

敗北した際に発動する、口封じの呪《のろ》い。

「……呪《まじな》いで」

ひとりでに、声に呪力が滲んだ。

周囲に飛ばしていた、ありったけのヒトガタを引き寄せる。

「呪《まじな》いで、このぼくを出し抜くか……？　舐めた真似をしてくれる……！」

カイルの死体。その周りに、ヒトガタが立体的に配置されていく。

それぞれが呪力の線で結ばれ、やがて秘術の魔法陣が完成する。

「ओम् अपाकरोतात् पदार्थ समुद्दशितात् आधुनिक इष्टका――」

真言を唱え、両手で印を組み、術を組み上げていく。

人を呪《のろ》わば穴二つ。

これを施した術者はただでは死なせない。呪《のろ》った際周囲数丈にいた人間と、直系血族全員の命くらいは覚悟してもらおう。

だが先にこちらだ。

大丈夫、間に合う。こいつはまだ死んだばかりだ。

直近のタイムスタンプから魂の構造を参照すれば、それを読み込むだけで事足りる。

そう。

前世で最強となったぼくなら……ぼくならこんなこと、造作もないんだ。

死人を蘇らせることくらい――っ、

「――っ‼　ダメですセイカさまっ！　それはやりすぎです‼」

ユキの切羽《せっぱ》詰まった声に……ぼくは、呪《まじな》いの手が止まった。

ユキはなおも言い募る。

「ご自分でおっしゃっていたではないですかっ、それは危ないと！　なぜ転生することになったのかをお忘れですか⁉」

「っ……」

「どうか今一度お考え直しを！　その者はっ……セイカさまがそこまでしなければならないほど、恩や義理のある相手なのですかっ⁉」

「…………」

ぼくは――――印を組んでいた手を下ろした。

ヒトガタが周囲に散っていく。

呪力の線が切れ、魔法陣が崩壊する。

ぼくは少年の死体を前に、声もなく立ち尽くす。

「……お気持ちは、わかります」

ユキの気遣うような声だけが響く。

「ユキは知っておりますから。セイカさまが、誰よりもやさしい方であることを――――」

其の六

決勝戦は、ぼくの勝利で決着した。

霧の妖《あやかし》を回収した後、消えてしまったカイルに会場は騒然としたが、結局「跡形もなく消し飛ばした」というぼくの言葉が受け入れられた。水銀と硫黄《いおう》で血に似た染料を作り、ステージ上に丹念《たんねん》に撒《ま》いていたのがよかったのかもしれない。

その後の表彰式、閉会式は、ずいぶんあっさりと事が済んだ。

帝都での御前試合だったにもかかわらず皇帝の姿はなく、勲章としての首飾りも、運営委員長だという禿頭《とくとう》の中年男から受け取っただけだった。

近衛への入隊は、式の中で断った。相手のメンツを考えて言葉は飾ったが、まるで予定調和のように受け入れられたのが印象に残っている。

唯一よかったのは、多額の優勝賞金がきっちりもらえたことくらいか。

そして——翌日の早朝。

ぼくとメイベルは、帝都の城壁の外に立っていた。

城門からかなり歩いた、森がほど近い場所。言葉もなく佇むぼくらの前にあるのは、苔《こけ》むした小さな岩だ。

「……」

この岩の下に、カイルは眠っている。

死んだカイルの体を、ぼくは位相に仕舞い、誰にも知られないよう持ち出した。おそらくあのままだとルグローク商会に回収され、痕跡が残らないよう処分されていただろうから。

せめて、埋葬くらいはしてやりたかったのだ。

メイベルのためというよりは、自分がそうしたかった。

彼女への申し開きの言葉は、今でも思い浮かばない。

「……いいの。わかってたから」

ぼくの思考を読んだように、メイベルが静かに言った。

「そういう呪《のろ》いがかけられていることは、なんとなく予想してた。負けた『商品』が帰ってくることは、絶対になかったから。あなたが、兄さんを助けてくれようとしたこともわかってる。だから、気にしないで。こうやってちゃんとお別れをすること自体、私はあきらめてた」

「……」

カイルを生き返らせなかったことは、後悔していない。

あの秘術は、前世でも使用を控えていた代物だ。

常命の者を蘇らせるのは、世界の理《ことわり》に反しすぎる。求められればきりがなくなり、いずれは大きな破綻《はたん》を迎えるだろう。

前世で決めた自制を忘れ、激情のままに使おうとしたこと自体間違いだったのだ。気が緩んでいたにしてもひどすぎた。

ユキの言う通り、カイルにもメイベルにも、そこまでしてやる恩や義理はない。

前世でどれだけ乞われても行わなかった秘術を、あそこで行う理由はどこにもない。

ただ。

ただ、やるせなかった。

「……こんな場所でよかったのか？　君たちの故郷に葬《ほうむ》ると言うのなら、付き合ったけど」

この場所を選んだのはメイベルだった。

その彼女は首を振る。

「いい。私たちに、もう故郷はないから」

また長い沈黙が訪れる前に、ぼくはメイベルに言う。

「その……メイベルって名前は、本名だったんだな」

聞いたメイベルは、不思議そうにうなずいた。

「うん。偽名だと思った？」

「最初はね」

「普通、偽勇者の名前に、わざわざ昔の勇者の名前は選ばない、と思う」

「……それもそうか。わざとらしすぎる」

「でも、どうして？」

「カイルが……何度か君の名前を呼んでいたんだ。だから」

「……そう」

穏やかな表情を浮かべるメイベルに、ぼくは告げる。

「実は、そのカイルから伝えてほしいと言われていたことがあったんだ」

「え……」

「ただ、ぼくには意味がよくわからなくて……『四つ葉のこと、ごめん』って」

メイベルは、息をのんで目を見開いた。

それからぽつぽつと話し始める。

「手術の少し前に……私が、大事にしてた四つ葉の髪飾りを、兄さんが間違って壊してしまったの。それで、ちょっとだけ喧嘩になった。そのこと、だと思う。あんなの、なんでも、なかったのに……」

隣ですすり泣く声が聞こえ始める。

ぼくは、ただ黙って、メイベルが泣き止むのを待っていた。

やがて長い時間が経ち……メイベルが、小さく呟く。

「……私、これからどうなるの？」

「言ったじゃないか。学園に帰って、生徒として過ごすんだよ」

「ほんとうに？」

メイベルがぼくの顔を見た。

不安の滲む声。

「こんなのまだ、信じられない。兄さんに殺されるはずだったのに。試合で負けてしまったのに。貴族の養子で魔法学園の生徒なんて、そんな仮初《かりそ》めの身分に戻って、そのまま生きていくなんて……。ねえ、ほんとう？　ほんとうなの？　私っ……」

「大丈夫だよ」

そう言って、ぼくはメイベルの手を取った。

「行こう。もうすぐ馬車が出るよ。ぼくたちの馬車だ」

「っ……」

「もし……大丈夫じゃなかったとしても」

ぼくは一拍置いて告げる。

「ぼくがなんとかしてあげるよ。だから心配するな」

最強だからと言って、なんでもできるわけじゃない。

むしろ、驚くほど無力だ。

ただそれでも――普通の人間よりは、選択肢がたくさん用意されている。

◆◆◆

「あ、ようやく帰ってきたわね」

城門近くにまで戻ってくると、ぼくたちが乗る馬車のだいぶ手前の方で、アミュが腰に手を当てて仁王立ちしていた。その隣には、不安そうな顔をしたイーファの姿もある。

二人には、だいたいの事情を伝えていた。

あの夜、宿で起こった大騒ぎのこともちろんだったが……カイルとメイベルは兄妹で、傭兵を囲う商会に育てられたこと。カイルには敗北によって発動する口封じの呪《のろ》いがかけられていたこと。ぼくがこっそり遺体を運び出していたこと。それをメイベルと二人で、たった今埋葬してきたことも。

ただ、勇者のことだけは伏せた。メイベルが貴族に引き取られたのは縁があったからで、大会で再会することになったのは偶然。そういうことにした。

アミュにはまだ、何も知らないままでいてもらおう。

で、そのアミュはというと……何やらメイベルを見つめて不敵な笑みを浮かべていた。

「ふっふ、待ちくたびれたわ。責めるつもりはないけど」

「ねぇアミュちゃん、ほんとにやるの？　なにも今……」

「馬鹿ね。こういう時こそ剣を握るべきなのよ」

二人でもめていた。なんだ？

「新入生」

と言って、アミュはメイベルに一本の剣を差し出した。

片手剣としては、だいぶ幅広で長い剣だ。安物みたいだけど。

アミュが告げる。

「一戦付き合いなさい」

「……嫌。そんな気分じゃない」

「いいからいいからっ！」

言いながら、メイベルへ強引に剣を押しつける。

そして自分は、すっかり愛用しているミスリルの杖剣を抜いた。

「模擬剣じゃないから、武器が壊れるか、取り落としたら負けね」

「……なにそれ。寸止めは？」

「危ないからなし」

ぼくは首をかしげる。変なルールだな。

「そうそう、あんたは魔法禁止だからね」

「いいけど」

「あたしは使うけどね」

「……は？」

メイベルが眉をひそめて言う。

「ふざけてるの？」

「いいじゃない。あんた一回勝ってるんだから。ハンデちょうだい」

無茶苦茶言ってるな。

「セイカ。合図お願いね」

なんだか、あまりアミュらしくない。

メイベルの事情は知っているはず。こんな時に再戦を持ちかけるほど、無神経でもなかったはずだけど……。

まあ……いいか。

「じゃあ行くよ。……始め」

アミュが地を蹴った。

杖剣を振りかぶり、メイベルの持つ片手剣へと斬りかかる。

ただ……なんだかいつものキレがない。妙に遅いし。

メイベルは剣を立て、怪訝そうな表情でそれを受けようとする。

だが、それぞれの刃が触れた瞬間。

メイベルの片手剣が、派手な音を立てて真っ二つに折れた。

「なっ……」

メイベルが目を丸くする。

アミュはというと。

「わわっ！」

まるで自分の剣に振り回されるように、たたらを踏んで地面に倒れ込んだ。

驚いたことに、地に突き立った杖剣の剣身は、その半ばほどまでが埋まっている。

尻餅をついたアミュが、メイベルへと笑いかける。

「あはは、あたしの勝ち！　どう新入生？　あたしだってこれくらいできるのよ！」

「今の、重力の魔法……」

「全属性使いの首席合格者を舐めないことね！　でもこれ、難しいわねー。あんたよくこんなの実戦で使えるわね」

「……」

メイベルが、アミュを冷めたような目つきで見つめる。

「……なんなの？　自慢したかっただけ？」

「あんた……本当は、自分でお兄さんに勝ちたかったんじゃないの？」

「……別に。勝ち負けじゃない。私は、ただ……」

「嘘ね」

「……」

「剣筋見てればわかるのよ。あんた、ぜったいお兄さんの後にくっついてるような大人しい妹じゃなかったでしょ。横に並べるようになるか……あわよくば追い抜かしてやろうと思ってた。そうじゃない？」

「……」

「大会に出たのも、決勝がその最後のチャンスだったからなんじゃないの？」

「……わかったように言わないで。結局なにが言いたいの」

「次は、あたしに勝ってみなさいよ」

「はあ？」

呆れたような顔のメイベルに、アミュはにっと笑って言う。

「今一勝一敗。卒業までにあたしに勝ち越してみせなさい。ま、難しいと思うけど」

「……ばかみたい。なんでそんなこと」

「目指してた人がいなくなって、やるべきこともなくなって……あんた今、これからなにしたらいいかわからないんじゃないの？」

「……」

「だからよ。いいじゃない。学園には稽古《けいこ》の相手がいなくて退屈してたの。しばらく付き合いなさいよ。あんたが他に、やりたいことを見つけるまでの間だけでも」

尻餅をついたまま話していたアミュが、メイベルへと手を伸ばした。

メイベルは、しばらくそれを黙って見つめていたが……やがて、小さく溜息をついて言う。

「……やっぱり、ばかみたい」

そして、その手を取った。

そのままアミュを引っ張り起こすと、憮然《ぶぜん》として言う。

「あなたに勝つのなんて簡単すぎ。目標でもなんでもない。偉そうなことは、私の魔法くらいまともに扱えるようになってから言って」

「仕方ないでしょ、まだ慣れてなかったんだから」

「慣れじゃない。コツがあるの。もっと早く魔法を解かなきゃダメ。さっきみたいに引き戻せなくなるから」

「ふうん……？　ついでに、振りながら使った時反動がきついのなんとかならない？」

「当てる時にだけ使うの。振りながらだとどうしても力が……」

「あ、あのっ」

馬車の方から戻ってきたイーファが、なんだか焦ったように言う。

「み、みんな、そろそろ出発しない？　なんか御者《ぎょしゃ》さん、イライラしてるみたいだったよ……」

ぼくは、少し笑って。

それから二人の少女剣士へと声をかけた。

「さあ、二人とも帰るよ。話の続きは馬車の中でしてくれ」

◆　◆　◆

そうして二日後。ぼくたちは無事、学園へと帰ってきた。

たった半月離れただけだったのに、ずいぶん久しぶりな気がしたのは自分でも意外だった。

授業もけっこう進んだらしい。追いつくのは大変かもしれない。主にアミュにとってはだけど。

ともあれ、平穏なのが一番だ。

◆　◆　◆

学園長に会いに行ったのは、帰ってきた翌日だった。

「よくやってくれたねぇ、二人とも」

ぼくとメイベルが部屋に入るなり、学園長は満面の笑みでそう言った。

「記念すべき第一回帝都総合武術大会の優勝者が、まさか我が校から出るとは。アタシも鼻が高いよ。まあ第二回があるかはわからないが……とにかく、よくやってくれたよランプローグの。それにメイベルも。準決勝進出は大健闘だ。学園生同士が当たってしまったのは惜しかったねぇ。ブロックが違えば準優勝も狙えていたかもしれない」

一息に捲《まく》し立てた後、学園長が少し置いて付け加える。

「ただし、お前さんたちはあくまで学生だ。学生の本分はなんだい？　そう、勉強だよ。今回のことで多少経歴に箔《はく》はつくだろうが、それだけだ。ぼーっとしてるとあっという間に周りに置いていかれるよ。特にメイベル、メイベル」

名前を呼ばれたメイベルが、戸惑ったように問い返す。

「……私？」

「アタシらの都合ではあるが、入学早々に半月も学園を離れたんだ。追いつくのは大変だよ。特にお前さんの場合、筆記が……ねぇ。そこなランプローグのや従者の嬢ちゃんは成績がよかったから、教えてもらうといい」

メイベルは困惑したように数回瞬きした後、こくりとうなずいた。

学園長が笑顔で手を鳴らす。

「さて。帰ってきて早々来てもらって悪かったね。明日からに備えて今日は休むといい。ああ、ランプローグの。お前さんは、少し残ってくれるかい？」

ぼくは無言のまま目を伏せる。

メイベルは少し迷っていたようだったが、結局一人、学園長室を出て行った。

「……」

「……」

扉が閉まってからも、ぼくも学園長も無言のまま。

やがて。

メイベルが部屋の前から歩き去って行った頃に、学園長がようやく口を開いた。

「さてと。ランプローグの……お前さんは、アタシに何か訊きたいことがあるんじゃないのかい？」

「……そうですね」

ぼくは一つ息を吐いた。

なるほど。そっちからくるなら、回りくどい真似はやめようか。

微笑と共に告げる。

「これで満足ですか？　学園長先生」

「ふむ。どういう意味だい？」

「メイベルが決勝に進めなかったことで、勇者が死んだと見せかける筋書きは破綻した。それでよかったかという意味です」

学園長は、細めた目でぼくを見る。

「そこまでわかっているのなら、満足かという質問は奇妙だねぇ。アタシらの目論見《もくろみ》が外れてしまったことになるが」

「妙だと思っていたんです」

ぼくは、部屋を歩き回りながら続ける。

「筋書きのために、学園の推薦枠は二つもいらない。ぼくが出場する必要はなかったはずだ。まあそれだけなら、新入生が一人だけ選ばれる不自然さを誤魔化《ごまか》すためとも言えるでしょう。慎重さは大事ですからね。ただ……それにしてもずいぶんと、慎重を期したものですね」

「……？　なんのことだい？」

「クレインの家名を聞いてから、気になって実家に訊ねていたんです。どんな家なのかとね。当然ながら、大した情報は得られませんでした。魔法学研究者で、学園派閥の人間が多いこと。実は古い家柄であること。あとは……最近養子に迎えたメイベルを、ずいぶんかわいがっていたことくらいでしょうか。ドレスを何着も買い与えたり、社交界へ連れ出したり、肖像画を描かせるための画家を雇ったり……確かに偽装は大事でしょうが、遠からず死ぬ予定の娘にここまでする必要、ありましたか？　まるで本当に養子として迎えるみたいですね」

学園長は頭を抱えてぼやく。

「まったくあやつらは……浮かれすぎだよ。あれほど釘を刺しておいたのに……」

「学園とその上は初めから、筋書き通りに進める気などなかった。メイベルを手中に収めることこそが目的だった」

ぼくは続ける。

「試合結果に責任を持たないという条件を付けたものの……ルグローク商会は、メイベルを決勝以外で敗退させるわけにはいかなかったでしょう。カイルの試験を済ませる必要があったから。だから当然、トーナメント表にも口を出した。出場者の経歴を調べ、レイナスのような危険な候補は確実に勝てるだろうカイルの側に配置した。メイベルは順当に決勝へと進み、そこで負け、死ぬはずだった。しかし、彼らは予想もしてなかったでしょうね……まさかカイルまで倒してしまうほどの大駒《おおごま》を、依頼者である学園が自らぶつけてくるだなんて」

「……」

「それで学園が何を得られるかと言えば、メイベルしかない。おそらくルグローク商会はメイベルを傭兵のように貸し出したのではなく、学園へ売ったのでは？　決勝で死ぬ予定の人間を、後で返却しろというのも変な話ですからね。逃げられた際に処分する条項くらいは付けていたでしょうが……負けて生き残ることなど想定していなかった。そしてそこを突き、ぼくにメイベルを敗退させることで彼女を手に入れようとした。こんなところですか？」

「……」

学園長はしばしの沈黙の後、溜息をついて言った。

「舐められていたのさ」

「『メイベルの勝敗には責任を持たない』。もしアタシらの思惑通りにいかなくても、金は返さないというわけだよ。そのうえ自分らの傭兵を出場させ、優勝させて名を売る気満々のくせに、メイベルが勝つ可能性もあるからと依頼料を吊り上げる。勇者はこの国の趨勢《すうせい》を決める重要な要素だというのに……今の帝国がどれだけ甘く見られているかわかるってものさ。ま、だからお前さんを使って、奴らの鼻っ柱をへし折ってやったんだがね？　メイベルを奪われ、自信作も失って向こうは散々だろう。いい気味さ」

「……ぼくがメイベルやカイルに負けるとは、考えなかったんですか？」

「アタシはこれでも長く生きていてね」

学園長が、口の端を歪める。

「その者の力の程くらいは、それなりにわかるものさ。お前さんの才は……勇者のそれにも匹敵するだろう。しかも、すでにかなりの力を手にしている。恐ろしいものだよ。下手すれば勇者以上の……いや、それはないかね。勇者を超える才など、この世界にあるわけがない」

「……まあ、そんなことはどうでもいいです。ぼくが訊きたいのは、実のところ一つだけだ」

ぼくは静かに言う。

「メイベルに何をさせるつもりですか？」

「……」

「ルグロークに一泡吹かせるためだけに、こんなことを企図《きと》したわけではないでしょう？　メイベルを手に入れること、それ自体に意味があったはずだ。それは何です？」

学園長は、ふっと笑って言う。

「それを訊いてどうするんだい？」

「別に。哀れな理由なら、哀れだと思うだけです。ただ多少の義理もあるので……何かしてあげられることがあるなら、するかもしれませんが」

「はっはっは、それは恐ろしいねぇ。ではお前さんはどんな理由を想像する？」

ぼくは眉をひそめて答える。

「学園の内から守りを固めるためですか？　警備の兵を雇っても、学園の内情までは把握できない。入学生として間者が送られてくる可能性がある以上、生徒の立場でアミュを守る者が必要だったのでは？」

「なるほど、それはいいねぇ。ただ今後、魔族の注意は学園から外れることになりそうだがね？　今回明らかに託宣の内容と合わないお前さんが優勝したことで、学園の人材の厚さが喧伝できた。去年、どういうわけか刺客と間者が一人ずつ消えたことも、これで勇者の仕業とは言い切れなくなっただろう」

「……違うと言うなら、なんなんです」

学園長は、しばしの沈黙の後――――ふと目を伏せ、呟くように言った。

「あの子が不憫《ふびん》だったのさ」

「……」

「信じていないね。だが事実だ。これ以上振っても何も出ないよ」

学園長が話し始める。

「初め、官吏どもはこの計画を取り下げようとしていた。ようやく勇者の影武者候補が見つかったものの、優勝させられないのでは仕方ない。舐めた態度をとっている商会の条件を蹴り、この案を白紙に戻そうとね。アタシもそれに賛成だった。だがメイベルと会って、気が変わったのさ」

「……」

「才に恵まれた子。しかし、この世のあらゆる不幸を味わったかのような顔をしていた。慕っていた実の兄に殺されることになるのだから無理もない。ただね、あの子はアタシに、優勝してみせると言ったんだ。変わってしまった兄を楽にしてやりたい。恵まれた才を肉親殺しのために使う、だから自分を使ってくれと、死んだ目でね。その時アタシは思ったのさ――こんなのは間違っている」

「……」

「だから官吏どもを説得し、商会と契約を取り付け、棄権なんてとてもしないだろうあの子のために、セイカ・ランプローグという鬼札を使う方法を考えた。従者の嬢ちゃんを候補に入れたのもその一つさ。自分が辞退すれば、あの子が出場することになるかもしれないと、いくらか不安に思わなかったかい？　商人の使う話術の一つだよ」

学園長は続ける。

「長く生きると、いろいろなものから執着がなくなってくる。金や名誉や力、そして生そのものにも。だがね、他人のために何かしたいという執着は、なかなか手放せないものさ。こんな立場にいるのもそれが理由かもしれないねぇ。お前さんにはまだわからないだろうが」

「いえ……」

ぼくは言葉を切った。

前世で孤児を拾って弟子にしていたぼくも、たぶんこの人と似たようなものだ。

かつて持っていた力に対する執着だって……転生したことで、いや、愛弟子に敗れたことで失ってしまった。

ぼくは、一つ息を吐いて訊ねる。

「メイベルは、ルグロークから刺客が送られることを心配していましたよ。向こうはカイルを失って怒り心頭でしょうし、内情を知るメイベルを捨て置かないのでは？」

「そのくらい手を打っていないはずがないだろう。クレインは男爵家だが、由緒ある家柄で宮廷との繋がりも太く、加えて奥方は公爵家の三女だ。養子とは言え、彼らの息女を手にかければルグロークに待つのは破滅さ。だからこそ、金を積んで引き渡しを求めてきたようだが……あやつらは使いを門前払いにしたと言っていたねぇ。まあ心配はないだろう」

それに、と学園長が付け加える。

「ルグロークが力を付け始めたのは、ここ数年のことだ。勢いづいていた者が不意に足元を掬《すく》われれば、臆病になるものさ。しばらくは大人しくしているだろうね」

「そうですか。なら……ぼくがやることはなさそうですね」

「何を言っているんだい」

学園長が呆れたように言う。

「暗殺に怯える必要がないのは当たり前のこと。大事なのは、そのうえでどう生きるかだよ。あの子はこれから慣れない学園生活を始めるんだ。いろいろと助けておやり。先輩としてね」

「それくらい承知してますよ」

そう言って、ぼくは踵を返した。もう話も終わりだろう。

内心で溜息をつく。

今となって思えば、やはり深入りするべきではなかった。

出場を辞退し、メイベルの死や、学園長の思惑とは無関係に過ごす。それが、ぼくにとって一番いい結末だったはずだ。

いらない好奇心に負けたのが失敗と言ってもいい。

ただ……後悔はしていなかった。

その時ふと、一つささいな疑問が浮かんだ。ぼくは学園長を振り返る。

「ところで……長く生きたとおっしゃっていましたが、先生は実際おいくつなんです？」

「女に年を訊くかい。野暮な餓鬼だねぇ。アタシの年なんて、アタシが教えてほしいくらいさ」

学園長は、吐き捨てるように言った。

「三百から先は数えちゃいないよ」

◆　◆　◆

それから一ヶ月。ぼくたちは、すっかり学園生活に戻っていた。

朝、食堂へ続く道を歩いていると、すれ違う生徒がちらちらと振り返ってくる。

微かに話し声も聞こえる。

「あ、あの人」「おいランプローグだぞ」「帝都の剣術大会で優勝した？」「あいつ、決勝で相手を跡形もなく消し飛ばしたんだって」「剣で⁉　いや無理だろ」「ね、けっこうかわいい顔じゃない？」

ぼくは内心溜息をつく。

帰ってきてからずっとこんな調子だった。これでもだいぶマシになった方だ。

なんだか誤解も多いけど……そんなに悪いものでもないから放っておいている。少なくとも、一年前みたいに陰口叩かれているよりはずっといい。いずれは噂も収まるだろう。

食堂に着くと、キョロキョロと目当ての人間を探す。

それはほどなく見つかった。アミュにイーファ、そしてメイベルが、テーブルに書庫の本を広げて話し込んでいる。

やっぱりここにいたか。

前にイーファが、たまにアミュと朝の食堂で勉強していると言っていたから、もしかしたらと思ったけど……勘が当たったみたいだな。

　ぼくは少女の背後まで歩み寄ると、声をかける。

「メ〜イ〜ベ〜ル〜」

「ひっ！」

　メイベルが飛び上がった。

　そしてこちらを驚愕の表情で振り返ると、あわてて逃げようとする。

　ぼくはその手を掴んだ。

「こら、逃げるな」

「やだやだ！」

「セ、セイカくん？」

「あんた、いつの間にいたの？」

　集中していたのか、イーファもアミュも、ぼくに初めて気づいたようだった。

　ぼくは言う。

「ちょっとメイベルに用があって」

「わ、私はない」

「ぼくはあるんだよ。おい、なんで昨日来なかったんだ。ずっと待ってたのに」

「も、もうセイカと勉強するの嫌」

　メイベルが涙目で言う。

「勉強勉強、ずっと勉強！　授業がある日は夜遅くまでやるし、ない日は丸一日、結局夜遅くまでやる！　この一ヶ月ずっとそう！　い、育成所だって休みの日はあったのに！」

「仕方ないだろ」

　ぼくは言う。

「君は授業に追いつかなきゃいけないんだ。なのに大会で遅れた半月分どころか、入試問題すらまともに解けないじゃないか。ならその分がんばらないと」

「だ、だって……」

　メイベルが潤《うる》んだ目を伏せる。

「私には今まで、そんなの学ぶ意味もなかった、から……」

「はぁ。メイベル」

　ぼくは彼女の肩に手を乗せる。

「留年は、どんな者にも平等に訪れる」

「格言みたいに言わないで！　だいたい女子寮にまで押しかけて、夜遅くまで居座ってるなんておかしい！」

「ちゃんと学園長経由で寮長には許可もらってるよ。だからメイベル、ぼくはその気になれば、朝までだって君に勉強を教えることができるんだ」

　まあさすがにラウンジ以外は立ち入れないんだけど。

「イ、イーファ。助けて」

　蒼白になったメイベルがイーファに助けを求める。

寮で親切にされたのか、メイベルは一瞬でイーファに懐いていた。

そのイーファはというと、西洋に伝わる伝説の聖母のような微笑でメイベルを見つめた後、ぼくに告げる。

「セイカくん……まだ甘いんじゃないかな」

「⁉」

「こんなに元気があるんだもん。メイベルちゃんは、きっとまだまだがんばれる」

「う、嘘。イーファ……？」

見捨てられたことが信じられないように、メイベルが縋《すが》るような目をイーファに向ける。

イーファは聖母の微笑のまま、メイベルを見つめ返した。

その目は、心なしか遠い気がする。

「大丈夫だよ、メイベルちゃん。人間にはね、〝つらい〟の先があるの。勉強して、夜眠って、ご飯を食べて、また勉強する。メイベルちゃんはまだ、そんな生き物になってないよね？　じゃあ、もっともっとがんばらないと」

「こ、怖い……」

「あんたはいったいどんな地獄をくぐってきたのよ……」

「大変だったなぁ」

イーファが宙空を見つめる。

気のせいかもしれないが、なんだか目に光がない。

「お屋敷の仕事をしながら勉強してた頃は、大変だったけどまだがんばれた。仕事の合間に休憩できたし、体を動かして気晴らしになったから。でも入試が近づいて、仕事を免除されてからは、そんなこともなくなって……えへへ、ずっと勉強だったんだ。最初は他の使用人の人たちに嫌みを言われたりしたけど、すぐにかわいそうな目で見られるようになって。出発の日には、みんな泣きながら送り出してくれた」

「……」

「……」

「でも、わたしがあんなにがんばれたのも、セイカくんのおかげだよ。ほんとうにありがとう、セイカくん」

後光が差してそうなイーファに、ぼくは答える。

「え？　ああ。どういたしまして」

「軽っ！　今の空気に対して返事が軽すぎなのよ！」

「えー、でも、普通に勉強教えてただけだしなぁ。ちょっと入試までの時間がなかっただけで」

みんな大げさだよ。

「というわけでメイベル。今日も授業終わったら女子寮行くから。昨日の遅れを取り戻すためにこれから数日は特にがんばらないとね」

「や、やだ……イーファみたいになりたくない……」

「あんたねぇ、ほどほどにしなさいよ」

その後。弁護人アミュとの交渉の末、メイベルには月に二日以上完全な休みの日を設けてやることが決まった。

まあ最近能率が落ちてたし、ちょうどいいかな。

メイベルの学園生活は、まだ始まったばかりだから。

第二章　其の一

波乱の帝都総合武術大会から三ヶ月。

この国にも夏が訪れていた。

窓が開け放たれた寮の自室にて、ぼくはベッドに腰掛け、届いた手紙に目を走らせる。

「あの屋敷の人間からですか？　セイカさま」

肩に乗ったユキが、手紙を見下ろしてそう訊ねてきた。こちらの文字はまだ読めないらしい。

ぼくはうなずいて答える。

「ああ。父上からだよ」

「……セイカさまがあの若輩《じゃくはい》を父と呼ぶのは、なんだか違和感がありますね」

「そう言うなって。ブレーズには一応恩もあるんだ」

特に、寮で貴族用の個室をもらえたこととかね。ユキと話せて、呪術の道具を広げられるのは本当にありがたい。

ユキは気を取り直したように言う。

「して、どのような内容だったので？　此度《こたび》の休みに顔を見せろ、とかですか？」

ユキの言った通り、学園はちょうど夏休みに入っていた。

この時期を利用して実家に帰る生徒は多い。

しかしぼくは、去年なんやかんや理由をつけて寮に残っていた。帰る意味がないし、馬車での長旅も嫌だったから。

今ではあの揺れにもだいぶ慣れたが、疲れることに変わりはない。

ただこの手紙の内容は、帰省を促《うなが》すものではなかった。ぼくは首を横に振って答える。

「いや。なんか、ドラゴンの調査に行ってほしいんだってさ」

「ドラゴン、でございますか？」

「ああ」

怪訝そうなユキに、ぼくは説明する。

「帝国の持つ属国の一つにアスティリアという王国があるんだけど、そこの旧王都は、人とドラゴンが共に生きる街らしいんだ。なんでも近くの山に一匹の巨大なドラゴンが巣くっていて、その縄張りの中に街がすっぽり入っているらしい。だけど住民を襲うことは決してなく、むしろ過去には衛兵と一緒に、野盗や敵国の軍を撃退していたそうだよ」

「ほう」

ユキが珍しく興味深げに答える。

「思えばユキも人と共に生きる妖《あやかし》でありますし、そういうこともあるのでしょうね。それで、そのドラゴンがどうかしたのですか？」

「なんでも、最近様子がおかしいらしい」

「おかしい、とは？」

「人間を攻撃したり、たまに家畜を襲うようになったそうなんだ」

「む……」

ユキが首をひねるような仕草をする。

「……おかしいと言いますか、それが普通である気もしますが。ドラゴンとて腹が減れば、手近な肥えた獣を襲いましょう」

「いや、こちらのモンスターはだいぶ動物に近いが、それでも化生《けしょう》の類《たぐい》だ。土地の魔力さえ十分なら、妖《あやかし》と同じく食事をせずともちゃんと生きながらえるはずなんだよ」

いろいろな文献を読んだ限りでは、どうやらそのようだった。ぼくは続ける。

「アスティリアのドラゴンも、きっとこれまでは滅多に獣を襲うことなんてなかったんだ。人間に敵意を向けるようなことも。だからこそ、街の住民が戸惑っているんだろう」

「はあ……」

ユキが気の抜けた返事をする。

もっとも、飼い慣らしたつもりの猛獣が牙を剥いてくることなんて、普通によくある話だけど。

「して、なにゆえセイカさまがその調査を？」

「簡単に言えば、飼っている猛獣をちゃんと管理できているかの確認かな」

ぼくは言う。

「ドラゴンは、この世界ではほぼ最強のモンスターだ。そんな存在が不穏な気配を見せているとなれば、事はアスティリアだけの問題ではなくなる。もしこちらに飛んできたりでもしたら、帝国も大きな被害を受けかねないからね。現地を確認して、脅威を見定める必要がある」

「……いつからセイカさまは、官僚の使い走りをされるようになったので？」

「そうじゃない。ブレーズからの頼みだよ」

ぼくは説明する。

「今回の調査は、帝国の官僚ではなくアスティリアの議員が直接、ブレーズに依頼したものなんだ。議会でつつかれる前に、自分たちの方から帝国の使者を迎えてしまった方がいいと考えたんじゃないかな。だから研究者として名が通っていて、それなりに身分の高い人間に声をかけた」

「なにゆえ研究者になど？　どちらかと言えば政《まつりごと》の領分でしょうに」

「政治家に借りを作れば、後に議会で重い見返りを要求されかねない。その点ブレーズは政治から距離を置いているし、研究者なら調査の名目も立つ。何かと都合がよかったんだよ。学会でよく帝都にいるから声もかけやすいしね」

「人の世はごちゃごちゃとめんどうでございますねぇ……」

ユキがうんざりしたように呟く。

ぼくも前世では政治になんて無頓着《むとんちゃく》で、こんな話はしたことなかったからな。

ついでに、もう少しアスティリア側の考えを読むならば……向こうはおそらく、ドラゴンの問題を解決する策をすでに用意している。そうでなければ調査依頼なんて、ただ墓穴を掘るだけだ。

それから、ユキは何やら釈然としない様子で言う。

「ただユキにはやはり、あの若輩がセイカさまにこんなことを頼んでくる理由がわからないのですが……。今のセイカさまは、立場上はただの学生でございますよね？」

「それは……きっと暇なのがぼくだけだったからだな」

「はい？」

「考えてもみろ。ブレーズ自身は多忙だし、ルフトも領主の仕事を覚えるので手一杯。グライは駐屯地から動けないし、親戚もどうせ皆自分の仕事や領地経営で忙しい。一方で、学生のぼくは夏休み。実家に帰る気配もない一ヶ月の暇人ときている」

「ええ……そんな理由でございますかぁ……」

「理由はそんなでも、優秀な息子に任せたと言えば聞こえはいいはずさ。学園で成績上位、さらには武術大会の優勝経験まであるわけだからね」

ちょっと優秀すぎるくらいだ。いい加減、少し抑えた方がいいかもな。

「して、どうされるのですか？　目立たぬように生きるのなら、こんな要請は断った方がよろしいかと存じますが」

「いや、行くよ」

抑えた方がいいとか考えていたにもかかわらず、ぼくは即答した。

「お前の言うことももっともだが、他国は一度見ておきたかったんだ。領地に帰省しろと言われるよりはずっといい。あとドラゴンも気になるし」

「……最後の理由がすべてでは？」

ユキが半眼になって言う。

「セイカさま……ほどほどになさってくださいね」

「何がだよ」

「ご趣味も結構ですが、節度を守られますよう。前世のように丸三日地下室にこもって実験に没頭した挙げ句、失踪したと勘違いされ騒がれるようなことはもうお控えください」

「わかってるわかってる」

ぼくは手をひらひらと振って答える。

呪術の研究はともかく、自然科学や生物学の実験は、どうもユキにはぼくの趣味に見えているらしかった。

確かに趣味みたいなものだけど……結構役に立つんだけどなぁ。

◆◆◆

「というわけでぼく、夏休み中はアスティリア王国に行くことになったから」

昼時の食堂。

同じテーブルに座るイーファ、アミュ、メイベルに、ぼくはそう告げた。

「ふうん、ドラゴンの調査ね……おもしろそうじゃない。あたしもさすがにドラゴンは見たことなないわね。ついてってていい？」

普通に言うアミュに、ぼくは呆れて返す。

「何言ってんだ。君、明日から実家に帰ることになってただろ」

「あたしの場合ロドネアから近いから、別に春でも帰れるし」

「そんなこと言うなって。家族には会える時に会っておいた方がいい」

「あんたが言うと、重いのか軽いのかわからないわね……。まあそうするわ。もう馬車も頼んじゃったしね」

「はい」

と、メイベルが小さく手を上げた。

「私は、予定ない。重い物も持てる。護衛もまかせて」

と言って、行きたそうな目を向けてくる。

意外と言えば意外だが……最近は明るくなって学園生活にも慣れてきているようだから、ちょっと冒険したい気持ちがあるのかもしれない。

ただ、ぼくは言わなければならない。

「予定、あるだろ」

「……？」

「勉強」

「……!!」

「君、ぼくの課題ちゃんとやってるか？　新学期から授業について行けないとまた勉強漬けだぞ」

「え、鋭意消化中……」

全力で目を逸らすメイベルに、ぼくは付け加える。

「それと……君も今の家に帰ったらいいんじゃないか？　たぶん両親は待ってると思うよ」

「ん……じゃあ、そうする」

うなずくメイベルを見て、ぼくはそれから、何やらうずうずしている様子のイーファに目を向けた。

「イーファ……一緒に来るか？」

「えっ！」

「長い旅程になるから休みいっぱいかかるだろうし、無理にとは言わないけど」

「い、行くよ！　行く！　……あはは、わたしもだめって言われるかと思った」

「従者の一人くらいは向こうも許してくれるよ」

言ってから、ぼくは少し申し訳なく思う。

ぼくが帰らないのに、イーファだけ帰るわけにもいかない。この子も父親に会いたいだろうに、それを妨《さまた》げているのは罪悪感があった。

まあイーファの父親はブレーズ以上に多忙だから、帰ったところで会えるかはわからないんだけど。

「それで、出発はいつなわけ？」

「予定では明後日だな」

「ずいぶん急ね」

「移動に時間がかかるんだ。夏休みは一ヶ月ちょっとしかないし、急ぎもするよ」

「もう馬車はとったの？」

「いや、向こうが手配してくれることになってる」

「向こう？」

「アスティリアの偉い人だよ」

ぼくは説明する。

「ちょうど帝都に来ていたみたいで、帰る時にロドネアに寄ってくれるんだってさ。だから護衛隊付きでアスティリアまで行ける」

「護衛隊、って」

アミュが眉をひそめる。

「ずいぶん大げさね。街道を行くなら野盗もモンスターも心配ないはずだけど」

確かにアミュの言う通り、主要路を行くだけなら商隊《キャラバン》でもせいぜい数人の護衛を連れる程度だ。

遠くの都市を結ぶ帝国の街道は、本来は軍を効率的に移動させるための軍用路だ。安全確保のためにモンスターは定期的に排除されるし、野盗は近寄らない。

ただ、今回は少し事情が違った。

「仕方ないよ。その人の立場が立場だからね」

「……？」

「アスティリアの偉い人っていうのが、実は……」

その時、食堂の後方からざわめきが聞こえてきた。

一際声のでかい人物の話し声が耳に入る。

「――ほう、ここがそうなのだな。案内ご苦労。しかし、なんとも質素であるな……む、そうなのか。しかし建物が古いならば建て替えればよいだろうに」

「若」

「いや失敬。今言ったことは気にしないでくれたまえ。して？　……おお、彼がそうか。感謝するぞ。もうよい。後は我々だけで行こうか、リゼ。……ん？　どうした？　早く来ないか」

ざわめきと気配が近づいてきて、ぼくは振り返る。

そこにいたのは、豪奢な礼服を着た一人の少年だった。

年の頃は十代後半くらい。整った容姿と気品ある佇まいからは、高貴な血筋の人間であることが否応なく伝わってくる。

護衛を兼ねているのだろう。そばに控えている長身で耳の尖《とが》った亜人種の女性は、相当な使い手であるようだった。

ざわめきの原因は、明らかに人目を引くこの二人だろう。

え、まさか……。

呆気にとられるぼくへ、少年が微笑と共に口を開く。

「やぁ。そなたがセイカ卿で間違いはないか？」

しばし固まるぼく。

しかし、やがて気を取り直して立ち上がると、笑顔と共に貴族用の敬語を吐き出す。

「いかにも。お初にお目にかかります。予定よりも早いお着きでしたね、セシリオ・アスティリア王子殿下」

後ろの方では少女たちのささやき声が聞こえてくる。

「……誰よ、あれ」

「王子、って言ってた」

ぼくは笑みを引きつらせながら言う。

「何もこのような場に来られなくても、こちらから出向きましたのに。アスティリア王国の第一王子たる殿下を迎えるには、いささか不適当な場所で申し訳ない」

「よい。ボクが学園の者に無理を言って案内させたのだ」

そう言うと、王子は快活な笑みを浮かべる。

「ことが急を要するわけではないのだが、そなたに会うついでに帝国の魔法学園を一度見ておきたかったのだ。なんとも歴史を感じさせる建物であるな。生徒たちも皆優秀そう、に

……おお、これは……！」

と、セシリオ王子が言葉を切った。

その目は、ぼくの隣の席でかしこまるイーファに向けられている。

「そなた……名は？」

「えっ⁉　えええと……イーファ、です……」

ガチガチのイーファの前に王子は膝を突くと、少女の手を取り、熱に浮かされたような目で言った。

「なんと美しい……そなた、ボクの後宮《ハレム》に来ないか？」

は？

◆ ◆ ◆

イーファは何を言われたかわからなかったように、ぼくへと困惑の視線を向けた。

しかしながら、ぼくもなんて言ってやればいいのかわからない。

王子が続けて言う。

「当代のアスティリア王は母である女王陛下で、今の後宮は名目上、継承順位第一位であるボクのために開かれている。このような立派な学園で教育を受けられるくらいだ。イーファ、そなたはさぞ聡明で高貴な女性なのだろう。ボクと我が国のために、ぜひ後宮に来てほしい」

イーファも、その頃にはようやく状況がわかってきたらしい。

小さくうつむいて、だがしっかりした声音で言う。

「ご、ごめんなさい……わたしはその、セイカ、様の奴隷ですから……そういうことはちょっと、無理です……」

「なんと……そなたはこの学園の生徒ではなかったか」

「い、いえ、生徒ではあるんですけど……」

「む、そうか。ならばやはり才媛《さいえん》であることに変わりはないのだな。それならば問題ない。セイカ卿、彼女を言い値で買おう。支払いは我が国の大判金貨でよいか？」

ぼくは唖然としつつもかろうじて口を開く。

「あ、あのですね……」

「若」

亜人種の女性が、冷たい声音でそれだけ言う。

すると王子は、途端にばつの悪そうな顔をした。

「わかっている、リゼ。失敬、セイカ卿。此度そなたと会したのはこのようなことが目的ではなかったな。本題に入ろうか」

「……それでしたら場所を移しましょう、殿下。ここでは無闇に注目を集めます。学園の一室を借りましょう、こちらへ」

歩き出しながら、ぼくは思う。

こいつ大丈夫か？

◆◆◆

王子の来園はあらかじめ学園長も知っていたので、お偉方向けの応接室をスムーズに借りることができた。

その一室で、ぼくらは向かい合う。

「……」

なぜかぼくの隣には、イーファが緊張した様子で座っていた。

なぜかというか、王子たっての希望だったからなんだけど……まあとりあえず今はいい。

ぼくは気を取り直して口を開く。

「ではまず、旧王都の状況から教えていただけますか？」

「うむ、そこからであろうな、セイカ卿」

「その前に殿下、ぼくに対し卿の敬称は不要です。ぼくは父から爵位の継承は受けておりませんし、その予定もありません」

「む、そうであったか……ではセイカ殿とお呼びしよう。年も近いようであるし、ボクとしても気安い」

王子は微笑と共にそう言った。言動にいちいち気品があるな。

「さて旧王都であるが、具体的にどこの都市かはご存知か？」

「ええ。王都アスタから西に馬車で半日ほどの位置にある都市、プロトアスタですね」

旧王都は、正確にはそんな名前の街だ。『かつてのアスティリア王都』みたいな意味らしい。

王子はうなずいて話し始める。

「百年ほど前にあった遷都《せんと》からその勢いは弱まっているが、プロトアスタは未だ、我が国では大きな都市でな。遷都以降そこは、次代の王位継承予定者が首長を務める慣例となっている。ボクが今回帝都まで出向き、ここでそなたと会したのもそれが理由だ」

これは予想外だった。単なる使節かと思ったが、王子自身が旧王都の長だったとは。

前世では聞いたことのない慣習だが、あらかじめ官僚の仕事を経験させるという意味では理にかなっているかもしれない。

王子は続ける。

「そしてアスティリアのドラゴンは、遷都以前のさらに百年以上も昔からあの地で人々と共に生きている。街のすぐそばに立つ山を住処《すみか》としてな」

「それはすごい」

ぼくは素直に驚いた。

強大な化生の類が二百年以上にもわたって人と共に生きた例など、前世でも知らない。守り神のような存在は別として、普通は人里のような場所で共存するのは難しい。

王子は神妙にうなずく。

「うむ。かつては先祖たちと共に、王都に迫る敵軍と戦い追い返したこともあったという……しかしセイカ殿もブレーズ卿から聞き及んでいることと思うが、ここ一年ほどそのドラゴンの様子がおかしくてな」

「ここ一年ほどのことなのですね。確か、家畜や人を襲うようになったとか」

「うむ……」

王子が重々しくうなずく。

「被害はそれほど深刻ではない。家畜を襲うと言っても、放牧中のはぐれ羊が数頭狙われた程度。人も、不用意にドラゴンの住まう山に立ち入った街の外の人間が襲われただけだ。怪我はしたが、逃げる途中に崖から足を踏み外しただけで喰われてはいない。ただ……様子がおかしいのは確かでな。以前はこのようなことはなかったし、明らかに警戒心が強くなっている。最近は特にひどく、城壁の外で遭遇する街の人間にも威嚇《いかく》する始末だ」

「ドラゴンが街の人間と、それ以外の人間とを区別しているのですか」

「うむ。何度も見る顔は覚えるのだろうか。城壁の中にこそ降り立たないものの、以前は街の周辺に広がる牧草地や畑近くに降り立ち、何やらぼーっとしていることも多かったそうだ。近くに人がいても気にすることなく。しかしながら他の街から来る行商人や旅人の中には、睨まれたり空から後を追われたと言う者が多くいる」

「なるほど……」

縄張りの外から来る者を警戒しているのか？

ただ、その内側にいる人間を受け入れているのもよくわからない。

「そもそも、なぜアスティリアのドラゴンは人を襲わないのですか？　文献などを読む限り、ドラゴンは人と共に生きられるモンスターとは思えませんが」

「正確なところはわからぬ。とにかく昔からそうだったのだ」

王子は言う。

「ただ、伝承はある……あのドラゴンは、かつてアスティリアの王妃によって卵から孵《かえ》された
というものだ」

「人に孵されたドラゴン……ですか」

「あくまで伝承だ。ドラゴンの卵はごくごくまれに市場に出回ると聞くが、人が孵した例など
聞いたことがない」

「……」

ヘビやカメやトカゲの卵は、普通は何もせずとも孵る。

ドラゴンも似たようなものかと思っていたが、違うのか？

「被害は深刻ではないと言ったが、そう楽観視できる状況でもなくてな」

王子が重々しく言う。

「家畜が怯えるせいで放牧に支障が出ているし、行商人も大きな商いを控える始末だ。民の間
にも不安が広がっている。さらには……帝国の警戒もある」

王子の視線が、ぼくにまっすぐ向けられる。

「セイカ殿には、今回の件をしかと見届けてほしい」

王子が真剣な表情で言った。

表向きの地位は向こうの方が上だが、実際の立場はぼくの方が上だ。ぼくの報告次第で、アスティリアの状況は良くも悪くもなる。

言いようから察するに、やはりアスティリアには、何かドラゴンの問題を解決する策があるのだろう。

ぼくは笑みを返す。

「無論です、殿下。父から命じられたぼくの役目は、本件の学術的な調査、考察、報告ですから」

中立に見てやる、という意味を込めて互いにわかりきった建前を口に出すと、王子はふっと表情を柔らかくした。

「助かる。ただボクも、学術的な考察には興味があってな。どうだろう、セイカ殿。現時点で、何かそなたに思うところはあるか？」

「そうですね……」

ぼくは考える。

気になる点はあるものの、今は情報が少なすぎてなんとも言えない。

「いえ……やはり現地におもむき、詳しい記録をあたってみないことには」

「そうか。では、イーファはどうだろう」

と、そこで王子がずっと黙っていたイーファに目を向けた。

イーファは明らかに動揺した声を上げる。

「え、ええっ、わたしですか？」

「うむ。何か考えはないだろうか」

「わたしは……セイカ、様がわからないなら、なにも……」

王子は微笑して告げる。

「ボクが求めているのだ。主人に気を遣わなくてもよい。そなたの意見が聞きたい」

「えええ……うーん……」

イーファはしばし悩んだのち、口を開く。

「あの、やっぱりわたしはよくわからないんですが……過去に、同じようなことはなかったんですか？」

「ふむ」

王子は顎に手をやって考え込む。

「聞いたことはないが、記録を見直す価値はあるかもしれぬ。感謝するぞ、イーファ。これからはそなたの見識にも頼りたい」

「は、はぁ……」

「そうだ。今宵、会食などはどうだろうか。セイカ殿も交え、じっくり話ができれば……」

「若」

そばに立つ、亜人種の女性がぴしゃりと言った。

「護衛計画に差し障ります。自重を」

王子が苦い顔をする。従者か護衛のようだが、立場は強いようだ。

絹糸のように細い白金の髪に翠眼《すいがん》。長身に、尖った長い耳。

おそらく、森人《エルフ》だろう。

弓と魔法に秀でた種族。強い力の流れを感じるのもうなずける。

ただ気になるのは……食堂で会った時から、強い警戒の目を向けられていることだ。

護衛のためとも違う気がする。どちらかと言えば、前世でよく向けられていたものに近い。

畏《おそ》れを含んだ目。

なんだろう。ぼくの力が察せられているのか？　でも、まだ会ったばかりなんだけどな。

「わかっている、リゼ」

王子が苦い顔のまま森人《エルフ》に答える。

「すまない、セイカ殿。ボクの護衛はどうも心配性でな」

「……いえ、お気になさらず」

「ではそろそろ失礼しよう。出立時にまた」

「ええ、殿下」

王子と森人《エルフ》の護衛が退室していく。

気配が部屋の前から消えると、ぼくははぁ、と息を吐いて再び応接椅子に腰を下ろし、背もたれに体を預けた。

こういうのは疲れる。偉い貴族にへりくだっていた役人時代を思い出してしまった。

あれほんとうんざりだったな。ぼくが半ば失踪気味に陰陽寮を飛び出した原因の一つだ。

立ったままのイーファが不安そうに聞いてくる。

「ね、ねぇセイカくん、わたし、不敬なこととかしなかったよね？　大丈夫だよね……？」

「え？　ああ。大丈夫大丈夫。意見も、かなりもっともなこと言ってたと思うしね」

過去にあった似た事例というのは、むしろ真っ先に探すべきことだ。そこから今後起こりうることや、解決策が導けることも多い。あの王子の様子ではやってたか怪しいけど。

さっきまでのやりとりを思い出し……ぼくはなんだかイライラしてきた。

あの王子……大丈夫か？

主人をおいて従者に意見を聞くって、少しでも失礼にとられるとは思わなかったのか？

というか他人の奴隷を後宮に誘った挙げ句買い取ろうだとか、平時ならともかく今やることか？

そもそも女の従者連れて女口説こうとかどんな神経してるんだ？

駄目男、という言葉が否応なく思い浮かんでくる。

「あー、イーファ……今回のことだけど、無理してついてこなくてもいいよ」

「え、なんで？　無理してないよ。セイカくんについていくよ、従者だもん」

「あ、そう……」

きょとんとするイーファに、ぼくはそれだけ返す。

まあ……いいか。

彼も自分の状況は理解していたようだし、言葉遣いや所作も洗練されていた。底抜けの無能というわけでもないだろう。

属国とは言え王族、それも継承権第一位の王子だ。

地位も金もある。気に入られて悪い相手じゃない。

後宮ならきっと待遇もいい。輿入《こしい》れ先としては申し分ないだろう。

ちらとイーファを見やる。

綺麗になった、と思う。学園の男子生徒からも人気があるようだし、他国の王子に見初《みそ》められるのも無理はない。

この子も今年で十五。こちらの世界でも成人の年だ。

そろそろ自分の行く末を決める時が来ている。

手元から離れるのは惜しいが……他国に伝手《つて》を作れるのも悪くはない。

イーファがもし望むなら、アスティリアに嫁がせてやってもいいかもしれないな。

◆◆◆

男子寮に戻る途中、強い力で茂みに引き込まれた。

「静かにして」

「洗いざらい吐いてもらうわよ」

「……」

口元を押さえられ、仰向けのままメイベルとアミュを見上げる。

いるなー、とは思っていたけど、まさかこんなことされるとは思わなかった。

「あの王子様となに話してきたわけ？」

「……何って、旧王都の状況とか、ドラゴンのこととか。昼に話しただろ」

メイベルが手をどけるのを待ってぼくが答えると、アミュが眉をひそめた。

「そんなことはどうでもいいの。訊きたいのはイーファのことよ。わざわざあの子まで連れてったじゃない」

「あー……」

「なによ……まさか、イーファのこと売る気なの⁉」

「違う違う。本当にドラゴンの話しかしなかったんだよ。だから話せることなんてないってだけ」

「本当に？」

「本当だよ。まあ、殿下はイーファのことかなり気に入ってたみたいだったけど」

少女二人は顔を見合わせた。

それから、メイベルが訊ねてくる。

「……ほんとに、イーファを売ったりしない？」

「しないよ。ぼくそんなに信用ないか？」

「そうじゃない、けど」

「まあ、ただ……」

ぼくは立ち上がり、服の汚れを払いながら言う。

「もしイーファが望むなら、奴隷身分から解放してあげるつもりだよ。帝国では成人の後見人が必要なせいで難しかったけど、アスティリアでならそれもいらないはずだから」

「アスティリアでなら、って……それ、イーファが後宮に入る、ってこと？」

「本人が、殿下の誘いを受けるつもりならね」

「あんたなに言ってんの？　あの子がそんなこと言うわけないじゃない」

「君らこそ何言ってるんだ？」

思わず少し咎めるような口調になる。

「イーファは今年成人なんだぞ。他国の王族に声をかけられる機会なんてそうない。自分の将来を決める時なんだ。ぼくらが邪魔するべきじゃないだろ」

聞いた少女二人は、微妙な表情をしていた。

メイベルがおそるおそる言う。

「セイカの言うこともわかる、けど……そのこと、イーファには言わないであげて。たぶん、悲しむと思うから」

「なんで悲しむんだ？　それに言ってやらないと、ぼくに遠慮して切り出せないかもしれないだろ」

「お願いだから」

「……わかったよ。だけど本人が言い出したなら別だぞ」

「うん、それでもいい」

まだ何か言いたげなアミュの背中を押して、メイベルは去って行った。

まあきっと、二人ともイーファのことが心配だったんだろうな。駄目男っぽい王子に無理矢理後宮に入れさせられるのでは確かにかわいそうだ。

安心してくれ、二人とも。ぼくはイーファの意思を尊重するよ。

アミュもメイベルも、自分一人の力で生きていけるだけの能力がある。イーファもそうだろう。

学園でキャリアを積むのもいい。

だけど、そうじゃない選択肢だってあるんだ。

弟子のうちの何人かは、恵まれた才を持っていたにもかかわらず、そちらを選んだ。

幸せに生きて死んだ彼女らの人生を、ぼくは否定するつもりはない。

其の二

二日後。王子とその護衛隊の馬車と共に、ぼくとイーファはロドネアを発った。

アスティリア王国はランプローグ領以上に遠い。かなり長い旅路になる予定だ。

隣に座るイーファが心配そうに訊ねてくる。

「セイカくん、大丈夫？　気分悪くない？」

「ああ。もういい加減慣れたよ」

苦笑しながら答える。

何回も乗ってればさすがにね。乗り心地は相変わらずよくないけど、大人しくしていればだいたい大丈夫。

イーファはなおも言う。

「ダメそうだったら、また寝っててもいいよ？　なにかあったら起こすから」

「いざとなったらそうするよ。でもさすがにまだ眠くはないな」

「そう？　……あ、そっか……まだ初日だもんね……」

「何？」

「ううん」

イーファが首を横に振って、小さく笑う。

「セイカくん、今まで一緒に馬車に乗った時は、途中の宿でずっと起きててくれたでしょ? 明るい時に馬車の中で寝てたの、そのせいだったのかなって」

「あー……気づいてたんだ」

大都市ならともかく、小さな街や村にあるような宿はほとんどが大部屋で雑魚寝だ。おかげでおちおち寝てもいられない。貴重品を持っていたり、若い女でも連れていればなおさら。

だから去年領地から出てきた時、ぼくは途中の宿で夜通し警戒せざるを得なかったわけだけど……別に、だから起きていたわけじゃない。その程度はやろうと思えば全部式神に任せられる。

ぼくが夜起きていたのは、ただ馬車酔いが嫌で日中ずっと寝ていたかったからだ。

七日も乗っていたのに最後まで慣れなかったのは、そのせいもあったんだけど。

「気にしなくていいよ。あの時はむしろ馬車の中で起きてる方が辛かったから」

「うん……ありがとね、セイカくん」

イーファが笑って言った。

事実なんだけど、この子が本当に気にしないということはないだろうな。

まあだからこそ、女子寮でもいろんな生徒に好かれてるんだろうけど。

「でも今回、宿の心配はしなくてよさそうだ。あれだけ護衛がいるし、きっと事前に手配くらいしてるだろう」

何せ王子だしね。人数が人数だから野営になるかもしれないが、それでも田舎の宿よりはずっと快適になるはずだ。

「こんなにいい条件で他の国に行けることはそうそうないだろうな。ドラゴン様々だよ」

「……ドラゴンかぁ。でもすごいよね、人とドラゴンが一緒に暮らしてるなんて」

イーファは視線を上げ、楽しげに言う。

「竜騎士みたいに、背中に乗ったりできるのかな？」

「竜騎士はおとぎ話じゃないか。イーファ、そういうの好きだよな……現実にはとても無理だよ」

「そうだけど、実際に仲良くしてるんだし」

「いや仲の問題じゃなくてね……」

妖《あやかし》もそうだが、羽の生えてるやつに乗って飛ぶというのは難しい。

ぼくも妖《あやかし》に乗る時は、完全に神通力のみで飛ぶものを選んでいた。具体的には蛟《みずち》とか。

どう説明するか迷っていると、イーファがふと思い出したように言う。

「そういえば出発前に、セシリオ殿下から一緒の馬車に乗らないかって誘われたよ」

「えっ⁉」

「ドラゴンのことを詳しく話したい、って言われて」

「へ、へぇ……」

あの王子……ドラゴンの話をするのにぼくには一言もなしか？

いや、わかる。ドラゴンは口実で目的はイーファなんだろう。しかし建前なら建前として、ぼくへの礼儀を通すとかないのか？

そもそも今の状況で、そんなことをしている場合なのか？

ぼくは顔を引きつらせながら訊ねる。

「そ……それで？」

「もちろん断ったよ。セイカくんの従者ですから、って」

と、イーファは苦笑いを浮かべて言う。

「困っちゃうよね。まさかわたしなんかを、本気で後宮に迎えたいわけじゃないと思うけど」

「いや……一応、真剣に誘ってたと思うよ」

「そうかな？　もしそうなら、ちょっとだけうれしいかな」

イーファが少し照れたように言った。

もやもやした気持ちを抱えたまま、馬車は進んで行く。

◆◆◆

九日後。ぼくたちの目の前に、城壁に囲まれた目的の都市が姿を現した。

アスティリア王国旧王都、プロトアスタ。

山々を背にし、周囲には草原が広がる、のどかな場所に立つ都市だ。

かつて王都だったという割りには少し小さい気もしたが、どこか威厳と歴史を感じさせる佇まいをしている。

城門よりもかなり手前で、馬車が止まった。

「ど、どうしたんだろ？」

「んー……城門が詰まってるみたいだな」

窓から顔を出しながら、ぼくは答える。

入城待ちしているのは商人たちの馬車のようだった。混雑する時に着いてしまったのかもしれない。

しかし、なかなか数が多いな。帝国の街道も通っているし、大都市というのも本当らしい。

「セイカ殿」

馬車の外から声をかけられる。

見ると、自分の馬車を降りた王子が、数人の護衛を伴ってこちらに歩いてきていた。

「申し訳ない。少しばかり時間がかかるようだ。今のうちに外の空気を吸ってはどうか」

「ええ。そうしましょう」

ぼくは顔を戻し、イーファに声をかける。

「降りようか」

「うん、そうだね」

イーファは先に馬車を降りると、うーんっ、と伸びをした。

「わぁ。いいところだね」

と、楽しげに草原を歩く。

ぼくよりも元気そうだけど、さすがにずっと馬車の中では疲れただろう。

ぼくは近くでイーファの姿を目で追っていた王子に話しかける。

「気持ちのいい場所ですね」

王子がふっと笑う。

「そうであろう。ボクもここは好きだ。もっとも……今は前ほど、のどかな場所ではなくなってしまったが。入城に手間取っているのもそのせいだ」

「何かあったのですか？」

「どうも商人たちの馬が怯えているようでな。つい先ほどから……」

その時。

強大な力の気配を、ぼくは全身で感じ取った。

大地を滑るように、大きな影が差す。

空を見上げ――――思わず目を瞠《みは》った。

「……あれが」

悠然と翼を広げ、巨大なモンスターが上空を飛行していた。

シルエットは羽の生えたトカゲに近い。だがその存在感は、龍のそれに迫るほどだ。

あれが、ドラゴン。

絵ならば文献で何度も見たが、実物を目にするのは初めてだ。

こちらの世界にも、あれほど強力な化生の類はいるんだな。

「……まだ去らぬか」

隣で王子が忌々《いまいま》しげに呟く。

ぼくの視線に気づくと、説明を始めた。

「少し前からこの辺りを飛び始めたようなのだ。商人の馬車が一時に来たせいで警戒しているのだろう。馬が怯えているのもそのせいだ。もっとも、こちらが何もしなければ襲われることはない」

「なるほど……」

確かにあまり敵意は感じない。人と共に暮らしているというのも本当らしい。

一応備えだけはしつつ、ぼくは訊ねる。

「ずいぶん大きいですね。文献でも、あそこまで大きいと記されているものはほとんどなかった」

頭から尻尾までで、だいたい十丈（※約三十メートル）以上はある。

「どうやら、そのような種であるとのことだ。グレータードラゴンというらしい」

「……そうでしたか」

そういうの、事前に言ってほしかったな。わかっていればもっと詳しく調べられたのに。まあいいけど。

「ところで馬車を警戒しているとのことですが、大丈夫ですか？　ぼくらが来たことで、さらに馬車が増えてしまいましたが」

「心配はない。多少刺激してしまったかもしれないが……」

と、その時。山へ飛び去るかと思われたドラゴンが、上空で巨躯を旋回させた。

高度を下げ、あろうことかぼくらの方へと迫ってくる。

「あの、こっち来てますが」

「うむ。やや警戒しているようだな」

王子が動じることなく言う。

見ると、他の護衛の人たちも平然としていた。いつものことなんだろう。

ドラゴンはさらに高度を下げ、そのゴツゴツした顔付きや黒みを帯びた鱗がわかるほどに近づいてきた。

そしてそのまま、ぼくらのすぐ上を飛び去っていく。

突風が馬車の幌《ほろ》を叩き、怯えた馬たちがいななきを上げる。

少し離れたところにいたイーファも、わぁっ、とか言いながら尻餅をついていた。

ぼくはドラゴンの後ろ姿を眺めながら言う。

「図体はでかいですが、やっていることは巣を守るカラスと変わりませんね」

「……セイカ殿は豪胆であるな。屈強な冒険者でも、慣れぬうちは悲鳴を上げていたが」

王子がやや驚いたように言った。

「しかし、その通りだ。このまま何もしなければ、そのうちに去ろう」

ドラゴンがまた上空で体を反転させた。

だが、先ほどよりはやや高度が高い。王子の言う通り、もう一回軽く威圧したら帰るつもりなのかもしれない。

再びドラゴンが迫る。

その時――今度は地上から、明確な力の流れを感じた。

「――焦熱《しょうねつ》の地より来たれ、【ラーヴァタイガー】」

男の声が響く。

そしてどこからともなく、身の丈を超えるほどの赤黒い獣が突如現れた。

巨大な獣は周囲に熱波を撒き散らしながら草原を疾駆すると、見上げるほどに高く跳躍。迫ってきていたドラゴンに向かって襲いかかる。

その爪も牙も、わずかに空のドラゴンまでは届かない。

しかしドラゴンはおののいたように一度大きく羽ばたくと、そのまま山の方角へと飛び去っていった。

敵に逃げられ、吠《ほ》え猛《たけ》る獣を見て、ぼくは目を眇める。

それは、溶岩獣とも呼ぶべき姿をしていた。

赤黒く見えた皮膚は、すべて鉱物と溶岩でできた鎧だ。丸みを帯びた顔、猫に似たしなやかな体つき、そして赤と黒で描かれた縞《しま》の出来損《できそこ》ないのような模様だけがかろうじてトラを思わせる。だがその体躯は、本来のトラの三倍近くあった。

あれはラーヴァタイガー……本来なら火山に棲むはずのモンスターだ。

「まずいな」

ぼくは呟く。

溶岩獣は、ドラゴンに逃げられてもなお興奮が収まっていなかった。

怒りのこもった唸り声を上げ、体を震わせ——そして鬱憤《うっぷん》を晴らすかのように、今度は一人離れたところに立っていたイーファへと襲いかかった。

イーファは目を見開いたまま立ち竦んでいる。逃げる気配も、抵抗する様子もない。

ぼくは眉をひそめながら、片手で印を組む。

《土《ど》の相——透塞《とおとりで》の術》

半透明の柱の群れが、溶岩獣の前に立ち塞《ふさ》がった。

飛びかかったラーヴァタイガーが柱に噛みつくが、巨木並みの太さだけあってさすがにビクともしない。

いや……よく見ると、表面が熱で溶けているようだ。

《透塞《とおとりで》》の石英は溶岩程度の熱なら耐えるはずなんだけど……あの鎧は、思ったよりも温度が高いみたいだな。

王子を置いて、ぼくは前に進み出る。

なんだかよくわからないが、とりあえずあれは危ないから消しておこう。

ぼくの気配に気づいた溶岩獣が、その眼光をこちらに向けた。

灼熱の脚が草原を蹴り、ぼくへと向かってくる。

その牙が剥かれ。

同時に、ぼくが不可視のヒトガタから術を放とうとした瞬間――――。

まるで見えない手綱を引かれたかのように、ラーヴァタイガーはその体を仰《の》け反《ぞ》らせた。

「どうどう……まったく、こいつぁすぐ暴れやがる」

再び、あの男の声が響く。

声の元を見やると――――黒いローブを着た魔術師が、数人の取り巻きとともに歩いてきていた。大きなフードをすっぽりと被り、右手で本を開いたまま持っている。

あれは……魔導書か？

「おい大人しくしろ。そいつぁ契約違反だ」

溶岩獣は暴れるものの、動きを妨げられている様子だった。

ラーヴァタイガーを縛る魔法は、どうもあの魔導書と繋がっているらしい。

「はぁ。もういい、還《かえ》れ」

魔術師がパタンと本を閉じると、溶岩獣は光の粒子へと変わり、ページの間に吸い込まれていった。

ようやく確信する。あの男は召喚士《サモナー》だ。

モンスターと契約し、自在に呼び出して戦わせる後衛職。

ラーヴァタイガーはあの男の召喚獣だったんだろう。

「いやぁ、危ない危ない。ご無事で？　セシリオ王子殿下」

軽薄そうな口調で、召喚士の男がこちらに歩いてくる。

「ゼクトッ‼　貴様どういうつもりだッ！」

それに対し、王子は表情を歪ませて一喝した。

「ドラゴンに危険がないことはわかっていたはずだ！　なぜあの召喚獣をけしかけた⁉　帝国からの客人に危害がおよぶところだったのだぞ‼」

「そりゃあねぇぜ、殿下。せっかく助けたってのに」

ゼクトと呼ばれた男が肩をすくめる。

「危険がないなんて言い切れるかよ。オレらを呼んだのは殿下なんだ。依頼主に死なれちゃあこっちが困る。むしろ、城壁の外を軽々しく出歩かねぇでほしいもんだね。それに殿下がいない間に、こっちの状況だって変わったんだ」

「状況が変わった？」

「ここ数日、ドラゴンの飛ぶ頻度がめっきり減った。だがその代わり、かなり気が立っているようだ。ここらに降り立ったタイミングで吠えられた住民が何人もいる。わかるか？　さっきだって危なかったんだぜ？」

言われた王子は押し黙る。

なんなんだ？　こいつは。

「殿下、こちらの方は？」

ぼくが訊ねると、王子はこちらに目を向けて口を開く。

「失礼した、セイカ殿。彼はボクの呼んだゼクト傭兵団の長、ゼクトだ。ゼクト、こちらはドラゴンの調査使節であるセイカ・ランプローグ氏だ。帝国伯爵家の子息でもある。くれぐれも失礼のないように」

「はぁん。まだガキ……おっと失礼。殿下以上にお若いにもかかわらず調査使節とは、大層なこって」

舐めた態度の男を無視し、ぼくは疑問を口にする。

「傭兵団ですか？　いったいなぜそんなものを」

王子は一瞬口ごもると、やや苦々しげに答える。

「ドラゴンを討伐するためだ」

はい？

◆◆◆

「討伐……？　あのドラゴンを？」

「そうだ」

呆けたようなぼくの問いに、王子はうなずく。

「この事態を解決するには、もはやそれしかない」

ぼくは気づく。

アスティリア側が用意していた策って……ひょっとしてこいつらか？

「……そのようなことが、可能だと？」

「ああ。セイカ殿も見たであろう。ゼクトの召喚獣がドラゴンを蹴散らすのを。あのモンスターを、ドラゴンは恐れる」

ぼくは考えを巡らせる。

ラーヴァタイガーは人間に比べれば大きいが、それでもあのグレータードラゴンよりはずっと小さい。だが、確かにドラゴンはあの溶岩獣にひるんでいる様子だった。

天竺《てんじく》（※インド）やアフリカの南方に棲むミツアナグマや、蝦夷《えみし》の地のはるか北の果てに棲むとされるクズリは、体は小さいながらもその凶暴さで獅子《しし》や羆《ひぐま》に向かっていくという。

おそらく、ドラゴンにとってのラーヴァタイガーもそれに似た関係なんだろう。確かにあの鎧を見るに火炎の息吹も効かなさそうではある。

ただ……倒すのは無理だ。獅子や羆と違い、ドラゴンには飛行能力がある。

ちらと、ゼクトとその取り巻きを見やる。

全員で十人にも満たず、ゼクト以外には剣を提げる者ばかりで魔術師は見当たらない。他にもいるのかもしれないが、そもそも頭数をそろえたところでどうにかなるとは思えない。

ぼくは王子に告げる。

「考え直された方がいいと思いますよ、殿下」

「な……何？」

「あのモンスターでドラゴンは倒せないでしょう。向こうに争う気がないなら逃げてくれるでしょうが、本気で立ち向かわれれば勝ち目はありません。体躯が段違いですし、空を押さえられているのが大きい。負傷を恐れずに向かって来られればバラバラにされますよ。いや……負けるならまだいい。最悪の展開は、巣を放棄され、この地から逃げられることです。それこそ、帝国が最も恐れる事態にもなりかねない」

「おうおう、ずいぶん好き勝手言ってくださる学者様だなぁ！」

ゼクトがぼくに詰め寄る。

フードの下から覗く頬のこけた顔は、病的なまでに白い肌をしていた。

「オレらはドラゴン退治なんてもう何回もやってんだよ！　最強のモンスターでも対策練って準備すりゃあ勝てるんだ。学者の坊ちゃまも、専門外のことには口を挟まないでもらえますかねぇ！」

「……これは失礼」

ぼくはにっこりと笑って言う。

「確かに専門外です。モンスター退治には、モンスター退治の作法があるのでしょう。でも……あなたもあなただ。専門家ならあまり不用意なことは避けてもらいたい。先ほどは危なかった。なんとか止められたからよかったものを」

「はっ、あの土魔法はお前か？　あんなものなくてもオレが抑えられていた」

「抑える……？　違いますよ」

　ぼくは皮肉を込めて告げる。

「大事な大事な召喚獣を、ぼくの前に軽々しく出さないでほしいと言ったんです——危うく、消し炭にしてしまうところでした」

「あ……?」

「そうなれば、あなたも困ったでしょう?」

　ぼくの笑みを見るゼクトが顔を引きつらせる。

「オレのラーヴァタイガーを、消し炭にするだと……? てめぇ、ずいぶん言うじゃねぇか……」

「もうやめろ! いい加減にしないか!」

　王子がぼくたちの間に割って入る。

「ゼクトッ! 失礼のないようにと言ったはずだぞ! もうここはいい、戻っていろッ!」

「チッ……へいへい。了解ですよ、殿下。オレらの仕事は、こんなことじゃあないですからね」

　街の方へ去って行くゼクトとその取り巻きを眺めていた王子は、それからぼくへと振り返る。

「セイカ殿、そなたもそなただ。あのような荒くれ者を挑発するものではない」

「失礼。ぼくの従者に危険がおよんだもので、つい」

　そう言うと、王子は押し黙った。

　ぼくは小さく溜息をついて、一つ訊ねたかったことを口にする。

「話を戻しますが殿下。ドラゴン討伐の件は、女王陛下や民の信任を得ていますか？」

「っ、それは……」

「旧王都のドラゴンは、アスティリアの象徴のようなものだ。長く共に暮らしてきた隣人を討つことに、陛下や民は同意しているのですか？」

「……関係ない」

王子は、自分に言い聞かせるように言う。

「プロトアスタの首長はボクだ。今回の件は、すべてボクに一任されている」

「それは女王陛下のご意思で？」

「首長の権限は法で定められていることだ。法は王の意思に優越する」

法治か。

結構なことだが、今はその欠点が出ているな。

「母も、民も、きっとわかってくれるはずだ」

「ですが……」

「セイカ殿。これはプロトアスタと我が国の問題だ。そなたの責務には関係ない。口を挟まないでもらいたい」

「……おっしゃる通りです。出過ぎたことを申しました」

「ドラゴンの問題は必ず解決しよう。そなたはそれを見届け、報告してくれればそれでよい」

「……ええ、そうですね」

なんとも不安だ。

この王子が浮き足立って独断専行しているようにしか見えない。というか事実そうだろう。

あの傭兵団も、どうも怪しい。

ただ、今はこれ以上何か言える雰囲気でもない。

……仕方ない。とりあえず、もう一つやるべきことをやるか。

「イーファ」

ぼくは、こちらに戻ってきていたイーファを振り返った。

怪我はないように見える。それはよかったものの……。

「え、う、うん。なに？　あ、セイカくんさっきはありが……」

「どうして魔法を使わなかった？」

「えっ……」

ぼくの厳しい声に、イーファは面食らったように口ごもる。

「何をためらっていたんだ。死んでもおかしくなかったんだぞ」

「えと、それは……びっくりして……」

「君はびっくりしたら死ぬのか？　それとも誰かが勝手に助けてくれると思っているのか？」

「っ……」

「セ、セイカ殿⁉　何もそのような……」

驚いたように口を挟む王子を無視し、ぼくは続ける。

「ぼくだっていつでも近くにいられるわけじゃない。ぼくがいない時、危険が迫ったら君はどうするんだ」

「……」

「ドラゴンの調査だと言ったはずだぞ。それに、そもそも国外への旅だ。賢い君なら、危険があるのは承知だと思っていたんだけどな。魔法の実力が十分だからといって連れてきたのは間違いだったか？」

「ご……ごめん、なさい……」

「セイカ殿！　何もそのように責めることはないだろう！　恐ろしいモンスターに襲われたのだ、竦んでしまうのも仕方ない。イーファも気にすることはないぞ。そなたは女性なのだから……」

「女だから何だと？」

　ぼくは王子を横目で睨む。

「殿下、これはぼくとイーファの話です。あなたの責務には関係ない。そうでしょう？」

「しっ、しかし……」

「イーファ。これから自分の身は自分で守れとは言わないけど、せめて魔法は使え。いや、魔法でなくてもいい。逃げたり、誰かに助けを求めるでもいい。とにかく自分から行動する、それだけでいいからやるんだ。君が一人でなんとかできるようになるまでは、ぼくが助けてあげるから。わかった？」

「う、うん……」

「ん」

落ち込むイーファの頭を撫でてやる。

「……少し厳しすぎるのではないか、セイカ殿。イーファは女性なのだぞ。なぜ争い事を覚えさせる必要がある」

「女性女性としつこいな。この子には力があるんだ。振るうべき時に振るえないことにどんな利点がありますか」

「……」

「城門の前が空いたようです。そろそろ馬車へ戻りましょう。行くよ、イーファ」

「う、うん」

涙声のイーファの手を取り、ぼくは馬車へと歩いて行く。

少しかわいそうだが、仕方ない。

恐怖に竦むのは誰にでもあることだ。そんな時、人は強く背を叩かれないと動けない。

ぼくの場合それは、唯一仲のよかった兄弟子が目の前で喰われたことだった。

あの時のことは忘れていない。無我夢中で位相に封じたあの妖《あやかし》は、今も駒として使っている。

この子に、あんな思いはさせたくなかった。

透塞の術

石英の柱を生み出す術。主成分の二酸化ケイ素は融点一六五〇度、化学的に安定で強度にも優れる。地殻中に最も多く存在する分子でもある。

其の三

プロトアスタは、にぎやかだが歴史を感じさせる街だった。

発展が比較的新しいロドネアや、過去に大火で街が派手に焼けた帝都と違い、古い建物が数多く残っている。

観光とかしてみたかったが、さすがにその日は疲れてそんな気力もなかった。

会食などもなし。王子も溜まっていた政務には手を付けず、すぐに休むと言っていた。

まあ無理もない。

◆　◆　◆

で、その翌日。ぼくとイーファは、旧王城内に作られた図書館に来ていた。

目的はもちろん、ドラゴンの記録を調べるためだ。

この街でなら、ロドネアで探すよりも多くの文献が見つかると思っていたのだが……予想以上に立派な図書館があって驚いた。アスティリアにある書物は、ほとんどが写本を作られてここに集められるらしい。

おかげで文献探しも大変だ。

ただその分、期待以上に資料を見つけられた。今は中身を調べているところだ。

イーファにも手伝ってもらっている。ただ彼女はこちらの古語が読めないので、思った以上にはかどらない。

「……むしろセイカくんは、どこでそんなの覚えたの？」

「屋敷の書庫でね」

幼少期に覚えた異言語の一つだ。話すことも聞くこともできないが、読み書きは問題なくできる。

今はアスティリアでも帝国の公用語が使われているが、百年以上前の記録となると古語の資料も多かった。

そして、古い書物ほど知らない情報が書かれている。その中には、重要そうなものもあった。

「セイカくん……わたしの分、終わったよ。そっちはなにか見つかった？」

疲れた様子のイーファが歩いてくる。

公用語の文献だけでもけっこうあったからな。でも、この様子では収穫はなかったか。

ぼくはうなずいて答える。

「ああ。百五十年ほど前にも、今と似たようなことが起こっていたみたいだ」

アスティリアのドラゴンが生まれたのは、はっきりとした記録はないものの数百年前のことらしい。

王妃によって卵から孵されたというが、定かではない。確かなのは、成体となってから数百年間、山を中心に縄張りを張って街の住民と共に暮らしてきたということだ。

それが変わったのは、二百年ちょっと前のことだった。

ある時縄張りに、もう一頭別のドラゴンがやってきた。

アスティリアのドラゴンは初め、望まぬ闖入者《ちんにゅうしゃ》だったそのドラゴンを追い払っていたものの、やがて住処の山で共に暮らすようになる。

アスティリアのドラゴンは雄、新たなドラゴンは雌で、番いとなったらしい。

雌のドラゴンも、番いとなった後は街の人間に興味を示さなくなった。

初めは恐れていた住民たちも、次第にそのドラゴンを受け入れ始め、やがて街にはそれまでの生活が戻った。

だが五十年ほど経って、またドラゴンたちの様子が変わる。

二匹共に警戒心が強くなり、はぐれた家畜を襲ったり、外から来る人間を威嚇するようになったのだ。ちょうど今のように。

それが百五十年前のこと。

当時、その理由はほどなくしてわかった。

様子がおかしくなって一年ほど経ったある日から、住処の山に子供のドラゴンの姿が見られるようになったのだ。

「え、じゃあ赤ちゃんを育てるためだったってこと？」

「そういうことだろうな」

生き物が産卵前や子育て中に気が荒くなることは珍しくない。家畜を襲っていたのも、土地の魔力だけでは体力を蓄えられなかったのかもしれない。

子供のドラゴンは順調に育っていった。

産卵は何回か時期を分けて行われたようで、先に生まれた子供が後に生まれた子供の面倒を見る姿もあったという。

大きくなると、子供のドラゴンたちは巣立っていった。

どこに行ったのか、記録にはない。ただ、とにかく遠い地を目指したのは確かだろう。

子供のドラゴンがすべて巣立ち、さらに五十年近い時が過ぎて――――雌のドラゴンが死んだ。

記録には自然死とある。

モンスターに寿命があるのかはわからない。ただ妖《あやかし》でも管狐などは、番いにし仔を産ませるとやがて死んでしまう。それに近いものだったのかもしれない。

それから、アスティリアのドラゴンはめっきり大人しくなってしまった。

縄張りはそれまでよりずっと狭くなり、街の敵やモンスターに対する攻撃性も、すっかり鳴りを潜めた。

これが今から百年ほど前のことだ。

アスティリアが帝国の属国となったのも、そもそもこれが理由だという。

当時は、魔族が侵攻の気配を見せていた時期だった。

砦のいくつかを落とされ、絶対的な王都の守護者だったドラゴンにも頼れなくなっていたアスティリアは、帝国の皇族と類縁関係を結び、軍を国内に招き入れることで、その庇護下へと入った。

実質的に支配された形だが、背に腹は代えられなかったのだろう。その甲斐あってか、魔族の軍はそれ以上の侵攻をあきらめ、撤退したらしい。

その後ほどなく、行政上の理由から遷都がなされ、この街は王都から旧王都となった。

現在でも土地は王が所有しており、王族から選ばれた首長が統治する慣習となっている。今は、セシリオ王子がそれだ。

街のいろいろな変化を、アスティリアのドラゴンは長い間ただ静かに見守ってきたのだろう。

つい最近までは。

「そうだったんだ……でもそれ、今回のことにはあんまり関係ないんじゃないかなぁ」

イーファが言う。

「今は、ドラゴンはあの一匹だけなんでしょ？」

「ああ。しかも今いるのは雄だ。まさか子育て中でもないだろう。ただ、なぁ……」

どうも関係ないとは思えない。例によってただの勘だけど。

こういう時は……やはり行動あるのみか。

「山に登ってみるよ」

「えっ！　や、山って……まさか、ドラゴンが棲んでる？」

「ああ」

現地を訪れ、実際にドラゴンを近くで見てみるのが一番だ。生物学でも妖怪研究でも観察が大事だからね。

イーファが唖然としながら言う。

「あ、危ないよ。いくらセイカくんでも、ドラゴンには敵わないんじゃ……」

「別に戦うつもりはないよ。見つかったら逃げればいい。勝つのは無理でも、それくらいなら難しくないから」

実際には倒す方がよほど楽だけど。

「そ、そう？　それじゃあ、わたしも……」

「いや、イーファは待っててくれ。たぶん一日じゃ済まないだろうし、さすがに危ない」

あまり見せたくない術や妖《あやかし》を使うことになるかもしれない。

領地で魔石探しに山へ入った時とは、さすがに状況が違った。

「あ、あはは、そうだよね……」

怒られた時のことを気にしてるのか、少し気落ちしたようなイーファに、ぼくは笑って言う。

「気にしなくていいよ。いくらなんでも、山にまで君を連れて行くことは最初から考えてないから。元々夏休みなんだし、のんびりしててくれ」

「……うん」

しょんぼりとうなずくイーファ。

……昨日はちょっと言いすぎたかかな。

◆　◆　◆

その日の夜。

明日準備するべき物を考えていると、あてがわれた部屋の扉がノックされた。

「はいはい……って、イーファ？」

使用人かと思って出てみると、そこに立っていたのは寝間着姿のイーファだった。

少し不安そうな様子で、イーファは言う。

「セイカくん……実は、その……さっき部屋に、侍女《メイド》さんが来て……セシリオ殿下が呼んでるって……」

「……は？　君をか？　こんな時間に？」

「わたしと話したいからって、言ってたんだけど……」

ぼくは顔を引きつらせる。

おい……順番があるだろ。

まずは恋文で歌を贈るとかないのか……いやこれは前世の話だった。

百歩譲ってもお前が来いよ、どれだけやんごとない立場のつもりなんだ……いやこれも前世の話だし、向こうは皇子《みこ》、じゃない王子だった。

い、いや落ち着け。なんか混乱してるな。

しかしどういうつもりだ、あの王子。お前の恋人でも侍女《メイド》でもないんだぞ。というか本当に、今女にうつつを抜かしてる場合なのか？

「ど、どうしよう……」

泣きそうなイーファに、ぼくは手を振って言う。

「あー、行かなくていいよ。あのバ……殿下にはぼくから言っておくから」

「う、うん。その……」

「……もしかして、部屋に一人でいるの不安か？」

「……うん」

イーファがこくりとうなずく。

来客用の部屋が与えられてるとはいえ、そもそもここはプロトアスタ首長用の公邸だ。無理もない。

「じゃあ、こっちで寝る？」

「！　う、うん」

「わかったよ。おいで」

イーファがこくこくとうなずいたので、ぼくは笑って招き入れる。

そういえば前世でも、親を亡くしたり、戦火で焼け出されたばかりの弟子は、一人で寝るのを怖がってぼくや兄弟弟子のそばで寝ていたっけ。なんとなくそんなことを思い出す。

ただ、この子の場合ちょっとその……目のやり場に困るというか。

やっぱり制服だと着痩《きや》せしてたんだな。考えてみれば、イーファも大きくなってるんだから成長していて当たり前……。

いや、これ以上はよそう。

ぼくは灯りのいくつかを消しながら言う。

「イーファ、ベッド使っていいよ。ぼくはもう少し起きてるから、後で長椅子ででも寝る」

「えっ！　わ、悪いよ。わたし、従者なのに……」

「いいって。子供は遠慮するもんじゃない」

「こ、子供って、セイカくんの方が年下でしょ……。じゃあ、その……一緒に寝よ？」

「え？」

「ほ、ほら、ここのベッド大きいから……二人でも大丈夫だよ」

おそるおそる言うイーファに、ぼくは少し笑って答える。

「じゃあそうしようか。それなら、ぼくももう寝ようかな」

灯りを消していると、頭の上でユキがもぞもぞと動き、耳元で言う。

「あ……セイカさま。でしたらユキは、どこかへ行っておりますね……」

「……？　なんでだ？　むしろ今出て行くと見つかるからやめろって」

ささやき返すと、ユキはしばらく沈黙した後、またもぞもぞと頭の上に戻った。なんだよ。

最後の灯りを消すと、ベッドの隣で硬くなっていたイーファが言う。

「よ、よろしくお願いします」

「何が……？　いいから入りなよ、ほら」

ベッドに横になりながら掛け布団を捲《まく》ってやると、イーファもいそいそと潜り込んできた。

ぼんやりと天蓋《てんがい》を眺めながら、ぼくは考える。

山に入ってからイーファを一人ここに残しておくのは、やっぱり少し心配だ。念のため式神を置いていこう。こちらにはあまり注意を向けられないだろうから、ちゃんと式を組んだうえで。

月明かりだけが差し込む部屋。

日本と違い、夏でもこの世界の夜は静かだ。

稲作が盛んじゃないから水田がなく、おかげでカエルや虫の鳴き声を聞かない。

話をするには、いい機会かもしれないな。

「イーファ」

「は、はいっ！」

隣で素《す》っ頓狂《とんきょう》な声を上げるイーファに、ぼくは言う。

「セシリオ王子のこと、どう思ってる？」

「え……？」

イーファの声が、困惑の色を帯びる。

「どうって、特になにも……」

「殿下の後宮に入るって話、考えたりしてるか？」

「え……か、考えてないよ！　どうして急にそんなこと……」

「ぼくに遠慮しているなら、大丈夫だから。正直に言ってくれていい」

「な、なんで……わ、わたしっ、そんなに迷惑だった？」

「え？」

　イーファが震える声で言う。

「き、昨日のことなら、謝るから……ちゃんと、魔法を使えるようになる。こ、公用語以外だって勉強して、ぜったい読めるようになるよ！　だ、だからっ……」

「いや違う違う。そうじゃない」

　ぼくは体を横にして、隣のイーファを見やる。

　こちらを見つめる少女の目元は、薄暗い中でも濡れていることがわかった。

　ぼくは腕を伸ばし、それを指先で拭《ぬぐ》ってやりながら言う。

「誤解だよ。別に、君が邪魔になったわけじゃない」

「そう、なの？　じゃあ、どうして……」

「悪い話じゃないと思うんだ」

　ぼくは言う。

　メイベルとの約束を破ってしまうのは心苦しいが……やっぱりこのことはきちんと話すべきだ。

「帝国の属国に過ぎないとはいえ、王族の後宮だ。有力な貴族の娘でもない限り、本当なら望んだって入れるような場所じゃない。後ろ盾がないと苦労するかもしれないけど、君ならやっていけると思うよ。ぼくのせいで難しい立場で入学したのに、学園でもあんなに友達ができたんだから……。もし君が望むなら、アスティリアで解放の手続きをするよ。そしてこのままこの国に残ってもいい」

「わたし、そんなこと……」

「もちろん今すぐ決めなくてもいいよ。学園にも心残りはあるだろうしね。でも、考えておいてくれ。君ももうすぐ大人になるんだから」

「……セイカくんは」

「ん？」

「セイカくんは……わたしが、後宮に入っても、なにも思わないの？」

イーファの震える声に、ぼくは少し考えて答える。

「寂しいとは思うよ。だけど……誰だって、いずれは自分の道を進まなきゃいけない」

「……そっか」

イーファはごしごしと目元を拭って、ぼくに笑いかける。

「いろいろ考えてくれてありがとう。セイカくんがご主人様になってくれて、本当によかった」

「……うん」

「あんまり気は進まないけど……ちょっとだけ考えてみるね」

「ああ」

「じゃあ……おやすみ、セイカくん」

そう言って、イーファは顔を背けた。

その表情の見えない横顔をしばし眺めた後、ぼくも体を仰向けに戻し、目を閉じながら呟く。

「おやすみ、イーファ」

◆　◆　◆

翌朝。

ぼくが目覚めた時、すでにイーファの姿はなかった。

日はすっかり昇り切っている。やや寝すぎたようだった。

「セイカさま……いささか、酷だったのでは？」

着替えていると、卓の上にちょこんと座っていたユキが話しかけてくる。

「何がだ？」

「昨夜のことでございますよ。後宮に入りたければ入っていいだなんて……。ユキはだんだん、あの娘が不憫になってまいりました……」

「？　だから、何がだよ」

「以前、ユキは申し上げたではないですか……あの奴隷の娘は、セイカさまを好いていると」

「はあ？　いつの話してるんだよ」

ぼくはシャツのボタンを留めながら呆れる。

「一年以上前の与太話をまだ引っ張るか」

「ユキにはわかります。あの娘は、あの頃からずっと、セイカさまを恋い慕っておりますよ。もちろん、今でも」

「……どうだかな」

ユキは人間の色恋沙汰が妙に好きだし、絶対先入観ありそうだ。

ぼくは溜息をついて言う。

「あのな。今回のことは、どうあれイーファの問題なんだ。誘いを受けるも受けないも、あの子が決めるべきことなんだよ。ぼくは余計な邪魔をするつもりはないぞ。とにかくイーファに任せる」

「な、なんですかその、信念めいたものは……」

困惑するユキに、ぼくは少し口ごもってから説明する。

「……ぼくの弟子にいた、あの娘を覚えてるか？　ほら、占星術と料理が得意だった」

「あー、あの器量のいい」

「そうそう。それで、明らかにあの子目当てでぼくの屋敷にしょっちゅう来てた童がいたよな」

「たしか、貴族の子弟でございましたね。あの娘の方も話していて楽しそうで、まんざらではない様子でした」

「そうそう。にもかかわらずぼく、一度小言を言ったよな。童の方に」

「あー……はい。来すぎじゃないか、のような旨を、ちょっと怖い感じで言っておりましたね……」

「で、その日からぱったり来なくなったよな」

「……はい」

「それでどうなったか覚えてるか」

「……あの娘に、口を利いてもらえなくなってましたね。十日ほど……」

「今だから言うけどぼく、あれかなりショックだったんだよ」

「セイカさま、見たことないくらい動揺されてましたものねぇ」

「弟子にあんなに嫌われたの初めてだったから」

師匠《せんせい》なんて知らない、と泣きながら言われた時のことを思い出す。娘に嫌われた父親の気分ってこんな感じなのかと思った。

また来てくれるようになっていなければ、どうなっていたことか。

「まあそういうわけで、あれ以来ぼくは弟子のそういう事情には余計な口を挟まないと決めたんだ。いやイーファは弟子じゃないけどさ」

「うーん……」

ユキが考え込む。

「それは結構なのですが……この場合、また違うのでは？　奴隷の娘が本当に想っているのは、セイカさまなのですから……」

「百歩譲ってそうだったとしてもだな」

　ぼくはもう一度溜息をついて言う。

「イーファももうすぐ十五になるんだ。恋人ならともかく、結婚相手は好き嫌いで選ぶものでもないことくらい、あの子にもわかるだろ」

「むぅ……おっしゃることももっともなのですが、あの娘はなにも、高貴な生まれではないのですよ？　愛情で輿入《こしい》れ先を選んでもよいではありませんか」

「高貴な生まれでないからこそだよ。実家を頼れないんだ、金のあるところに嫁いだ方がいいに決まってる。それにな……」

　ぼくは、少し迷って付け加える。

「……愛情なんて、意外と後からついてくるものだぞ」

「むむ……ん？」

　ユキが耳をぴょこんと立てる。

「セイカさま、ひょっとしてそれは……経験談でございますか？」

「ん……まあ」

「も、も、もしかしてセイカさま……結婚されていたことがおありで？」

「若い頃、短い間だけどな」

「えーっ‼」

　ユキが急に歓声を上げた。

そして身を乗り出し、はしゃいだように捲し立てる。

「なんですかそれは！　ユキは初耳ですっ‼」

「そりゃあ、言ってなかったから」

「どうしてそんな大事なことを言ってくださらなかったんですかっ！」

「き、機会がなかったし……あと別に大事でもないだろ……」

「気になります気になりますっ！　セイカさまがおいくつの頃ですか？　奥さまはどんな方でした？　ご結婚の経緯は？　セイカさまからは、どんな風に愛をささやかれたのですかっ？」

「あー……うるさいうるさい」

ぼくは耳を塞ぐ。

やっぱり言わなきゃよかったよ。

◆◆◆

「殿下。昨夜ぼくの従者を呼び出されたようですが、何かご用でもありましたか」

その日の午前。公務の合間にテラスへ出ていた王子に、ぼくは声をかけた。

王子はふっと笑って答える。

「少し話をしたかったものでな。フラれてしまったが」

「戸惑っている様子だったので、ぼくが行く必要はないと伝えました。以後あのような呼び出しは控えていただけますか、殿下。あの子はまだ後宮入りを決めたわけでもなければ、あなたの侍女《メイド》でもないのですから」

真顔で告げるぼくへ、王子は向き直って言う。

「……何か誤解させてしまったようだ。ボクは本当に、茶でも淹《い》れながら、ただ話がしたかっただけなのだが」

「あのような時間にですか？」

「公務の都合、どうしても夜が遅くなってしまう。皆普段からボクの時間に合わせてくれるせいで、少々感覚がずれていたようだ。申し訳ない」

王子はそう、素直に謝る。だけど怪しいもんだ。

「イーファにも謝っておいてはもらえないだろうか」

「……それはご自分でどうぞ。本気で後宮に誘うつもりならば、ですが」

ぼくの答えに、王子は驚いたように目を見開いて言う。

「意外だな。てっきりそなたは、イーファの後宮入りを拒むと思っていたのだが」

「……そもそも殿下は、本当にあの子を後宮に入れる気があるのですか？」

「無論だとも」

王子は大きくうなずく。

「どこがそんなに気に入ったので？」

「見た目、ということになるだろうか」

「……」

「美しさのことだけを言っているのではないぞ。あの聡明そうな雰囲気に惹《ひ》かれたのだ」

と、王子は少し照れくさそうに言う。

「おそらくだが……イーファはあの学園でも、優秀な生徒なのではないか？」

「まあ、筆記試験はだいたい一位か二位とってますね」

「やはりか！」

王子がうれしそうに言う。

「アスティリアは、王妃もまた政務に大きく携わることが慣例となっている。ボクの妻となる女性は、聡明な者でなければならないのだ」

「はあ」

「加えて……イーファはとても美しく、可憐だ。国の顔となるにふさわしい華がある。さらに言えば、ボクの好みでもあるということだが……」

王子は、一度咳払《せきばら》いして続ける。

「帝国の属国となってからは、経済の発展から平民でも力を持つ者が増え、昨今では血統もそれほど重要視されなくなってきている。ボクとしては、できるならば第一王妃に迎え、王の政務を支えてもらいたいと思っている」

王子は真剣な口調でそう告げた。

それから、ぼくを微妙な表情で見やる。

「もっとも……あの美しさで、奴隷という身分だ。セイカ殿とは深い仲であったこともあるのだろうが……ボクは気にしない。彼女の過去も、表向きには隠し通そう」

「……ぼくとイーファはそういう関係ではありませんよ」

「む、そうか。しかし従者と主人という間柄にしては、いささか距離が近いように感じたが……」

「彼女は、いわゆる家内出生奴隷でしてね。ぼくとは屋敷で幼い頃から一緒に育ったものですから。ぼくにとってはまあ、妹みたいなものですよ。ぼくの方が年下ですけど」

「なるほど、腑《ふ》に落ちた。であるならば……セイカ殿。あらためてお願いしたい。彼女を譲ってはもらえないだろうか」

「……」

「金ならどれだけでも払おう。アスティリアの後宮に入ることは、イーファにとっても幸せであるはずだ。兄としての立場から、彼女の幸せを願ってもらえないか」

「売れという話ならお断りします」

　ぼくは言う。

「ただ、あの子が自分で後宮入りを望むなら……その時はこの国で、奴隷身分から解放してやりますよ。それで問題ないでしょう」

「む、そ、そうか……。ときに……」

　王子は、やや言いづらそうに言う。

「セイカ殿から、彼女を説得してもらうことはできないだろうか」

は？

「どうも、ボクは避けられているようなのだ……」

「あのですね」

ぼくは顔を引きつらせながら言う。

「女の一人くらいご自分で口説いてください。殿下、あなた王子様でしょ？　容姿だっていいんだし、おそらくあなたほど恵まれた人間はそういませんよ。だいたい……」

と、ここでぼくは口を閉じる。

まずいまずい、思わず説教に入るところだった。

「とにかく、ぼくはイーファの意思を尊重するだけです。余計なことをするつもりはありません」

「そうか、いやもっともだ。セイカ殿は本当に、イーファのことを考えているのだな……」

それから、王子は静かに問う。

「ときに……彼女は、奴隷身分から解放されることを望んでいるだろうか」

ぼくは少し眉をひそめて答える。

「それはまあ、奴隷でいていいことなんてないでしょうからね。ぼくだって解放してやりたいんですが、帝国では成人の後見人が必要でしてね。学園では少々肩身の狭い思いをさせています」

「そうか……わかった」

何がわかったのか、王子はしっかりとうなずいた。

そこでぼくは、もう一つの用件を思い出す。

「ところで殿下。ぼくは明日から、ドラゴンの棲む山に入ってみようと思います」

「なっ……あの山へか？　無謀だぞ、いくらなんでも危険すぎる」

「大丈夫です。ただ、いくらか物資の手配をしたく。頼んでもよろしいですか？」

「あ、ああ、それは部下に用意させるが……しかし、手配というほど必要なものがあるのか？」

「何日かかかるかもしれませんので、食糧や着替えなどを」

「確かに入山して調べるとなれば一日では済まないだろうが……なるほど、何日かかるか……」

王子は何やら呟いた後、大きくうなずいた。

「わかった。そなたの調査に必要なものは、すべて手配しよう」

ぼくはその様子を見て、目を眇めながら思う。

「……ええ、お願いします」

こいつ……何か、余計なこと考えてないだろうな。

◆　◆　◆

そして翌日。

ぼくは背嚢《はいのう》を背に、プロトアスタの後方にそびえる山を登っていた。

王子はぼくの言ったものをきちんと用意してくれたが、さすがに急だったのか、揃ったのは今朝になってだった。おかげで、予定よりも少々出発が遅れてしまった。

頭の上でユキが訊ねる。

「ドラゴンの巣は遠いのでございますか？」

「遠いな。しかも、多少回り道をしないといけない。夜に相対することは避けたいから、どこかで野宿する必要があるな」

普通、鳥は夜に飛ばない。しかしモンスターは、ダンジョンで遭遇した時に迷わず襲ってきたことからわかるように、暗闇を問題にしない。

夜の空をドラゴンが飛んだという記録もある。あまり暗い中で相手をしたくはなかった。

普通なら山で野宿なんて命取りだが、獣も雑魚モンスターも、結界や式神でなんとでもなる。あるいはフクロウや灯りの術で夜通し進むこともできるが、初日から無理をすることもない。

目的地や現在地、周囲の地形は、タカやカラスですべて把握できている。

獣やモンスターが近くにいれば、ネズミやメジロですぐにわかる。

人の踏み入らぬ山も、ぼくからしてみれば庭園のようなものだ。

「……」

ただ……見送りに来てくれたイーファは、ずいぶん心配そうにしていた。

なるべく早く帰ってやろう。

幕間　イーファ、プロトアスタ首長公邸にて

ドラゴンの棲む山へおもむくセイカを見送った後。

イーファは一人、滞在する部屋への道を戻っていた。

手持ち無沙汰な気持ちになる。自然と、溜息が漏れた。

アスティリアへ一緒に行けると決まった時は、これで少しは従者としての仕事ができると、セイカの役に立てると思っていた。だけど現実には、ただ足手まといになっているだけだった。

そんなことを思いながら、あてがわれた部屋の扉を開ける。

室内には、先客がいた。

「ん、戻ったか」

イーファは目をしばたたかせる。

そこにいたのは、学園でセシリオ王子のそばに控えていた、亜人の女性だった。

透き通るような白い肌に、尖った耳。それが森人《エルフ》という種族の特徴であることは、イーファも知っていた。

不思議と、怖くはなかった。

好きだったおとぎ話にも出てくる、神聖な種族という印象があったせいかもしれない。

ただ……今の状況は若干、わけがわからない。

「え、あの……なにかご用ですか？」

「お前とは一度二人きりで話したかった。まあ座れ」

森人《エルフ》の女性——確かリゼと呼ばれていた——は、まるで部屋の主であるかのように
そう促した。仕方なく、イーファはそばにあった椅子に腰掛ける。

リゼ自身は座ろうとせずに、部屋を歩き回りながら話し出す。

「プロトアスタはいいところだろう」

「は、はあ……」

「街には歴史があり、住民は善き人々で、そして何より土地の魔力にあふれている。古来から
我が森人《エルフ》の種族がアスティリアと深く交流していたのも、あのドラゴンがこの街を長く見守っ
てきたのも、すべてはこの豊かな魔力のためだ」

「そ、そうなんですか……わたしは、魔力とかよくわからないですけど……」

「いや、わかるだろう」

森人《エルフ》は、その翠《みどり》の双眸《そうぼう》をまっすぐイーファに向ける。

「これほど精霊がいるんだ。それくらいはお前も察していたはずだ」

「ええっ、せっ……あ、いえその、なんのことか……」

「誤魔化す必要はない」

そう言うとリゼは、手を掲げ、宙を泳いでいた青い魚——水属性の精霊を細い指でつま
む。

「この地に精霊は多いが、特にこの、青の子らがここまで満ちている都市も珍しい。背後に山がそびえ、周辺の水源に事欠かないためだろう。そのせいか、この街で生まれる子には水属性の適性を持つ者が少なくない」

リゼが指を離すと、青い魚はあわてたように泳ぎ去って行く。

思わずそれを目で追っていたイーファは、リゼの視線に気づくとはっとしてうつむいた。

それから、おそるおそる森人《エルフ》を見上げる。

「……どうして、わたしがその、見えるって……」

「そう思わない方がどうかしている。魔石や魔道具でそれほどの精霊を集めている者が、それを意図していないなどと誰が思うだろう。学園の食堂でお前を見た時、私は驚いたぞ。そしてすぐに思い至った。この娘は、我らの末裔《まつえい》なのだと」

「ま、末裔、って……」

イーファは、戸惑った声を上げる。

「子孫、ってことですよね？　わ、わたしが……？」

「そうだ。今ではもう知る人間も少なくなったが、我ら森人《エルフ》の魔法は、他の種族やモンスターの使う魔法とは大きく異なる」

リゼはイーファを見下ろしながら続ける。

「魔力で精霊を纏い、精霊に呼びかけることで神秘の事象を引き起こす。精霊と交流する力こそが、森人《エルフ》の権能なのだ。学園では集めた精霊に呼びかけて魔法を使っているのだろう？　お前の魔法は、まさしく森人《エルフ》の魔法だ」

「で……でも」

イーファが困惑したように言う。

「……わたしは、普通の人間です。あなたほどの魔力だって、持っていません」

初めて見た時から、リゼの周りには色とりどりの膨大な精霊が渦巻いていた。

きっと、相当な魔力を持っているのだろう。

言われたリゼは、ふっと笑って答える。

「私を基準にするな。これでも腕には覚えがある方だ。まあ確かに、お前にはほとんど魔力が見受けられない。そのうえ種族的な特徴も薄い。だが、その程度はささいな問題なのだ……両親のうち、金髪はどちらだ？」

「え、えっと、母です……」

「ならば母方の遠い祖先に森人《エルフ》がいたのだろう」

「で、でも……」

「魔力量は種族の中でも多寡《たか》がある。容貌の特徴も、人間の血が濃くなれば消える。だが、その精霊を見る目は別だ。それは紛《まぎ》れもない我らが同胞の証……お前の母親には見えていたか？見えていなかったのなら、お前は特別な先祖返りだ。よかったな」

「……」

イーファは呆然としていた。

自分の力のルーツが、まさかこんなところで判明するなんて思ってもみなかった。

自分が、かつておとぎ話で読んだ神聖な種族の子孫だということも。

言葉のないイーファに、リゼは落ち着いた口調で語りかける。

「これも精霊の巡り合わせだ。思わぬところで同胞に出会えたことは私もうれしい。だが……同時に、哀れにも思う。奴隷身分だ、これまで大変な苦労があったことだろう」

「そ、そんなこと……」

「実を言えば、今日は我らが若様に代わり、私がお前を説得に来たのだ」

森人《エルフ》が微笑を浮かべて告げる。

「アスティリアの後宮に来い、イーファ」

「えっ……」

「あそこはなかなかおもしろい場所だぞ。かつて在籍していた私が保証しよう。我らが若様はまだ青臭いゆえやや頼りないが、悪い男ではない。お前を今の主人から救い出す甲斐性くらいは見せてくれるだろう。まあもっとも、だからといって無理に妃《きさき》となる必要も……」

「あ、あのっ、すみません！」

イーファがあわてて遮《さえぎ》った。それから、視線を逸らしつつ言う。

「お、お気持ちは、うれしいです。でも……わたしはやっぱり、後宮には入りません」

元より、イーファにその気はなかった。

セイカに言われても、自分がそこにいるイメージは湧かない。

「それに……今だって、わたしは十分幸せです。学園は楽しいですし、セイカくんもやさしいです。だから、今以上の生活なんて望みません」

「……何を言っているんだ？」

「えっ」

思わず困惑する。

イーファは、リゼの顔を見た。

そこには、理解不能といった表情が浮かんでいたからだ。

「お前は……あの少年の奴隷のままでいいというのか？」

「私がお前を後宮に誘ったのは、何も出世や王妃になる道が開かれるからではない。若があの少年からお前を買うというのならば、それはお前にとっても願ってもないことだろうと思ったからだ。無論、若は気づいていなかっただろうが……」

「え、あの……」

「ま、待ってください。何の話をしているんですか？　セ、セイカくんを悪く言っているのなら、わたしだって怒りますよ！」

「……お前も気づいているはずだ」

リゼは、微かに緊張の滲んだ声で言った。

「あの少年は化け物だぞ」

◆　◆　◆

「化け物って……」

言い返しかけて、イーファは押し黙る。

リゼの言わんとしていることがわかったからだ。

「そうだ、お前ならばわかるだろう……。あの少年には、あらゆる精霊が近づかない。魔力が無いゆえに集まらないのではない。避けるのだ。まるで、瘴気《しょうき》でも纏っているかのように……」

リゼが硬い声で続ける。

「学園で初めてお前を見た時、驚いたと言ったな。しかしそれからすぐに、私はお前の隣に座っていたあの少年の異質さに気づいて立ち竦んだよ。お前の纏う精霊たちも、あの少年の近くにだけは一匹すらも寄らず、奇妙に距離を空けていた。あのような光景を見たのは初めてだ」

不気味な光景を思い出したような響きが、声に混じる。

「考えずにはいられなかった。かつて存在した魔王は、きっとこのような者だったのだろうと」

「た、たしかに、セイカくんは少し変わってますけど……でも、人間です。魔王どころか、魔族でもありません」

「魔族でない、か……。本当にそうか？」

リゼが問う。

「お前はあの少年の何を知っているんだ?」

「セイカくんとはお屋敷で一緒に育ちました。だから、小さい頃から知っています」

「あの少年の両親は、本当にランプローグ伯爵とその妻なのか?」

「あ……いえ、お父さんは旦那様ですけど……お母さんは愛人の方で……」

「母親のことは知っているのか?」

「……いえ」

「その女が魔族でなかったとなぜ言い切れる。そもそも、父親は本当に伯爵だったのか?」

「……」

「お前はあの少年とそう年も変わらないだろう。物心つく前のことは知るまい。幼少期に異常さを示していなかったとなぜ言える。いや……物心ついた後、お前の知る範囲ではどうだ? あの少年には、本当に異常なところは一つもなかったか?」

イーファは答えられない。

思えば……昔から、セイカは明らかに異常だった。

魔力がないにもかかわらず、魔法が使えたことだけではない。

普通、兄や母親や使用人にあれだけ白い目を向けられながら平然と生活することなど、小さい子供にできるものだろうか。

その中で自ら学び、モンスターにも恐れず首功を上げ、本来行けるはずのなかった魔法学園に奴隷である自分のことまで合格させてしまうなど、できるものなのだろうか。

屋敷の書庫で覚えたというあの不思議な符術も、尋常なものとは思えない。

幼い頃から一緒だったにもかかわらず、自分はセイカのことをほとんど知らない。

何か、重大な隠し事がある。

そんな予感がするだけだ。

「……でも」

疑念を振り切るように、イーファは言う。

「セイカくんは人間ですし、いい人です。わたしは、そう信じてます」

「信じるということは、考えないということだ」

リゼは、冷や水を浴びせるように言った。

「それは神頼みと変わらない。サイコロ賭博で望みの目が出るよう、目を閉じ手を合わせているに等しい」

「……」

「あの少年がなんなのか、なぜ精霊が避けるのか、私も知らん。だがその善良さを盲信するには、あの少年はあまりに異質すぎる。そうまでして共にいる理由も、お前にあるまい」

「……」

「後宮に来い、イーファ。あの危険な主人からは離れるべきだ」

「……でも……」

そこで、リゼはふと気づいたように言った。

「お前……もしや、勘違いをしていないか？」

「え……？」

「アスティリアの後宮は、王の妻や愛人が生活し、ドロドロとした愛憎図を描くだけの場所ではないぞ」

「え、ち、違うんですか？」

リゼが頭を抱える。

「参ったな……そこからだったか。我が国の後宮のことは、てっきり帝国にも広く知られていると思っていたのだが……」

それから、リゼは気を取り直したように言う。

「よし。ならば見せてやろう」

「え？」

「言葉を尽くすよりも直接見る方が早い。明日、王都アスタへ向かうぞ」

「え、ええ……でもわたし、そんな勝手に……」

「あの少年には、ここから動くなと言われているのか？」

「そうじゃないですけど……」

「ならば問題なかろう。どうせ数日は山から帰らないはずだ。王都は近い。明日発てば、明後日の昼前には帰ってこられるぞ」

「……」

「拒むにしても、実際に目にしてからで遅くはないだろう」

正直なところ、気は進まなかった。

しかし、二日前の夜、セイカに言われた言葉が不意に思い返される。

――誰だって、いずれは自分の道を進まなきゃいけない。

――君ももうすぐ大人になるんだから。

気づくと、イーファはうなずいていた。

其の四

入山して、二日目の朝。

ぼくは、目的地である山頂にたどり着いていた。

傾斜の緩い、ひらけた場所だ。山道はずっと森だったのに、この辺りだけは不自然に木がなく、代わりにゴツゴツした岩がいくつも転がっている。

炭化した幹がそこかしこに見られることから、ドラゴンが木を焼き払い、なぎ倒して、岩石を運んだことは明らかだった。

そうして作られた住処の主が、今ぼくの目の前で首をもたげた。

厳《いか》めしい鱗の奥にある眼光。

それを向けられながら、ぼくは笑った。

「やあ」

巨大なドラゴンへ朗《ほが》らかに挨拶する。

やはり、でかい。

尻尾までで十丈（※約三十メートル）は余裕で超えているだろう。頭の大きさだけでぼくの身長以上だ。

先ほどまで岩石の積み上げられた巣の上で眠っていたドラゴンは、明らかに敵を見るような

目でぼくを睨んだ。

「グルルルゥウォォオオオ――――――ッッッ‼」

突然、ドラゴンが吠えた。

牙の並ぶ顎《あぎと》が大きく開かれ、仄赤《ほのあか》い光がちらつき始める。

次の瞬間、炎の息吹《ブレス》が吐き出された。

ぼく一人など余裕で飲み込んでしまうほどの火炎が、山頂に熱と光の道を作り出す。

「――――まあ、結界で効かないわけだけど」

炎の中から無傷で現れるぼくを見て、ドラゴンはいらだったように何度も息吹《ブレス》を吐きかける。

しかし当たり前ながら、何度やっても同じことだ。

「……お?」

その時、ドラゴンが急に翼を広げた。

微かな力の流れ。何か魔法が使われたらしく、ゆったりとした翼の羽ばたきと共に巨体が宙に浮いていく。猛烈な吹き下ろしの風に、ぼくは思わず顔をしかめる。

普通ならあんな巨体が飛べるわけない。

だが、空気の密度が濃いと離陸も楽になる。どうやら上位龍のように気圧を操れるようだ。

暴風雨を引き起こすアレよりかは、だいぶ規模が小さいが。

山の上空へと飛び立ったドラゴンを見て、ぼくは首をかしげる。

どうする気だろ。まさか逃げるわけじゃないだろうけど……。

と、その時、ドラゴンが空中で旋回した。

ぼくをまっすぐに見据えたまま急降下してくる。

今回は初めて遭遇した時とは違い、威圧で済ます気はないみたいだ。

巨体が間近に迫る。

開かれたその太い爪に捕らえられる瞬間――ぼくは、近くの式と位置を入れ替えた。ドラゴンの爪の間を、ヒトガタがひらひらとすり抜ける。

ぼくを掴み損なった脚は、代わりに近くの巨岩にぶつかって、その上半分を粉砕していた。

いやぁ怖い怖い。

空振りしたことが不思議そうなドラゴンは、空中で再びその巨躯を旋回させる。

そろそろ真面目にやるか。

ぼくはドラゴンの真上に飛ばしていたヒトガタの扉を開く。

《召命《しようめい》――児啼爺《こなきぢぢ》》

空間の歪みから現れたのは、老爺《ろうや》の顔をした赤ん坊だった。

醜悪な姿をしたその妖《あやかし》は、そのまま飛行するドラゴンの背にしがみつき、皺《しわ》だらけの顔を歪ませてむずがる。

そして、大声で泣き始めた。

「ふんぎゃぁぁぁぁぁぁあああああああっ‼」

その瞬間――ドラゴンの体が、空中でがくっと沈んだ。

ドラゴンは焦ったように何度も翼を羽ばたかせるも、赤ん坊の泣き声が響く度に高度が落ちていく。

「あああぁぁあぁっんんぁぁぁあああ゛あ゛あ゛‼」

一際大きな泣き声が上がり――――ドラゴンは山頂に墜落した。

激しい衝撃により、児啼爺《こなきぢぢ》がドラゴンの背から転げ落ちる。

「あっ……」

「ふぎっ‼」

顔面から地面にめり込んだ妖《あやかし》は……潰された蛙のような声を上げて動かなくなった。

……ちょっとかわいそうなことしたな。

あいつ、別に神通力で相手に取り付くわけじゃなくて、ただ握力でしがみついてるだけだからな。さすがに飛んでいるドラゴンの相手をさせるのは酷だったか。

しかしながら、よくやってくれた。

児啼爺《こなきぢぢ》は、山中で赤子を装《よそお》って泣き、哀れに思い背負った人間を押し潰してしまうという妖《あやかし》だ。

泣く度に重くなり、その重量は最大で背負った者の体重の十倍ほどにまでなる。あのドラゴン相手なら……下手したら五万貫（※約百九十トン）くらいにはなっていたかもしれない。

児啼爺《こなきぢぢ》を位相に戻していると、重しのとれたドラゴンが再び翼を広げようとした。

そこに、ぼくはヒトガタを向ける。

「ダメダメ。大人しくしてろ」

《土《ど》の相――火浣網《かかんもう》の術》

白い太縄で編まれた投網《とあみ》が、ドラゴンの上に覆い被さった。

抵抗するドラゴンが激しく暴れ、四方八方に息吹《ブレス》を吐き出す。だが白い投網は、ちぎれることもなければ焼き切れもしない。

ユキが恐る恐る顔を出して言う。

「……ずいぶん頑丈《がんじょう》な網でございますね」

「石綿《いしわた》を編んだ縄でできてるからな」

石綿は非常に強靱な素材で、熱にも強い。火にさらされたところで汚れが燃えるだけだ。

やがてさすがに疲れたのか、ドラゴンが暴れるのをやめた。

とはいえまだぼくを睨んでいるし、微妙に唸り声を上げてはいるが。

「妖《あやかし》など使わず、最初からこの投網の術で捕まえてしまえばよかったのでは？」

「空中でいきなり翼が使えなくなったら危ないだろ」

「……珍しいですね、物の怪《け》にご容赦《ようしゃ》なさるなど」

「そうか？　まあ今回は、ぼくの方が招かれざる客だからな」

それに、勝手に倒してしまうわけにもいかない。

ユキは調子に乗ったような声音で言う。

「ふん。しかしながら、こちらの世界の物の怪は弱いですねぇ」

「あー、でも、こいつはたぶん普通の龍くらいは強いぞ」

「あっ……そうでございますか」

ユキが伸ばしていた首を引っ込めた。

ぼくは歩き出す。

「さて、まずはこいつの巣から調べてみるか」

岩を集めた寝床に近づいていくと、ドラゴンが吠えて暴れ出した。それを無視し、ぼくは岩山に足をかける。そうして、巣を覗き込んだ。

思わず目を瞠る。

薄く砂の敷かれたそこには——淡い黄色をした、一抱えほどもある楕円形の球体が一つ鎮座《ちんざ》していた。

首を伸ばしたユキが呟く。

「セイカさま、これはまさか……」

軽く、その球体の表面に触れる。

滑らかだ。重量感があり、かなり硬そうだが……間違いない。

「——卵だ」

◆◆◆

「どういうことでしょう、セイカさま」

ユキが、困惑したように呟く。どういうことなのかは明らかだ。

このドラゴンは、子育ての真っ最中だった。

おそらく、飛ぶ頻度が減ったというここ数日の間に卵を産んだのだろう。

一年前から様子がおかしくなっていたのも、産卵の準備をするため。はぐれた家畜を襲っていたのも、土地の魔力だけでは体力を蓄えられなかったから。

それですべて説明がつく。

問題は、なぜ、このドラゴンが子育てをしているかだが……。

「あの物の怪は雄なのですよね……？　ではやはりもう一頭、番いとなる別の個体がいるということでしょうか」

「いや、さすがにそれはないだろう」

あんなドラゴンがもう一頭いて、誰も気づかないなんてことがあるわけない。

「では、なぜ……」

ぼくは、一つの可能性を口にする。

「……性転換だ」

「え？」

「このドラゴンは、雌になったんだよ」

わかってないだろうユキに、ぼくは説明してやる。

「魚の中には、環境によって性を変えるものが多くいる。雄が雌になることも、雌が雄にもなることもあるそうなんだ」

かつて生け簀《いす》を邸宅に持つことがステータスであり、魚の飼育が盛んだったローマにおいて、高名な博物学者が詳しい記録を残していた。

「性転換が起こる条件の一つには、周囲に異性がいないことというのもあった。おそらくこのドラゴンは、番いが死んでから今までの間のどこかで性転換したんだ。もしかしたら百年前の、縄張りが狭くなり大人しくなったという変化は、それが原因だったのかもしれない」

陸上の獣が性転換を行う例は聞かないが、生まれる時期の気温などで雌雄の割合が変わるものは多い。生き物の性は、その実かなり流動的だ。

「で、ですがセイカさま」

ユキが食い下がる。

「たとえ雌になっていたとしても、番いがいないことには変わりないのですよ？　どうやって仔を残すのですか」

「雌だけで殖《ふ》える生き物は、実は珍しくないんだよ」

ぼくはまたまた説明する。

「人が飼っていたヘビやトカゲが、番いがいないにもかかわらず卵を産み、それが孵った例はいくつかある。そればかりか、雄のいない生き物すらもいるくらいだ」

「そ、そんなものが？」

「ぼく、屋敷の池にフナを泳がせていただろう。あれがそうだよ。最初は一匹だったんだ」

偶然の発見だったが、ぼくも気づいた時は驚いたものだ。

「あれ、食べるためではなかったのですか」

「最初はそのつもりだったけどね。まあだから、雌だけで殖えても不思議はないってことだ。番いで殖える方が利点は多いけど、環境によってはそちらを選べないこともあるから」

「ほへ～……」

ユキが気の抜けた相づちを打つ。

「セイカさまの趣味が役に立ちましたねぇ」

「趣味……まあいいけど。さて、どうしようかな」

様子がおかしかった理由はこれでわかった。

だけど問題が解決したとは言いがたい。

仔が巣立つまで待てばいいとも言えるが、過去の記録では、産卵は何回かに分けて行われていた。すべての仔が巣立つまでどれだけかかることか。

さらには、巣立った仔の問題もある。

独立していた百五十年前ならともかく、属国となった今、危険なドラゴンの子供がそのまま巣立つのを、帝国はよしとするだろうか。

図らずも、ドラゴンの討伐という王子の案が一番マシに思えてくるが……あの傭兵団では無理だろうしなぁ。

かと言ってぼくが手を出すのもなんか違う。

うーん……。

卵を眺めながら悩んでいると……ふと、砂の上についている跡に気づいた。どうやら、卵が転がった跡のようだ。

ぼくは思いつく。

「……王子が、ドラゴンの卵を人が孵した例はないって言ってたけど……理由がわかったぞ」

「え、なんですか？」

「転卵だ。ドラゴンの卵は、転がしてやらないといけないんだよ」

ぼくはまたまた説明する。

「ニワトリとか鳥はだいたいそうなんだけど、時々卵の向きを変えてやらないと、卵殻の内側に仔が貼り付いて死んでしまうんだ。反対にトカゲやカメの卵は動かしたらダメなんだけど……子育てをするドラゴンの場合、卵はトカゲよりも鳥に近いみたいだな。だからこんな感じで……」

ぼくは、砂の跡に沿って大きな卵をゆっくりと転がす。

「定期的に転がしてるんだろう。市場に出回るドラゴンの卵が孵らないのは、これを怠《おこた》っていたからに違いない。どう考えても輸送中にこんなことしないしな」

「……」

「ドラゴンを孵し育てたというアスティリア王妃の伝説も、これで信憑性《しんぴょうせい》を帯びてきたな。方法を知っているだけでよかったんだ。もっとも適当に転がすだけじゃたぶんダメだから、偶然の要素も大きかっただろうけど……」

「セイカさま……夢中で喋りますねぇ……」

「うるさいな」

呆れたように呟くユキに、ぼくは真顔で言い返す。

いいだろ別に。夢中で喋ってもっ！

「……あ、そうだ。ついでに……」

《火《か》の相――焔《ほむら》の術》

数枚のヒトガタから炎が吹き出し、巣となっている岩の山を熱し始めた。

火にさらされた部分が次第に赤熱していく。

「えええっ、セイカさま、蒸し卵にでもするおつもりですかっ？」

「違うよ、よく見ろ。岩を温めてるだけだ。砂が敷かれてるおかげで卵はそれほど熱くならない。岩山をこうして炎で熱しておけば、巣を離れてもしばらく温度を保てる。これがドラゴンにとっての抱卵《ほうらん》なんだ」

「な、なんでそんなことがわかるのですか」

「一部に脆《もろ》くなって割れている石があった。赤熱を何度も繰り返した証拠だよ。というか、まだ少し温かかったしね」

それに、クメール（※カンボジア）やチャンパ（※南ベトナム）のはるか南方の島々には、大地の熱で卵を温める鳥がいると聞いたことがあった。これも似たようなものだ。

ふと、ドラゴンがずっと静かなことに気づいた。

思わずそちらを見ると、ドラゴンは厳めしい鱗の奥の瞳で、ぼくをじっと見つめている。

そこに敵意はもう感じられない。

ぼくはヒトガタを飛ばす。

「セ、セイカさまっ⁉ なにをっ……」

解呪の術を付したヒトガタで、石綿の網を情報の塵《ちり》へと還す。

解き放たれたドラゴンは、わずかに体を震わせたが、暴れる気配も襲いかかってくる気配もなかった。

ただ、じっとこちらを見つめている。

「……グルルッ！」

「えっ？」

突然唸《うな》ったかと思えば、ドラゴンは翼を大きく広げた。

そしてまたあの気圧の魔法を使い、空へと羽ばたく。

そのままどこかへ飛んでいくドラゴンを、ぼくもユキも呆然と見つめていた。

「……なんだったのでしょう？」

「さあ、わからないけど……」

なんとなくだが。

卵をちゃんと見とけ、と言われた気がした。

火浣網の術

石綿で作られた網で対象を捕獲する術。白石綿（クリソタイル）の引っ張り強度は三〇〇〇〇kg／㎠。これはピアノ線以上であり、撚《よ》り合わせた縄の強度は理論上炭素鋼製ワイヤーを超える。さらには柔軟性、耐薬品性、耐摩耗性に富み、耐熱性ともなると分解温度がピアノ線のそれをはるかに超える四五〇～七〇〇度、溶解点は一五二一度を誇る。

焔の術

火の気で火炎を生み出す術。燃焼物がないので効率が悪い。

幕間　イーファ、王都アスタにて

プロトアスタから王都アスタへは、馬車で半日もかからなかった。

本当に近くて、イーファはいくらか拍子抜けしたほどだ。

なぜ遷都したのかもわからないくらいだったが……きっと、立地とか拡張性とか帝国式街道の敷きやすさとか、いろいろあったのだろう。

王都アスタは洗練された都市だった。

歴史が新しく、計画的に造られただけあって道や建物が合理的に配置されている。

さすがに帝都ほどではないものの、イーファにとっては十分都会だった。

とはいえ、観光のために来たわけではない。街の景観を眺めるのもそこそこに、リゼとイーファはまっすぐ後宮へと向かった。

後宮は、アスティリア王城内部の一画に、別棟として建っていた。

イーファが想像していたよりもずっと大きい。

この中に、どれほどの女性たちが住んでいるのだろう。

そう思いながら、イーファはリゼについて建物へ足を踏み入れると――――。

「……あの」

「なんだ」

短く返すリゼに、イーファは問いかける。

「ここって、後宮……ですよね」

「もちろんだ」

「じゃあ、ここにいる皆さんは今、なにをしているんですか？」

「見ればわかるだろう」

リゼは当然のように言う。

「講義を受けているんだ」

後宮の中にある一室。そこは、まるで学園の講堂のような場所だった。

段々に並んだ机には、身なりのいい少女たちがついている。

前方には講義用の演台が置かれ、黒い板に石灰の棒で数式を書きながら、女性教員がよく通る声で説明をしていた。

講義の内容は、どうやら統計学のようだ。

「アスティリアが独立国だった頃は、ここも普通の後宮だったそうだ。つまり、王の妻や愛人たちが住む、愛憎と陰謀渦巻く女の園だな」

静かに話し始めたリゼを、イーファは見上げる。

「だが、帝国の属国となってからは変わった。理由を簡単に言えば、跡継ぎ問題が解決したのだ。女と養子が、王位継承者として認められるようになったために」

「……昔は、女王さまはいなかったんですか？」

「ああ、いなかった。王室典範で認められていなかったからな。そもそも女は、財産を相続することすらできなかったのだ」

「そうだったんですか……」

「しかし、帝国では違った。大昔に魔族と激しくやり合ってた時代、男が減りすぎて断絶の危機を迎える家が続出したために、女性の相続権を認めていたのだ。そしてアスティリアを属国化するにあたり、ここの食い違いを帝国は許容しなかった。おそらくは経済圏を広げる障害となると判断したのだろう。帝国法が優越する形で、我が国でも女性の相続権が認められた」

リゼは続ける。

「そしてそれは、王位継承権にも及んだ。女王が君臨できるようになったのだ。さらにその後、こちらの事情から帝国の皇室典範にならって養子の王位継承をも認めるようになり、跡継ぎ問題は完全になくなってしまった。同時に、後宮も不要となったわけだ」

「はあ……なるほど」

イーファにも意味はわかった。

男子しか王位を継承できないならば、王子が生まれなかった時点で王室が断絶する。それをなんとしてでも避けるために、たくさんの女性を抱える後宮が必要になる。

しかし、女王が認められているならば別だ。単純に、跡継ぎが生まれる確率は倍になる。

そのうえ養子でもいいとなると、もはや跡継ぎに悩む必要などない。

必然、後宮もいらなくなるのだ。

「でも……それがどうして、こんなことに？」

「アスティリアの王妃は、代々政務に深く関わることが慣例となっている。後宮には元より、教育係となる優秀な教師が大勢抱えられていたのだ。最初の女王が君臨した後も、教育のために息女を後宮入りさせたいという有力者が相次いだ。財産の相続が可能になって、いざとなれば優秀な娘に家を任せたいという者が増えたのだろう」

　リゼは続ける。

「そして、こうなった。今の後宮は女子学園のようなものだ。後に国政に携わる者も多いから、女性官僚の育成機関とも言えるな」

「それじゃあ……セシリオ殿下は別に、その、わたしに特別思うところがあったわけじゃなかったんですね」

「いや」

　リゼはふっと笑って言う。

「歴代の王妃はほとんどがここの出だ。そういう意味で、ここは未だに後宮だよ。それを狙って入ってくる者だっている……。お前は、間違いなく若に見初められたのだ」

「そ、そうなんですかぁ……」

　そう言われると、やはり戸惑ってしまう。

　……でも。

　思っていたよりは、明るく開放的で――――良い場所である気がした。

「――はい、では前置きはこれくらいにしまして、まず皆さんには統計の考え方に慣れてもらいましょうか」

ふと前に目を戻すと、おっとりした女性教員がサイコロを掲げていた。

「問題です。私がこのサイコロを振ったところ、なんと十回連続で六の目が出ました！　さて、次に六の目が出る確率はいくらでしょうか？　では……コルネリアさん」

「はい」

高貴な雰囲気を纏った鮮やかな金髪の少女が立ち上がり、堂々と答える。

「六分の一です」

「ありがとうございます」

女性教員はにっこりと笑って言う。

「他に回答のある方はいますか？　いないですか……？　それでは、今日見学に来てくださったそちらのあなた」

講堂中の目が自分を向き、イーファは驚いて声を上げる。

「え、ええっ？　わたし……ですか？」

「はい。あなたの考えを聞かせてください」

思わずリゼの方を見ると、ただおもしろそうに笑っているのみ。

仕方なく、イーファはうつむきがちに答える。

「……次も六が出ると思います」

その途端、講堂中から失笑が漏れた。

「あなた、賭け事はやらない方がよろしくてよ」

コルネリアと呼ばれた少女が、からかうような声を上げる。

「事象の独立というものを知ってまして？　過去にどんな目が出ていようとも、次に出る目には関係ありませんわ」

言われたイーファは、少しむっとして言い返す。

「……十回連続で六が出る確率は、だいたい六〇〇〇万分の一です」

「……え？」

「むしろ、どうしてそんなことが自然に起こると思うんですか」

イーファは、女性教員を見据えて言う。

「先生の持っているそのサイコロ、重さが偏《かたよ》って……いえ、全部六の目なんじゃないですか？」

「すばらしい！　大正解です！」

女性教員が、一際うれしそうな声を上げた。

そして持っていたサイコロを、端の席から生徒たちに回していく。

ここからではよく見えないが、手にした生徒が目を丸くしていることから、やはりすべてが六の目のイカサマ用サイコロだったんだろう。

「これが算術の講義であれば、コルネリアさんの答えが正解でした。ですがこの講義は、誰もわからない確率を探る統計学です。偏りをただの偶然とは考えず、そういった傾向があると捉えます。先入観を捨てて、実際の結果から確率を算出する。それが――」

◆◆◆

講義が終わると、イーファの周りには人だかりができた。

「ねえ、あなたどこから来たの?」「魔法学園出身ってほんとう?」「魔法も使えるの!?」「帝国ってどんなところ?」「セシリオ殿下に会った?」「後宮にはいつ越してくる? 私の部屋、今一人分空いてるよ!」

「あわわわ……」

質問攻めに、イーファがうろたえていると。

「……皆さん、お客人が困っておりましてよ」

呆れたような声が響いて、人だかりが静まった。

人の群れが自然に割れる。

そこに立っていたのは、先ほどの金髪の少女だった。

ぽかんとするイーファに、少女が話しかける。

「あなたには、一つ訊きたいことがあるのだけれど」

「えっ、は、はい! なんでしょうか……?」

「……そんなにかしこまらなくてもよろしくてよ。あなた、先ほどは六の十乗という冪乗《べきじょう》の計算を暗算でしていましたわね。あれはどのように？」

「えっと……ちゃんと計算したわけじゃないよ」

イーファはぽつぽつと説明する。

「六を三回かけると二一六になるから、これをとりあえず二〇〇と考えて、三回かけあわせて八〇〇万。これで六を九回かけたことになるから、あと一回六をかけて四八〇〇万。ほんとうはもう少しあるはずだから……たぶん、六〇〇〇万くらい、ってこと。あんまり自信なかったけど……」

人だかりがざわついていた。

金髪の少女が溜息をついて言う。

「先ほど計算したのだけれど、それでほとんどあっておりますわ。大した発想力ですわね……。あなた、名は？」

「イーファ、です……」

「家名はなし、ね」

高貴な雰囲気の少女は、しかし蔑《さげす》むでもなく続ける。

「身分が低いにもかかわらずここにいるということは、それだけ優秀なのでしょう。帝国から、どのようなきっかけでアスティリアの後宮に？」

「それは、その……セシリオ殿下に、声をかけてもらって……」

人だかりから、黄色い歓声が上がった。

金髪の少女は、少し驚いたように言う。

「王妃候補……。どうりで、優秀なうえにかわいらしいお顔をしていると思いましたわ」

そこで、少女はすっと手を差し出した。

「コルネリア・エスト・ラトーサ」

そして微笑みながら言う。

「家督《かとく》を継ぐわたくしとは目指すところは違うけれど……あなたとここで競い合える日を楽しみにしていますわ」

「は、はい。ありがとうございます……」

イーファは、その手を握り返した。

少し、後ろめたさを覚えながら。

◆◆◆

「おもしろいところだっただろう」

逗留予定の宿へ向かう道すがら。

隣を歩くリゼが、不意にそう言った。

「少なくとも、後宮らしさはまったくない」

「……はい」

イーファも、素直にいい印象を抱いていた。

なんとなく、雰囲気は魔法学園に近い。

ただ、皆自分の将来をしっかり見据えているのか、学園の生徒たちよりも真剣である気がした。

「ああいう場所があるから、女性は文官であるべしという風潮がこの国にはある。若がお前を争い事に関わらせたくなかったのは、そういう理由だ」

リゼは、溜息をついて言う。

「私も、あそこに在籍していた頃は同じように考えていた。成績がどん底でやむなく王室魔術師に転向していなければ、今でもそう考えていただろうな」

「……ふふ、なんですかそれ」

イーファが小さく笑った。

それから、リゼはゆっくりと話し始める。

「当代のアスティリア王……若の母上である女王陛下は、優れた君主だ。智に富み、決断力に秀で、民に愛される。傑物《けつぶつ》と言ってもいい。まだまだ王位継承は先の話だが……若は不安に思っているはずだ。自分が、果たしてあの女王のように振る舞えるのかと」

「……」

「ドラゴンの件で、功を焦っているのもそのためだ。これを解決できなければ、王になる資格はないとすら思っているかもしれない。そして……王妃探しに関しても、おそらくそうだ。ふさわしい者を見つけなければと焦っていたふしがある」

リゼは言う。

「青い男だ。未熟者だよ。だが……悪い人間ではない。それは、乳飲み子だった頃から知っている私が保証しよう」

「……」

「お前の力で……若をそばから支えてやってはくれないだろうか」

「……それは……」

これまでなら、即座に断っていたはずの頼み。

だけど今は――言葉は何かに引っかかり、一向に出てきてはくれなかった。

其の五

入山して、三日目。

日はすっかり昇りきり、もう昼時となっている。

ぼくは思いっきり伸びをして、重たい息を吐き出した。

「疲れた……」

昨日飛び立ったドラゴンは、あれからほどなくして獣型のモンスターを後ろ肢《あし》で掴んで戻ってきた。

それをむしゃむしゃと食べたかと思えば、それからすぐ、巣のそばで眠ってしまった。

夕方に目を覚ますとまた飛び立ち、今度は周辺の空を警戒するように見回ったら、夜に戻ってきた。そしてまたすぐ寝た。

夜が明けて朝。そして昼。ドラゴンはまだ起きない。

別に死んではいない。ただ、爆睡しているだけだ。

寝息を立てるドラゴンを眺めながら思う。

きっと、疲れていたのではないだろうか。

子育ては、人間はもちろん動物にとっても大変だ。こいつはモンスターだが、たぶん同じ。

明らかに土地の魔力だけでは体力が足りてない様子だった。

番いがいないせいもあって苦労していたんだろう。

ただ……、

「ぼく、いつ解放されるんだ……？」

ドラゴンが食事したり空中散策したり眠ったりしている間、ぼくはずっと卵を転がしたり岩を熱したりと、甲斐甲斐しく巣の面倒を見ていた。

いい加減うんざりして一度去ろうとしたら、怒ってめちゃくちゃ吠えられた。逃げたら街まで追いかけて来かねなかったので、動くに動けないでいる。

たぶん、卵なんてある程度放っておいても問題ないんだろうけど……どれくらい大丈夫かわからない。おかげで徹夜だった。

ユキも、いやになったように言う。

「まったく……人に仔を育ててもらうなど、図々しい物の怪ですねっ」

「……管狐もそうだけどな」

「うっ、いえ、管はその、人にまつろう妖《あやかし》ですので……」

「はぁ……まあたぶん、こんなのはドラゴンでもこいつだけだよ」

この個体は特別だ。いやドラゴン自体に、そういう性質があるとも言えるが……。

「で、どうするのでございますか？　セイカさま」

ユキが言う。

「まさかこのまま、物の怪の乳母《うば》をやるわけにもいきますまいに」

「……帰るよ。そろそろ食糧も少なくなってきたしね」

なんとかドラゴンを説得しなければ。

「おーいっ‼　起きろ！　もう昼だぞっ‼」

惰眠《だみん》を貪《むさぼ》るドラゴンに大声で怒鳴ると、そのゴツゴツした瞼《まぶた》が微かに開いた。

明らかにめんどくさそうな顔をしている。

ぼくはイライラしながらも、街の方を指さして言う。

「ぼくはもう帰るからなっ‼」

「グルルッ！」

「グルルじゃないんだよ、いい加減にしろっ！　ぼくはお前の番いでもなんでもないんだからなっ‼」

ぼくが言うと、ドラゴンはしばし不満そうに唸った後、ブフゥーッ、という溜息みたいな吐息と共に立ち上がった。

そしてぼくの方にのしのしと歩み寄ると、その大きな頭を下げ、地面に顎をつける。

「？」

「グルルルル……」

そのまま翼をバサバサと動かす様子を見て、ぼくは察する。

「もしかして……乗せてってくれるのか？」

「グルル」

「ええ、気持ちはありがたいんだけどさ…………いや、待てよ」

ぼくは可能性に気づく。

羽の生えた生き物に乗って飛ぶなんて無理だと思っていたけど……こいつならいけるかもしれない。

鱗に足をかけ、頭の上によじ登る。

おあつらえ向きに、硬めの毛が生えていて座り心地も悪くない。

「グルルルッ！」

ドラゴンが翼を広げ、羽ばたいた。

気圧の魔法が発動し、ぼくを乗せたまま巨体が宙に浮く。

周囲に猛烈な風が吹き荒れる。だが、乗っていられないほどじゃない。

何より――揺れも少ない。思った通りだ。

鱗の突起に掴まりながら、ぼくは感動に一人歓声を上げていた。

一度空を旋回したドラゴンは、麓《ふもと》の街に向かいゆったりと滑空していく――。

◆◆◆

後宮を訪れた翌日。

イーファとリゼは早朝の馬車で王都アスタを出て、昼前にはプロトアスタに着いていた。

首長公邸にまで戻ると、出迎えてくれたのは数名の護衛を連れたセシリオ王子だった。

「おお！　よく戻った、イーファ。道中何もなかったか？　まあリゼがいれば何事も問題ないだろうが」

「あ、は、はい。どうも……」

イーファは気後れしながら返事しつつも、内心で首をかしげる。

なぜ護衛を連れているのだろう。リゼの代わりだろうが、誰かと会っていたのか。

王子は笑顔のまま言う。

「そなたを待っていたのだ。さあ、こちらへ来るといい」

「は、はあ……」

仕方なく、言われるがままリゼと共について行く。

連れてこられたのは、公邸二階にある会議室のような部屋だった。

広い庭に面したテラスがあり、風を入れるためか窓は開け放たれている。

部屋の中には他に数名、男性の姿があった。王子がその中の一人に呼びかける。

「待たせたな、グルード殿。彼女だ」

「ほう。これは……上物でございますな」

肥満体の中年男が顔を寄せ、品定めするような目を向けてくる。イーファは、思わず顔を引きつらせて後ずさった。

「本来ならば皮膚病や傷の有無、栄養状態を見るために裸にするのが常道ですが……ま、そういうわけにもいきますまい」

肥満体の男は、それから王子に訊ねる。

「いくらか学問を修めているのでしたな。それと、魔法を使えると」

「そうだ」

「……難しいですな。そういった付加価値のある奴隷はなかなか需要が読めず、値が付けづらいのです。ただ、それでも概算を出すとすれば……」

男は控えていた小僧に紙とペンを持ってこさせると、そこに何やら記入した。

それを王子に手渡す。

「このあたりでしょうな」

「……用意した金額とほぼ同額か。よい。カーティス、これは正式な価値として認められるな」

「ええ、殿下」

王子から紙を手渡された、顎髭《あごひげ》の男が言う。

「日付と商会の印、算定者の名と、奴隷の名が記されております。客観的に価値を示す確かな資料であると、徴税員たるこのカーティスが認めましょう」

顎髭の男は続ける。

「解放税は、額面の二十分の一となります」

「うむ。おい」

王子が呼びかけると、護衛の一人が、持っていた革袋を机の上で開いた。

イーファは、思わず目を瞠る。そこに収められていたのは、大量の金貨だった。

「あ、あの、なんですか、これ……」

言い様のない不安に駆られながら、イーファは王子に訊ねる。

王子はイーファに向き直り、微笑みながら言った。

「そなたの解放手続きだ、イーファ」

「え……え？」

「今日から、そなたは自由になれる」

混乱するイーファへ、王子は諭すように話し出す。

「そなたも知っているだろうが、アスティリアでも帝国でも、奴隷には解放の制度がある。自らの価値と同じだけの金額を主人に支払い、規定の税を納めれば自由の身になれるのだ」

王子は続ける。

「本来ならば役所で手続きを行わなければならないが、行政府の長であるボクが認めるのだから問題ない。そして……解放にかかる金は、今回ボクがすべて出そう」

「えっ……？」

「セイカ殿へはしかるべき金額を支払い、一部を解放税としてこの街に納める。形の上では、そなたは自分を買い戻したという扱いになる。心配ない。手続きはこちらですべて済ませておこう」

「え、む……無理です。そんなこと、できるわけないです」

イーファは、自分にも言い聞かせるように言う。

「解放には、セイカくんの了承が必要なはずです。勝手に手続きを済ませるなんて、そんな……」

「了承するさ」

王子は言い切る。

「奴隷の働きに報酬を与え、いずれ解放させることは、帝国でも富裕層の規範となっているはずだ。十分な金を支払った奴隷の解放を拒むなど、世間的に見てとても誉められた行いではない。だが……それでももし、セイカ殿が君の解放を認めないならば……」

王子は告げる。

「その時はプロトアスタで奴隷徴発令を発し、セイカ殿から君を強制的に買い上げるとしよう」

「えっ……！　そ、そんなこと……っ」

「本来は戦時中のための制度だが、これは参事会の承認なしに、首長の意思で発令できる。いったんは街の公共物扱いにはなるが、その後の扱いはボクの一存でどうにでもなる。ボクがあらためて君を買い、その後に解放すれば済むことだ」

イーファはあわてたように言う。

「わ、わたし、そんなこと頼んでません！」

「リゼから、話は聞いている」

王子は冷静な口調で言う。

「精霊の見えないボクには、セイカ殿の恐ろしさはよくわからない……。だが、ともすれば危険な主人の下に、君を置いたまま放ってはおけない」

「っ……」

「それに……君も、ずっと奴隷身分で辛かったであろう。この際自由の代償は求めぬ。後宮に入るも入らぬもイーファの意思で決めればよい。ボクはただ、君に自分の人生を生きてほしいのだ」

イーファは、微かに震える声で訊ねる。

「帝国では……解放奴隷には、成人の後見人が必要なんです。自由になったら、わ、わたしは、学園に戻れるんですか……？」

王子は、ばつの悪そうな顔で目を逸らした。

「それは……後見人を指定したうえで、帝国で手続きをしてもらう必要があるが……」

イーファは、悪い予感が当たったことを覚った。

帝国法上、解放奴隷にはその生活や立場を保証する後見人が必要になる。慣例で言えば、それは解放した元主人が務めるのが普通だ。

だが、セイカはまだ成人の身分にない。

そして属国や地方の領地ならばまだしも、大都市や帝立機関で後見人のいない不法な身分のまま過ごせるわけがない。

解放されてしまっては、学園に戻れなくなる。

それは、セイカと離ればなれになるということを意味した。

「……セイカ殿は、君の意思次第ではこの国で自由にしてやってもいいと言っていた。元々、君にはあまり執着がなかったように見えたが」

追い打ちのように発せられた王子の言葉に、心が大きく揺らぐ。

ただ。

やはり、どうしても受け入れられない。

「い、いやです。わたしは、解放なんて望みません」

「なぜだ……。君は、自由になりたくないのか。自分の人生を生きたくないのか。奴隷とは、自らの生殺与奪《せいさつよだつ》を他人に預けるのだぞ。得体の知れない主人に仕えることを、なぜ望む」

「わ、わたしがどうしたいかは、わたしが決めます！　身分は自由じゃなくても、なにを望むかはわたしの自由です！」

「……解放手続きの書類が用意できましたが、どうされますかな。殿下」

顎髭の男が、冷めたような口調で言った。

「これには奴隷の拇印《ぼいん》が必要なのですが」

「……しかし、イーファの意思が……」

「はは、悩まれているようですが殿下。奴隷が自ら隷属を望むなど、なんら珍しいことではありませんよ」

肥満体の男が軽く笑いながら言う。

「過酷な状況に置かれると、人は心を守るため、その状況を自らが望んだものだと思い込もうとします。その娘のようなことを言い出す奴隷など、これまで何人も見ましたよ。ま、ある意味では正気を失っているとも言えますな」

「……どうすれば正気に戻る」

肥満体の男は肩をすくめた。

「すぐには無理ですな。しかし境遇がよくなれば、いずれは自分が間違っていたと気づくでしょう。今は……ひとまず、無理矢理にでも承認させてしまうのがよろしいかと」

「っ……！」

「そうか。おい」

王子の呼びかけと同時に、護衛の兵が二人がかりでイーファを押さえ込む。

「や、やだ！　やめてっ！」

「すまない、イーファ……。拇印でいいのだったな、カーティス」

「ええ。インクはここに」

「やめてっ‼　じゃ、じゃないと……っ！」

イーファは自らの纏う精霊に呼びかける。

いざとなったら魔法を使え。セイカに叱《しか》られた経験は、この時のためにあったのだと思った。

だが――――。

「魔法は使うな」

呼応しかけていた精霊。それらがすべて、突然に沈黙した。

愕然とするイーファの視界に映ったのは、部屋全体を舞う無数の白い蝶。

光属性の精霊。

それはセイカの使う符術の結界にも似た、光の魔法だった。

厳しい表情をしたリゼが言う。

「この場で力を振るえば、事はお前だけの問題ではなくなってしまう――まあもっとも、私の【聖域】の中ではどうしようもあるまいが」

「ど、どうして……っ！」

「許せ。これが我が国……ひいては、お前のためにもなるはずだ」

不意に、左の親指に鋭い痛みが走った。

血の流れる熱い感覚。緑色に光る小さな鳥が視界をよぎっていく。

風の刃のようなもので切られたのだと、イーファはすぐに気づく。

「拇印は血判でも問題ないな、カーティス」

「おお、さすがリゼ殿。恐ろしい腕前ですな」

兵に押さえられた左手が、徐々に文字の並ぶ羊皮紙へと近づけられていく。

白くなるほど握った指が、強引に開かされる。

イーファは、思わず目をぎゅっと閉じた。

「セイカくんっ……！」
血に濡れた親指が、羊皮紙に触れる寸前――――、
室内に、突風が吹き荒れた。

◆　◆　◆

ドラゴンの乗り心地は、妖《あやかし》と比べてもそう悪くなかった。

空の上は、さすがに風が強くて夏なのに寒い。ただそれは蛟《みずち》も一緒だし、呪《まじな》いである程度快適にできる。揺れさえ少なければいいのだ。

「さて、と……」

ぼくは式の視界で、眼下の街を見る。

どこに降りるかな……。本当は城壁の外がいいんだろうけど、首長公邸までけっこうあるから歩くのが面倒だ。

むしろ、公邸に直接行く方がいいかもしれない。

あそこなら広い庭があるし、家畜や馬車馬を怯えさせることもない。

「お前、城壁の中には降りられるか？」

「グルルッ！」

ドラゴンが唸る。

はいかいいえかわからないが……たぶん、はい、だろう。そんな気がする。

「よし、あっちだ！」

案内役として先行させていた光のヒトガタを、街へと降下させていく。

ドラゴンはきちんと、それを追って高度を下げていった。

その時――山に残してきた式神が、嫌な光景を捉えた。

思わず顔をしかめる。今来るということは……そういうことだろうな。

これで帰るとも言っていられなくなった。

まあでも、まだ少し時間はありそうだし、いったん公邸に顔を出してから山に戻るでも十分だろう。いい加減一人で卵のお守りをするのも疲れたしね。

ドラゴンが左翼を下げ、左へ旋回しながら街へと降りていく。

広大な首長公邸が次第に近づく。

地上までほんの数丈に迫ると――ドラゴンが両翼を大きく広げ、大気を掴んだ。

気圧の魔法が発動。生み出された密度の高い空気を激しく撒き散らしながら、巨体が首長公邸の庭へ豪快に降り立つ。

ふう、と一息ついて顔を上げる。

ぼくは気づいた。

「あっ……」

すぐ目の前に、公邸の二階、窓の開け放たれた広い部屋があった。

仕事中だったのか、身なりのいい人間が数人、呆気にとられた表情でこちらを見ている。

机の上に置いてあったらしき書類や金貨が、ドラゴンの起こした突風で派手に散らばっていた。

うわぁ、申し訳ないことをしてしまった……。

ん、あれは森人《エルフ》の従者か？　ということは……やっぱり、セシリオ王子の姿もある。

ちょうどよかった。

少々無礼にはなってしまうが、時間がないし仕方ないだろう。

「突然すみません、皆さん！　セイカです！　今戻りました！」

まだ気圧差の風が吹き荒れる中、ぼくは声を張り上げる。

「急ぎゆえ、このような形で失礼！　ええと、手短に言いますと……ドラゴンと仲良くなりました」

皆、唖然としたまま言葉もない。

ぼくは少々不安になりながらも、とにかく用件を話す。

「今回の件、原因がわかりました！　説明したいので、唐突で申し訳ないですが、どなたかぼくと一緒に山頂まで来ていただけないでしょうか！　できれば火属性の魔法が使える方だと助かります！」

案の定、答えはない。

王子も森人《エルフ》も他の人間も、全員が窓から大きく距離を置いて固まっている。

……困ったな。

というか、さすがにドラゴンで直《じか》に降りてきたのはまずかったか……。

そろそろ戻りたいが、このままではなんのために帰ってきたのかわからない。せめて誰か、
手伝ってくれる人……。

「……あ」

その時、一人の少女の姿が目に入った。

なんだ、いたのか。

じゃあ、彼女でいいな。おあつらえ向きに炎も扱えることだし。本当はアスティリアの人間
に来てほしかったけど、皆怖じ気づいてるから仕方ない。

「イーファ」

ぼくはくすんだ金髪の少女に向かって手を伸ばす。

◆　◆　◆

嘘みたいだ、と。

巨大なドラゴンに乗ってあの人が現れた時、イーファは思った。

こんなタイミングがあるだろうか。

だけど同時に——きっと助けに来てくれると信じていた。

「ええと、手短に言いますと……ドラゴンと仲良くなりました」

それを聞いて、イーファは思わず笑いそうになった。

無茶苦茶だ。

でも思えば、あの人はいつだって無茶苦茶だった。

ぜったいに無理だと思えることをやってのける。

自分が壁だと思い込んでいたものを、打ち壊してくれる。

そうして、新しい景色を見せてくれる。

「イーファ」

自分の名前を呼ぶ声。

イーファは差し伸べられた手に向かい、足を踏み出した。

求めてくれることがうれしかった。取るに足らない、一介の奴隷に過ぎなかった自分を。

学園行きが決まったあの時も。

そして今も。

「行くなっ‼」

その時、背中にリゼの声が響いた。イーファは足を止める。

その声音には、自分の身を案じるような響きがあった。

同胞だと言ってくれた人だ。きっと、本当に心配しているのだろう。

だけど――――、

「ごめんなさい……わたし、やっぱりここには残れません」

イーファは背中を向けたまま答える。

リゼや王子になんて答えればよかったのか、今ようやくわかった。

きっかけは、なんだっただろう。

学園へ共に行くことが決まって、侍女《メイド》や奴隷仲間にからかわれたことだろうか。

屋敷で叱られていた時に、いつも助けてくれたことだろうか。

それとも——なにを言われても平然として、なんでも一人でできてしまうのに……時折どうしようもなく、寂しそうな表情を見せていたことだろうか。

きっと……そのすべてが、そうだった。

「わたしは、セイカくんと行きます」

イーファは振り返り、リゼへと告げる。

「あの人が好きだから！」

イーファはリゼに背を向け、走り出した。

セイカの下へ。

◆◆◆

イーファは、森人《エルフ》の従者と何か話しているようだった。

ただ気圧の魔法のせいで風がうるさく、よく聞こえない。

と思っていたら話がついたのか、イーファがこちらに駆けてきた。

二階のテラスに頭を寄せるドラゴンに向かい、思い切り跳び上がって手を伸ばす。

「セイカくんっ！」

「よっ、と」

ぼくは、その手を掴んだ。

そのまま力いっぱい引き上げ、後ろに座らせる。

「取り込み中のところ悪いな。ちょっと急いでて。しっかり掴まっててくれ」

「うんっ」

イーファがその細い腕を、ぼくの腹のあたりに回してきた。

それを確認すると、ぼくはドラゴンに行こうと告げ、光のヒトガタを目の前に飛ばす。

ドラゴンは、帰るんじゃなかったのかと怪訝そうにしていたが、やがて頭を上げ、翼を広げた。

魔法の出力が上がる。

気圧差の風が、強く吹き荒れ始める。

ぼくは笑顔を作り、王子や森人《エルフ》たちに向かって告げる。

「それでは皆さん、ひとまず山頂にてお待ちしています。あ、食糧とか持ってきてくださいね」

ドラゴンが翼を打ち下ろした。

密度の高い空気を掴んで、巨体が上昇していく。

やがて十分に高度が上がると、今度は次第に前へ前へと勢いをつける。

左翼を傾け、一度大きく旋回。目的地に向き直ると、ドラゴンは住処の山へ向け悠然と飛行し始めた。

「あわわわわ、と、飛んでるっ！」

空の上で、背中のイーファが焦ったような声を出す。

ぼくは上機嫌になりながら、イーファに話しかける。

「どうだい、イーファ。空を飛んだ感想は」

「ちょ、ちょっと怖いかも。でも……きれい。わたし、こんな景色はじめて見た」

イーファが眼下に目を向けながら呟く。そうだろうなぁ。

「でも、すごいね。セイカくん」

「ん？」

「まさか、ドラゴンに乗っちゃうなんて。前は無理だって言ってたのに……」

「そうなんだよ‼」

「ひゃっ⁉　な、なに……？」

「ぼくもついさっきまでは無理だと思っていたんだ。でも、すごい発見をしたんだよ！」

ぼくは思わず興奮しながら説明する。

「翼のある生き物に乗って飛ぶことは、やっぱり基本的にはできないんだ。翼を羽ばたかせると、どうしてもこう、反作用で体幹が上下してしまう。背中になんて、普通はとても乗っていられるものじゃないんだ」

「あ、そっか……」

「だけど、実は羽ばたいていても上下動しない場所があったんだ。どこだかわかるかい」

「え……？　あ、もしかして、頭？」

「そう！　鳥でもドラゴンでも、頭だけは極力動かないように固定してるんだ。視界を保たなきゃいけないし、そもそも脳が揺れたらまともに思考できないからね」

「へ、へえ……」

「普通のドラゴンだったら無理かもしれないけど、グレータードラゴンくらい大きければ頭にだって乗れる！　このドラゴンにだけは騎乗できるんだよ！　もしかしたら、おとぎ話の竜騎士も、こうやって飛んでいたのかもしれないな」

イーファは、わずかに沈黙した後——急に大きな声で笑い出した。

「あはははは！　そんなわけないよー、ドラゴンの頭に乗る竜騎士なんてかっこ悪いもん」

「か、かっこ悪い？」

そ、そうか？

というかぼく、前世でも蛟《みずち》の頭に乗ってたんだけど……もしかして、周りからは珍妙な人間に見られてた？

「ふふっ、でも、セイカくんがこんなに夢中で喋ってるところ初めて見た」

「べ、別にいいだろ、夢中で喋ってもっ」

「うん……もっと聞きたい。どうやってドラゴンと仲良くなったの？」

「あー……」

ここで全部話す前に山頂に着きそうだ。ついでに、連中も迫ってきている。

「ちょっと長くなるんだ。落ち着いてから話すよ」

「うん、わかった……あと、さっきはありがとう、セイカくん」

「え、何が？」

小さく呟かれた言葉に聞き返すも、イーファは何も答えない。

んん？　まあいっか。

「頭を動かさないとは言っても、多少は揺れるからな。しっかり掴まってるんだぞ」

「うんっ」

イーファが体を寄せ、回した腕に力を込める。

なんというかその……背中に当たる柔らかい感触が気になるが……なるべく意識しないようにしよう。

◆◆◆

目的地へ一直線に飛ぶドラゴンは、ほどなくして山頂へとたどり着いた。

住処である岩場に降り立ち、頭を下げるドラゴンから、ぼくらは二人して飛び降りる。

「ここが、ドラゴンの巣なの……？」

「ああ。あっちにある岩山がドラゴンの寝床だよ。卵もそこにある」

「へえ……って、た、卵?」

「ごめん。説明してる時間はないみたいだ」

その時、岩場の先に広がる森から、みしりみしりという音が響きだした。

突然、こちらへと一直線に、森の奥から木々がいくつもなぎ倒され始める。

最後に岩場に面した樹木をかき分けるようにへし折り、現れたのは――――赤黒い巨大なトラ。

背後で、ドラゴンが気圧《けお》されたように後ずさる。

凶悪な殺気を振りまきながら迫るモンスター。それに向かい――――ぼくは術を発動した。

《土《ど》の相――――透塞《とおとりで》の術》

立ち塞がったいくつもの石英の柱に、赤黒いトラが激突した。

そこからさらに、溶岩の体を囲うように周囲から柱が斜めに突き出し、モンスターを完全に閉じ込める。

「ゴァアオオォォオウゥゥッッ‼」

ラーヴァタイガーが吠え、柱の一つに噛みついた。

前回と同じように、石英の柱はびくともしない。だが次第に、その表面が熱でじわじわと溶け出す。

長くは持たない。

まあでも、無駄話するくらいの時間はできたかな。ぼくは息を吸い、声を張り上げる。

「おーいゼクト！　いるんだろう。出てこいよ」

「面倒な時に戻ってきちまったなァ、学者様よォ」

森から姿を現したのは――ローブを羽織り、手に魔導書を開いた魔術師と、剣を提げた傭兵たち。

フードの奥で、ゼクト傭兵団の長たる召喚士《サモナー》は口の端を吊り上げる。

「卵一つ回収できたら依頼料持ってトンズラするつもりだったが……これで二人ほど、消すしかなくなっちまったようだなァ」

「ふーん、やっぱり最初から卵目当てだったのか。殿下がたまに市場に出回るって言ってたし、そうなんじゃないかとは思っていたけど」

「はっ、当たり前だろうが。ドラゴンの卵を一つ売りゃあ、オレたち全員が一年は遊んで暮らせるんだ。っはは、しっかし馬鹿な王子だったぜ」

ゼクトがせせら笑う。

「グレータードラゴンをこんな人数で倒せるわけねーだろうが！　一国が総力をあげて相手するレベルのモンスターだっつーのに、ラーヴァタイガーを見せてやっただけでコロッと信じやがった。もっとも、追い払うだけなら簡単だったがなァ」

ぼくは、召喚士《サモナー》に笑い返す。

「なんだ、やっぱりぼくの言った通りだったんじゃないか。エセ専門家さん」

「あ……？　ガキが、状況をわかってねーようだな」

ゼクトが口元を歪ませる。

「オレのラーヴァタイガーは……てめぇのチンケな魔法でどうにかできるモンスターじゃねえ」

バキリ、という音。

ラーヴァタイガーが、ついに溶けかけていた石英の柱をへし折ったところだった。

透明な檻《おり》から抜け出したモンスターが、殺気のこもった唸り声を上げる。

「オラッ、焦げ肉になって喰われやがれッ！」

赤黒い溶岩を纏った脚が、跳躍のためにたわまれる。

その時。
・・・・・・・・・・・・・・・・・・・・・・・・
ラーヴァタイガーの足元から、巨大な水柱が噴き上がった。

「なァッ⁉」

驚愕するゼクトの目の前で、水柱に跳ね上げられた溶岩獣が岩場に転がる。

噴き上がった大量の水は、そのまま地面に落下。傾斜に従って流れ、ゼクトや傭兵たちを飲み込んでいく。

驚いたのは、ぼくも同じだった。

大きな力の流れ。

それを操っていたのは――指輪をはめた右手を敵に差し向ける、猫っ毛の少女。

「もう、黙ってやられたりしないから」

静かな表情で、イーファが呟いた。

その様子を見て、ぼくは思わず口を開く。

「イーファ……」

「セイカくん、まだ……」

「すごい！　今よく動けたな！」

「え、ええっ」

ぼくの弾んだ声に、イーファの表情が崩れた。困惑したように言う。

「だって、セイカくんがこの前言ってたから……」

「普通は言われてもなかなかできるものじゃないんだよ。イーファは度胸があるなぁ」

「そ、そうかな」

「やっぱり君を連れてきたのは間違いじゃなかった。水の魔法もここまで扱えるようになったんだね。驚いたよ」

「……えっへへへ」

「クソッ、なんだこの魔法、まさか……てめぇもあの森人《エルフ》の仲間かッ!?」

岩に引っかかり、ずぶ濡れのゼクトがわめいている。

ぼくは首をかしげる。

「森人《エルフ》……？　何言ってんだ、あいつ」

「えっと、あのねセイカくん……」

「まあいいや、続きだけどねイーファ。大量の水を使ったのはよかった。というのも、水が少量だと溶岩の熱で瞬時に蒸発して、かえって危険なこともあるんだ。でも量が多ければ……ほら、見てごらん」

ぼくの指さす先では、ラーヴァタイガーがよろよろと立ち上がっていた。

動きがぎこちないのも無理はない。溶岩の鎧は、そのほとんどが黒く固まっていた。

「赤かった部分が、丸くボコボコした形で固まってるだろ？　表面が冷えた後で、内部の溶岩が流動してあんな形になるんだ。火山が噴火して溶岩が海に流れ込んだ時もああいう岩ができるんだよ」

「そ、そうなんだ……」

「ゴァアオオォォオウゥッッ‼」

その時、ラーヴァタイガーが吠えた。

固まっていた鎧の表面が割れ、新たな溶岩が流れ始める。

「この程度で終わりだと思うなッ！　オレのラーヴァタイガーに生半可な魔法は効かねェッ‼」

ゼクトが立ち上がりながら叫ぶ。

表情を険しくするイーファ。

上げかけた右手を、ぼくはそっと掴んで下ろさせた。

「えっ……？」

「大丈夫。あとはぼくがやっておくから」

《土《ど》の相――火浣網《かかんもう》の術》

白い投網が、ラーヴァタイガーに覆い被さった。

動きを妨げられた憤りから、溶岩獣が激しく暴れ回る。

さすがの石綿も石英を溶かす熱には耐えられないのか、縄が所々で切れ始めていた。

ゼクトが口の端を吊り上げて笑う。

「はっ、バカが！　網でラーヴァタイガーが捕まるかよッ！」

「いや、捕まえるつもりはないんだ」

ぼくは静かに呟いて――宙空より姿を現した一枚のヒトガタを、暴れ回る溶岩獣へと向けた。

「少しだけ、大人しくしてほしかっただけだから」

《陽火《ようか》の相――皓焔《しろほむら》の術》

ヒトガタから吐き出されたのは、眩《まばゆ》いほどの白い炎だった。

それは、網に囚われたラーヴァタイガーを一息に飲み込む。

ほどなくして、それが消えたあとには――何も残っていなかった。

「はァ……………？」

ゼクトが呆けたような声を上げる。

ラーヴァタイガーの残骸と呼べるようなものは、鎧にくっついていた高融点鉱物の石塊《いしくれ》のみ。

本体も溶岩も石綿の網も、跡形もない。それどころか地面すらも溶けて沸騰し、冷えたところはガラス質化していた。

ぼくは鼻で笑って呟く。

「消し炭にすると言ったが……炭なんて残らなかったな」

陽の気で強引に燃焼温度を上げた、灰重石（※タングステン鉱石）すらも溶かしきる真白の炎だ。溶岩のモンスターを一匹蒸発させる程度造作もない。

「なんだ、てめぇは……いったいなんなんだ……」

目を見開き、慄然《りつぜん》と呟くゼクトに、ぼくは笑って答える。

「世界最強の魔術師だよ」

「ふざけやがって……ッ！　おいてめぇら！　前衛で壁になれッ！　給料分働きやがれッ‼」

水に流され、岩や木に引っかかっていた傭兵たちがよろよろと立ち上がる。

その時――――、

「グルルルゥゥォォオオオ――――ッッッ‼」

ぼくの背後で、ドラゴンが吠えた。

一瞬で恐慌が伝播《でんぱ》し、傭兵たちが泡を食って逃げ始める。

「クソ、ふざけんな！」

「あんなもん相手にできるか！」

悪態をつきながら背を向ける傭兵たちへ、ゼクトが目を剥いて叫ぶ。

「待てッ！　逃げるんじゃねェッ‼」

「そうそう、逃げるのはナシだよ」

ぼくはそう言って、散らばる傭兵たちを《蔓縛り》で拘束していく。

それから、立ち尽くすゼクトへと笑いかけた。

「で、あとは君だけだけど」

「……………オレを、あいつらのように捕まえねぇのは……舐めてるからか……？」

「うん。君貧弱そうだし、自分で手枷《てかせ》でも付けてくれないかな？　めんどくさいから」

「そうか、それなら…………後悔させてやるよッ‼」

ゼクトの持つ魔導書が、強く光を放った。

そのフードの奥に、凶悪な笑みが浮かぶ。

「見せてやる！　こいつはオレのコントロールすらおよばねぇ真の切り札だ‼　おまえらもあの街もッ、どうなったって知ら、熱っづぁっ⁉」

間抜けな声を上げ、ゼクトが突然魔導書を手放した。

「ええーッ⁉　オレの魔導書がッ⁉」

ゼクトの魔導書は燃えていた。

水に濡れていたはずなのに、橙色の炎に包まれ灰になっていく。

「それが、杖の代わりなんだよね」

イーファが、据わった目でゼクトを見つめ、言った。

「これで終わり？」

ゼクトの周りにも、螺旋《らせん》を描くようにぽつぽつと橙色の炎が現れ始める。

それは、前世でも見慣れた人魂《ひとだま》の炎。

「終わりだといいな。あなたまで燃やすのは……ちょっとだけ大変そうだから」

ゼクトが、人魂の虫籠《むしかご》の中でへたり込んだ。

あれはもう完全に心折れたな。

「……ね、セイカくん、これでよかった？」

イーファが、何かを期待する目でぼくを見る。

「あ、ああ。お手柄だよイーファ。危うく、何か得体の知れないモンスターを喚《よ》ばれるところだった」

頭を撫でてやると、イーファはうれしそうに目を細めた。

ただ、ぼくは少し残念に思う。

……ちょっと見たかったなぁ、切り札とやら。

皓焔の術

陽の気で燃焼温度を上げた五〇〇〇度の火炎を放つ術。タングステンは最も融点の高い金属だが、それでも三四〇〇度を超えると融ける。現代技術で生み出された炭化タンタルハフニウムでも四二〇〇度が限界となっている。五〇〇〇度という温度は、この世界に存在するあらゆる物質を融解させ、ほとんどの物質を蒸発させてしまうほどの熱量となる。色温度の関係上、炎光は白く輝く（約五〇〇〇ケルビン＝昼白色の蛍光灯くらいの色）。本来は輻射熱《ふくしゃねつ》で術者自身や周りの者にも危険がおよぶため、今回セイカは陰の相の術を付したヒトガタを周囲に配置し、余剰な熱を吸い取っていた。

其の六

首長公邸に戻ってきたのは、結局それから数刻後のことだった。

本当は王子の部下か誰かが山頂に来るまで待ちたかったのだけれど、殺気立っていたドラゴンがゼクトや傭兵を小突き回していたのだ。

一応罪人は引き渡したかったので、喰われてしまう前に山から下ろすことにした。

ドラゴンが再び公邸の庭に降り立つと、咥《くわ》えていた蔓をぺっと吐き出した。縛られていたゼクトや傭兵が、ドサドサと芝生に落下する。

庭には、王子と森人《エルフ》の従者、そして大量の護衛兵が集まっていた。

さすがに二回目ともなるとこうなるか。

ぼくがイーファと共にドラゴンから降りると、王子が唖然とした様子で問いかけてくる。

「セ、セイカ殿、これはいったい……」

「こいつらは詐欺師で密猟者です、殿下」

ぼくは言う。

「ドラゴンを倒せるなんて話は嘘。金をだまし取り、卵だけを奪って逃げるつもりだったんです」

「そんな……それに、卵とは……？」

「無論、ドラゴンの卵です。このドラゴンは今、子育ての最中だったんですよ」

ぼくは山頂で見た事実と、推論を話す。

聞いた王子は、信じられないように首を横に振った。

「まさか、そんなことが……」

「事実ですし、推測としては妥当な線だと思いますよ。報告書にもこのまま書くつもりです。なんならあなた方も、山に登って見て来ればいい」

「だが……それは危険だ。いやそもそも……どうしてセイカ殿は、それほどまでにドラゴンに受け入れられているのだ。攻撃されないばかりか、子育てを手伝った？　たとえ普通の獣であったとしても、そのようなこと……」

「ある意味で、ドラゴンは特殊な獣なんです」

ぼくは説明する。

「子育てを行う生き物は珍しくない。ただ、その中でもさらに一部は、親以外の個体も子育てに参加します。多くの鳥類、キツネやタヌキに犬の一種、ごく一部の魚など。数は限られますが、実に幅広い生き物がこの性質を持っている。そして――ドラゴンもそうだ」

ぼくは続ける。

「図書館で過去の記録を拝見しました。百五十年前の繁殖の際には、先に生まれた子供が他の子供の面倒を見ていたそうですね。つまりドラゴンは、家族で子育てをするモンスターなんですよ」

「し……しかし」

王子が言い募る。

「自身の仔ならともかく、セイカ殿は人間であろう！　血縁ではない、ましてや異種をなぜ受け入れるのだ」

「血縁関係にない個体が子育てに参加する種もあります。それに殿下、お忘れですか？　アスティリアのドラゴンの伝承を」

王子が目を見開く。

「まさか、王妃によって孵されたという……？　しかしそれは、あくまで伝承で……」

「方法がわかっていれば孵せるのです。それに、伝承が事実であればすべてに説明が付く。ドラゴンがぼくを卵の世話にこき使ったのも、何も不思議なことではないのですよ。その逆が、これまでずっと行われてきたのですから」

「逆……？」

「いいですか、殿下。このドラゴンにとって、親は人間です。その子らは家族。そして同じ縄張りで暮らしている、街の住民たちも家族だと思ったことでしょう。当然、その子供たちのことも」

ぼくは話し続ける。

「かつてこのドラゴンは、人間たちと共に敵国の軍や魔族と戦ったそうですね。それはなぜだと思います？　住民を決して襲うことなく、これほどの長きにわたって街の移り変わりを見守り続けたのは、いったいなぜだと思いますか?」

「それでは、まさか……」

「ええ、そうです」

ぼくは言う。

「アスティリアのドラゴンは、数百年もの間ずっと、人間の子育てを助けてきたのですよ」

王子が息を飲む気配がした。護衛の兵たちも微かにざわめいている。

ぼくは、ずっと大人しくしている優しきドラゴンを振り仰ぐ。

「少なくとも、本人はそのつもりだったでしょう。それが、この生命にとっては当たり前のことだったのです」

王子に目を戻し、告げる。

「恩返しをなさいませ、殿下」

「っ……」

「数百年分の恩です。番いのいないこのドラゴンにとって、子育ては大変な苦労を伴うもの。人の手をもって助けてやりなさい。長く交流がなかったために心が離れかけていましたが、育ての恩は決して忘れていません。ぼくを受け入れたのがその証拠です。まだ遅くはない。プロトアスタの人々は、このドラゴンの家族に戻れる」

ぼくは付け加える。

「それに人の手によって育てられれば、子のドラゴンも人間を家族と思うようになるでしょう。

いつか巣立ち、万が一人里近くに住み着いても、人間を襲おうとしなくなる可能性は高い。あるいは交流を持ち、共に暮らすことすらできるかもしれない。アスティリアのドラゴンと同じように」

ぼくは、最後に言う。

「帝国へは、このように説明すればよいでしょう。ぼくも報告書にそう書いておきます。脅威は少ないだろう、とね。いかがです、殿下？」

王子はしばらくの間、沈黙していた。

だが、やがて首を横に振る。

「駄目だ」

「なぜです？」

「それでは……それでは帝国の議員を納得させられない。そなたの話には確証がない」

弱気な王子に、ぼくは呆れて言う。

「世の中確証があることの方が少ないですよ。ぼくも報告書は、そちらが説得しやすくなるような内容で作ります。ここまでお膳立てしてやるんですから、あとは根回しと口八丁でなんとかしてください。殿下も政治家なんだから、それくらいできるでしょ」

「無理だ。そなたは知らないのだ……帝国の議会は、腹に魔獣を飼う古狸の巣窟だ。ボクなどでは、とても……」

「ええ……」

おいおい……本当に大丈夫かこいつ。自信がなさすぎるだろ。

「いやでも……かと言ってどうします？　他に方法はないでしょう。殿下の案である、ドラゴンの討伐はそもそもが不可能だったんですから」

「……セイカ殿は、少なくともゼクトの召喚獣に勝てるほどの実力があるのだろう？　そなたが、ドラゴンを倒してはくれないだろうか」

…………はあ??

呆気にとられるぼくに、王子は正気を疑うようなことを言い続ける。

「いや、住処にまで受け入れられているのだ。ドラゴンにも効く毒が手に入れば、それを用いてもよい」

「毒って、嘘でしょ……？　今のぼくの話聞いてその発言が出てくるんですか。ちょっと、本気でどうかしちゃってるんじゃないですか？　皆さんさすがに引いてますよ」

「そなたにはわからぬ！」

王子が突然叫ぶ。その目には、明らかに焦りの色があった。

「ボクは第一王子として、この街で結果を残さなければならないのだ！　ボクの力でこの問題を解決できないようなら、次代の王などとても務まらない！」

「……」

「セイカ殿……改めて頼む。ドラゴンの討伐に、協力してはもらえないか」

ぼくは目を伏せ、首を横に振る。

「お断りします。ぼくの心情を抜きにしても、それはぼくの責務じゃない。力を貸す理由はありません」

「そうか……ならば、そなたの身柄は拘束させてもらおう。お前たちっ」

王子の指示と共に、護衛の兵たちが剣を抜いた。

ぼくは呆気にとられて呟く。

「え、なんで?」

「そなたには自身の魔法により、アスティリアのドラゴンに異常をもたらした疑いがある。一度身柄を拘束したうえで……その後はランプローグ伯爵に対し、此度の弁明を求めることとしよう。何、そなたの待遇は十分に保証する」

「えっとそれは……ぼくを人質にするってことですか。いやしかし、父は名こそ知られていますが、政治からは離れた立場にいますよ? 脅したところで大したことはできないですって」

「それでも帝国の伯爵だ。やってみなければわからないであろう」

……………やってみなければわからない、じゃないんだよ!!

ぼくはすっかり呆れ果てていた。迷走にもほどがある。

心なしか、護衛の兵たちにも迷いがあるように見えた。そりゃそうだろうな。無茶苦茶だもん。

イライラしながらも考える。

ここは一度、大人しく捕まってから逃げ出した方が穏便に済みそうだな……。

「イーファ！　こちらへ来るんだ！」

と、突然、王子がイーファに呼びかけた。

え……こいつ、嘘だろ？

イーファはというと、黙って王子に目を向ける。

「そなたは自由の身だ！　もう怪しげな主人に従う必要はない！　セイカ殿の財産は一度接収し、そなたにはアスティリアにて市民たる資格を与えよう」

「……」

「さあ、早くこちらへ！　そこにいては危険が……」

「い、――いい加減にしろッ‼」

ぼくは、思わず怒鳴っていた。

憤りのまま、王子に向かって言う。

「お前っ、こんな時に女だ⁉　それでも為政者かッ‼　無茶苦茶言っていても所詮余所《よそ》の都市の政治のことだからと黙っていたが、結局イーファが目的だったのか⁉　市民に恥ずかしくないのかッ‼」

「なっ、なっ……」

「そもそもお前は短絡的すぎる！　なんでもすぐ人に頼ろうとするな！　安易な方法ばかり考えるな！　そんなことで民がついてくるかッ！　手柄や女よりも先に自分の為すべきことを考えろ、若輩がっ！　何がこちらへ来いだ、自由にしてやるだっ。お前にっ――」

ぼくは勢いのまま叫ぶ。

「――お前にイーファをやれるかぁっ‼」

静まりかえる公邸の庭。

「セ、セイカさま……？」

耳元で聞こえたユキの声に、ぼくははっとした。

おそるおそる、隣のイーファに目をやる。すると、目を丸くしてこちらを見ていたイーファが、あわてたようにさっと視線を逸らした。

ぼくは青くなる。

もしかしてぼく……またやっちゃったのか？

「はっはははははははは！」

突然、公邸の庭に快活な笑い声が響いた。

笑声の主は、リゼと呼ばれていた森人《エルフ》の従者。

「うむ、いや、失礼……。お前たち、剣を戻せ。このような茶番は終いにしよう」

「なっ、リゼ⁉　それは………ぐっ」

従者に睨まれ、王子が押し黙る。

剣を鞘に戻す兵たちは、どこかほっとしたような様子だった。

それから森人《エルフ》は、イーファに目をやって訊ねる。

「一応訊いておこう。イーファ、それでいいのだな」

「はい」

イーファは微笑んで、王子に向かって言う。

「殿下。お誘いは光栄ですが、改めてお断りします。わたしは、セイカくんと学園に戻りますね」

「し、しかし、イーファ。そなたの意思は……」

「わたしの意思です。それに」

イーファは、冷めたような口調で言う。

「たとえ自由になっても、あなたを支えようとは思いませんから」

「い……いや、だが……」

「若」

森人《エルフ》の従者が、咎めるように言う。

「いい加減引き下がることです。あなたはフラれたのですから」

「なあっ……」

固まる王子を無視し、森人《エルフ》は朗《ほが》らかな調子でぼくに言う。

「大変に失礼した、セイカ殿。まず、ドラゴンの件については感謝申し上げる。事の真相がわかったことは素直に喜ばしい。そのうえ罪人まで捕らえてもらい、言葉もない。後の始末は、いただいた助言通りにするとしよう」

「いえ……」

「それと、調子のいいことを言うようだが……今し方王子の言っていたことはすべて忘れてはもらえまいか」

「あ、はい。ぼくもつい、言葉を荒らげてしまいましたので……」

「助かる。帝国へはいつ頃戻る？　馬車はいつでも都合するが」

「新学期も近いので、なるべく早いうちに。こちらに長居もしづらくなりましたし」

「すまないな。ならば、道中の宿と共に迅速に手配するとしよう。ときに……イーファと二人で話したいのだが、許してもらえるだろうか」

「え……」

思わず隣を見やる。

イーファは、ぼくを見て小さくうなずいた。

ぼくは言う。

「……わかりました。どうぞ」

◆　◆　◆

「すまなかった」

首長公邸の庭。

護衛の兵たちから少し離れた場所で、リゼはイーファにそう言った。

「どうやら私は、お前のことを誤解していたようだ」

「誤解……ですか？」

「あの奴隷商の言うように……お前の主人を想う気持ちは、やむなく抱えたものだと思っていた。人は少なからず、新しい状況を怖がる。今が一番いいと思い込もうとする。だが……お前の心は、それとは違ったようだ」

リゼは改まって言う。

「愛しているのだな、あの少年を」

「あ、あいっ⁉」

「ならばこれ以上、何も言うことはあるまい……。手を出してみろ」

顔を真っ赤にしたイーファが、言われるがまま右手を差し出す。

リゼはそれを取ると、いつの間にか血の滲んでいた人差し指で、手の甲に魔法陣に似た紋様を描き出した。

何やら小さく呪文が唱えられる。

すると、血の魔法陣は手に吸い込まれるようにすっと消え去った。

「私の精霊を少しばかりやろう」

イーファは、リゼの纏う膨大な精霊の一部が、自分のそばに移っていることに気がついた。

魔石や指輪ではなく、消え去った手の魔法陣に集っているように思える。

「特に、光の子ら……光の精霊は希少だぞ。扱い慣れればそのようなこともできる」

イーファは、リゼの視線を追って自らの左手を見る。

風の刃で付けられた親指の切り傷が、跡もなく治っていた。

リゼが、唐突に言う。

「お前を見ていると、なぜだかおとぎ話の王女を思い出すよ」

「え……？」

「森人《エルフ》の魔法を使う亡国の王女。勇者の仲間でありながら、魔王すらも憐れんだ慈愛の娘……。お前ならば、大丈夫だ。きっとその想いは届くだろう」

「そ、そうでしょうか……？」

「あの少年が異質であると、私は今も疑っていない。だが……他ならぬあの少年自身が言っていたではないか。たとえ異なる存在同士でも、家族になることができるのだと。ドラゴンと人とが共に生きてきたのだ、それよりはずっと簡単さ」

リゼは、最後に言った。

「幸いであれ。同胞よ」

◆　◆　◆

あの騒動から、二日後。

ぼくとイーファは、ロドネアへ帰る馬車の中にいた。

「あの、イーファ……」

「な……なに、セイカくん……？」

　イーファはぼくの方をちらちら見つつも、目を合わせようとしない。

　一昨日からもうずっとこんな調子だ。

　ぼくは、微妙に媚《こ》びた声になりながら問いかける。

「あー、その……何か欲しいものある？」

「え、な、なに突然!?」

　会話の流れ的に唐突すぎたせいか、イーファがびっくりしたようにこちらを向いた。

　ぼくはおそるおそる言う。

「その……怒ってるかな、と思って……」

「ええ……なにも怒ってないよ。どうして？」

「いやだってほら、ぼく、せっかくの縁談をダメにしちゃったし……」

「セイカくん……昨日も言ったでしょ。わたし、後宮に入る気なんてなかったって。むしろセイカくんがああ言ってくれてうれしかったよ。あの王子様しつこいんだもん」

「……ぼくに気を遣ってない？」

「遣ってないよ！　なんでそんなに疑り深くなってるの!?」

「えー、だって……」

　ぼくはうじうじと言う。

「イーファ、一昨日からぼくと目を合わせてくれないし、話そうとすると逃げるし……」

「そ、それはっ……」

イーファが目をそらし、微かに顔を赤らめながら言う。

「だ、だって……リゼさんがあんなこと言うんだもん……」

「？　あの森人《エルフ》の人がどうかしたのか？」

「な、なんでもないよ！　と、とにかく、わたしは怒ってないから！」

「そう……？」

「そう！　それに殿下のことは、わたしもセイカくんの言う通りだと思う！　一人で勝手に決めつけてわけのわかんないことして。あんなんじゃ、次の王様なんて務まらないよ。もっといろいろがんばらないと」

「いや、何もそこまでボロクソに言わなくても」

「セ、セイカくんの方がボロクソ言ってたでしょ!?　なんでわたしの方がひどいこと言ってるみたいな流れにするの！」

「あれ、そうだっけ？　まあ、殿下もまだ若いし多少の失敗はあるよ」

とはいえ、ポンコツ気味なのは確かだ。そう言われても仕方ない。

しかしながら、今回のドラゴン問題に関してはなんとかなりそうだった。

ぼくの調査報告を受けた女王陛下が、さすがにこの件はセシリオ王子の手に余ると判断したのか、本人が直接介入することにしたそうなのだ。

相当な傑物とのことだし、帝国側の報告書を作るのはぼくだ。帝国議会で譲歩を引き出すくらい難しくないだろう。王子も女王の仕事ぶりを見て、政治のなんたるかを学んでくれるといいな。

もっとも、これからプロトアスタは少しばかり忙しくなりそうだ。

たまたま王都アスタを訪れていた帝国の博物学者がこの件に興味を示し、近いうちに教え子を引き連れてドラゴンを見に行きたいと言っていたそうなのだ。

この話は学会で広まるだろうから、他にも訪れたいと手を上げる学者は出てくるだろう。高名な者が訪れるとなれば首長が何もしないわけにもいかないし、山へ入るための諸々も整える必要がある。王子は慣れない仕事に追われることになりそうだ。

ま、しばらくは王妃探しどころじゃないな。当面は後宮のことなんて忘れて、せいぜい公務に励んでくれ。

と、そこでぼくは思い出す。

「そう言えば、イーファは後宮を見に行ったんだっけ。どんなところだった？　やっぱり香水の匂いとかすごいのか？」

「それがね、ぜんぜんそういうところじゃなかったの。昔は普通の後宮だったんだけど、今は跡継ぎ問題がなくなったから、すっかり教育機関になっちゃったんだって。わたしが見学に行った時も、女の子たちが統計学の講義を受けてたよ」

「へぇ、そうなのか。そういう例は初めて聞くな」

「みんなすごく真剣で。でも、ぜんぜん堅苦しい感じじゃなかったよ。先生もおもしろい問題出したりして」

「おもしろい問題？」

「うん」

イーファが説明する。

「先生がサイコロを十回振ったら、全部六の目が出ました。次に六の目が出る確率はどれくらいでしょう、って。セイカくんわかる？」

ぼくは苦笑する。

「そのサイコロ、ちゃんと一から六の目まで均等な確率で出る？」

「えっとそれは……答えられないかな」

「それは答えを言ってるようなもんだよ。九分九厘、六の目が出るだろ。十回連続で六の目が出る確率なんて六〇〇〇万分の一くらいだ」

「えっ、あ、うん。正解だよ。ね、ねえ……その十回連続で六の目が出る確率、どうやって計算した？」

「ん？　六分の一の十乗だろ？　分母になる六の十乗は二の十乗に三の十乗を掛ければ求められる」

「……それって、どうやったの？」

「普通に、一〇二四掛ける五万九千……」

そこで気づく。

ぼくは式を組む都合上、素数の冪乗《べきじょう》をいくつか暗記しているのだが……これ、理由を話せなければ謎の数字を無意味に覚えているただの変人だ。

　あわてて理屈をこねくり出す。

「え、えっと……二を五回掛けると三十二。これを掛け合わせるとおよそ一〇〇〇。これで二の十乗ができた。三は少しめんどくさいけど……三の二乗で九。九を掛け合わせて八十一。八十一も掛け合わせてたぶん六五〇〇くらい。これで八乗だから、あと一回九を掛けておよそ六万。これで三の十乗もできた。最後に一〇〇〇と六万を掛け合わせて、六〇〇〇万ってわけ。概算だけど、数字のスケール感は掴めるよ」

「わ……すごい。そっちの方が正確そう」

「？　他にやり方があるのか？」

「わたしはね……」

　イーファの方法を聞いて、ぼくは感心する。

「へぇ。ちょっと強引だけど、工程が少なくて済むな」

「でも、さすがに無理矢理だったよ。数字が近かったのも勘が当たっただけだし……。やっぱり、セイカくんはすごいね。ぱっと計算しちゃうんだもん」

「あー、はは……で、でも、話を聞く限りではずいぶんレベルが高そうだなぁ」

「後宮を出て官僚になる人も多いんだって。リゼさんも昔在籍してたみたいだけど、成績はどん底だったたって言ってたよ。王室魔術師になれる人が落第するくらいだから、厳しいんだろうね」

「ふうん……。だけど昔って、どれくらい昔の話なんだろうな……」

あの人あれで百歳近いらしいからな。八十年前とかかもしれない。

ぼくは、リゼの纏っていた大きな力の流れを思い出す。

「そう言えば……あの人も、精霊が見えるんだっけ」

それが森人《エルフ》の権能であると、リゼが自分で話していた。

「イーファの魔法は、森人《エルフ》の魔法だったんだな」

「うん。わたし、ぜんぜん知らなかった」

「両親から聞いたりしたことはなかったのか？　君に森人《エルフ》の血が流れていることについて」

「ううん、一回もないよ。お母さんは、もしかしたら知ってたのかもしれないけど……」

「ふうん。ぼくの父上に訊いたら何かわかるかな」

いや……たぶんわからないだろうな。

あの男はどうも、自分の研究以外はさほど興味がないようだし。

今回のことも、実は何かぼくに対する思惑があるんじゃないかとちょっと疑っていたのだが、
特に何もなかった。

本当に他に頼める人がいなかっただけか、せいぜいが依頼を口実にぼくの最近の様子をうかがいたいとか、そんな理由で文《ふみ》を寄越したんだろう。

イーファが言う。

「だけど、ぜんぜん実感ないなぁ。わたし、森人《エルフ》っぽいところなんてどこにもないもん。お母

さんも病気で死んじゃったから、長生きできるのかもわからないし」

「んー、だけど……森人《エルフ》は見目のいい種族なんだろう？　イーファが綺麗なのは、血のせいかもしれないよ。お母さんも美人だったじゃないか」

「なななな、きっ、はわわわっ」

「そう考えたら、ポンコツ王子なんて袖にしてよかったかもな。もっといい相手だって……」

……いや、いるか？　王子様よりいい相手なんて。

他人事ながら、やっぱりもったいない気がしてきた。

「うーん……イーファは、結婚するならどんな相手がいいんだ？」

「えええっ、えっとぉ……」

イーファはうつむきがちに、口ごもりながら言う。

「生まれはどうでもいいから……わたしより頭がよくて、強くて、やさしくて、それで少しだけ、さびしがり屋さんな人がいい、かな」

それを聞いて、ぼくは苦笑する。

「注文多いなぁ。偉そうなこと言うけど、妥協は大事だよ。じゃないと見つけるところから苦労する」

イーファはぼくをちらと見て。

それから、仕方なさそうに笑って呟いた。

「……そんなことないよ」

追章

森に、モンスターたちの叫喚《きょうかん》がこだましていた。

数人で森を進んでいた、ある一組のパーティー。その一行は、現在大量のモンスターに襲われていた。

それは、おそらくトラップの類だったのだろう。

ダンジョンでまれに生成される偽宝箱の中には、けたたましい音と共に周囲のモンスターを引き寄せ、冒険者を窮地に陥れるものがある。

この淀《よど》んだ魔力が漂う森で見つけた、奇怪に膨れ上がった巨大な果実――――破裂すると同時に、強烈な臭気を放つ汁を辺り一帯に撒き散らしたあれも、きっとそれに類するものだったに違いない……と、パーティーリーダーを務めるゾルムネムは思量した。

死地にあっても、ゾルムネムの凪《なぎ》の表情は揺らがない。

否、これは死地などではない。

ばかりか、危機ですらもない。

常なる冒険者ならば死を覚悟するような状況でも――――この一行にとっては、少しばかりの予定外に過ぎなかった。リーダーのゾルムネムは戦闘に参加すらせず、パーティーの中心で事の推移を見守っている。

前方では、ムデレヴが棍棒を振るい暴れていた。

「ガハハハッハハァ‼　脆《ぜい》なり！　脆なり！　ガハハハ！」

人間の胴回りほどもある棍棒を振り回す度、毒液を吐くスライムが潰され、スケルトンが突き出した剣ごと粉砕されていく。

「ムッ⁉」

木々の奥から、巨大な豚面のモンスターが現れる。

それは、オークだった。

「ほう⁉　これは堅《けん》なる者かっ……違ったわ。ふん」

胴への一撃で背骨のひしゃげたオークを、ムデレヴは片手で雑に掴んで放り投げる。落下先にいたモンスターが、皆下敷きとなって潰れた。

オーク程度がムデレヴの相手になるはずがない。そも、その体躯ですら勝れていないのだ。

赤銅《しゃくどう》色の肌、頭から突き出た短い角、そしてオークにも並ぶ上背に、鎧なくとも剣や魔法を寄せ付けない強靱な肉体。

ムデレヴ——鬼人《オーガ》は、魔族の中でも武勇に秀でた種族だ。

左方では、ピリスラリアがその力を見せていた。

「どこ、どこ行くの……スゥ……そっちは机の足だよ、月から落ちちゃう……ムニャ」

体を丸め、重力魔法で浮遊する小柄な女。両の目は閉じられ、口からこぼれる言葉は支離滅裂《しりめつれつ》で、まどろみの中にいるように思える。

だがその前方では、石化したゴブリンが山となっていた。

果実の芳香に引き寄せられたゴブリンの群れはまるで無限のごとき数で、獲物を引き裂こうと次々に石の山を乗り越えてくる。だが、その姿を彼女の前に晒《さら》した途端、動きは止まり皮膚も眼球も灰色に硬化し、やがてわずかに傾斜を転がって石像の山の一部となる。

喜劇のごとき、その光景。それは、冗談のように強力な邪眼の力の顕現《けんげん》だった。

ピリスラリアの両眼は閉じられている。

だが彼女は、確かに今も、敵の姿を見据えている。

両の目の中間、額に開いた三番目の眼《まなこ》。揺らめく髪の間に見開かれたその赤い瞳こそが、彼女の邪眼だった。

ピリスラリア――三眼《トライア》は、魔族の中で唯一、そのすべての民が邪眼を持つ種族だ。

右方には、ロ・ニが立っている。

「いけっ、そこだ！　いいぞユニ、喰い殺せ！　ああっ、ディーはテスの助けに入れ！」

小さな体。焦げ茶色の毛並みに、頭頂に立つ長い耳。

兎人《うじん》の少年ロ・ニは、自らは戦うことなく、後方から使役獣であるシャドーウルフの群れを指揮していた。

襲いかかってくるコボルトの方が数は多いが、シャドーウルフはモンスターとしての格が違う。影に逃げ込まれ、背後から牙を立てられ、コボルトの群れは次第にまばらになっていく。

その時、群れの奥から大きな影が現れた。

銀色の毛並みを持ち、体躯は普通のコボルトの倍はある。それはコボルトの上位種、コボルトロードだった。

コボルトロードが疾駆した。

自らの群れをかき分け、襲いかかってくる数匹のシャドーウルフを蛮刀《ばんとう》でいなし、敵の親玉であるロ・ニへと迫る。

蛮刀が兎人の少年へと振りかざされる。

ロ・ニは身じろぎすらもせず、ただ小首をかしげて言った。

「僕を傷つけるの?」

コボルトロードが動きを止めた。

蛮刀は振りかざされたたまま。

だが、その目は迷いに揺れている。

「僕は、君と仲良くなりたいんだ」

兎人の少年は死地にありながらも、穏やかな言葉で純真な好意を示す。

コボルトロードが、蛮刀を取り落とした。

空になったその毛むくじゃらの手を……まるで小さな花に触れるかのように、兎人の少年へと伸ばす。

ロ・ニは、その黒目を細めて笑った。

「よかった」

次の瞬間——地面から現れた巨大な口が、コボルトロードを一呑みにした。

土中に棲む亜竜、ワームは、その長い体を反転させると、満足げに地中へと戻っていく。

顔に付いた土を払いながら、ロ・ニは嬉しそうに言う。

「ちょうどこの子にも、ご飯を食べさせてあげたかったんだ」

ロ・ニ——獣人の中でも兎人は、獣やモンスターと心を通わせることが巧みな種族だ。

中でもロ・ニは、ほとんどあらゆる生命をわずかな間に従えてしまう天性の調教師《テイマー》だった。

後方を守るのは、ガル・ガニスだ。

「クソッ……チッ、まただ……違う違うそうじゃねぇだろ……ッ」

ガル・ガニスの前では、キラーワスプの群れが次々と墜ちていた。

地に転がった巨大な蜂は、一見その姿を保ったまま。だが目をこらすと、羽の付け根や、感覚器官である複眼や触角、攻撃に用いる大顎や針の根元などが黒く焼け焦げている。

ガル・ガニスは、自らの周囲に無数の小さな炎を浮かべていた。それは時折魔法陣の残光と共に消えると、同時に飛んでいたキラーワスプが地に墜ちる。

「また指一本分のずれ……今度は二本分……ッ、クソッ‼」

火属性魔法による炎を転移させ、敵の要所のみを内部から焼く。

異様とも呼べる技量を連続で発揮し、次々にモンスターを倒しながらも、ガル・ガニスは自らの未熟さに憤る。

「んなッ、外しただと⁉　ッ……があああああああッ‼」

極大の炎が放たれ、キラーワスプの群れと木々を焼き尽くした。

炎が止んでも、森に燃え移った火は消えなかった。次第に隣へ隣へと燃え移り、広がっていく。このままでは火事になるかもしれない。

だが、それらは一帯に現れた大量の魔法陣の残光と共に、すべて消えた。

ガル・ガニスによって転移させられた炎は、燃焼物のない一カ所に集められると、だんだんと小さくなり、やがて消える。

未だ燻《くすぶ》っているのは、黒い悪魔の怒りだけ。

「まるでダメだ……こんなザマでは、兄上になぞ到底およばねぇ……」

二本の巻き角に、黒い毛並み。山羊《やぎ》に似た面貌は、今は自慣に歪んでいる。

ガル・ガニス――――悪魔は、魔族の中でも闇属性の魔法に長《た》けた種族だ。この若者は、すでに技量だけならば亡き兄を超越していたが、自らは決してそれを認めようとしない。

森は、いつの間にか静けさを取り戻していた。

「終わったぞ、ゾルムネム」

「丸い……おだやか……」

「僕たちツイてるね！　たっぷり餌を補給できたよ」

「スンマセン、ゾルさん。時間かかっちまって」

「問題は無い」

ゾルムネムは短く答える。トラップの規模も所要時間も、おおむね想定通りだった。

「で、こやつはどうする？」

　ムデレヴの言葉に、皆が一斉にその男を見た。

　人間の男は腰を抜かしながら、信じられないような目で一行を見る。

「ばかな……なんなんだお前たちは……‼　いくら魔族とは言え、魔の森で呼び寄せトラップ《コーリング》を踏んで無傷だなんて……」

「あー、やっぱり知ってたんだ。突然気味の悪い果物を殴りつけ始めたから、最初は頭がおかしくなったのかと思ったよ」

「うむ。だが、この者は自らも死を覚悟していたのだろう。脆ながらも見上げた心よ」

「なぜだ」

　ゾルムネムは短く問うた。

「なぜ我らを陥れようとした。高レベルモンスターの多く棲むこの森を手引きした暁には、貴様を助けると約定したはずだ」

「そ、そんなもの誰が信じるかっ‼」

　男が叫ぶ。

「村の全員を殺しておきながら、お、俺だけ助けるだと⁉　そんな戯《ざ》れ言、誰がっ……！」

「う……スンマセン、ゾルさん！　バレないようにやったつもりだったんですが、オレが未熟なばっかりに！」

「いい。仕方のないことだ」

自分たちの動向は、帝国に知られるわけにはいかない。いずれにせよ、補給に使った村の人間は全員始末する必要があった。ガル・ガニスでうまくいかなかったならば、仕方ない。

その時——森の中で、巨大な人影が立ち上がった。

木々をなぎ倒しながらこちらに迫るそれは、森を見晴らせるほどの背丈を持っている。

薄青い荒れた肌。分厚く屈強な体躯。手には巨人族の作る石斧を携え、顔の中心にあるぎょろりとした単眼でゾルムネムらを見下ろしている。

男はその異形を見上げながら、泣き笑いのような表情を浮かべた。

「はは……やった……魔の森の主《ぬし》だ……あんなやつまで呼ばれやがった……勝った、へへ、俺の勝ちだ。仇は取ったぞ、みんな……」

そのモンスターは、サイクロプスであるようだった。

単眼と怪力だけが特徴の、取り立てて言うことのないモンスター。だが……この淀んだ魔力が満ちる森で、長く生き延びた個体なのだろう。体は巨人族にも並ぶほど大きく、その圧力は、ワームやワイバーンといった亜竜にも迫るほどだった。

ゾルムネムは、そのサイクロプスを視た。

【名前】－【Lv】72
【種族】エルダーサイクロプス　【職種】－
【HP】7835／7835

【ＭＰ】１８７６／１８７６
【筋力】７３４　【耐久】７９２　【敏捷】３５５　【魔力】６２８
【スキル】
熱光線Ｌｖ５

「私がやろう」
身構えるパーティーメンバーを一語で制し、ゾルムネムは腰の剣を抜いた。
一族に伝わるその宝剣は、長い年月を経てなお刃の輝きをいささかも鈍《にぶ》らせない。
敵意を振りまく魔の森の主が、不意にその巨大な石斧を振り上げた。
それはきっと……かつて巨人を倒し、奪い取った武器だったのだろう。
その一撃は、おそらく悠久の時を生きた巨木すらも、一撃でへし折ったことだろう。
だが――それはあっけなく、ゾルムネムの掲げる剣に止められた。
森に轟《とどろ》いたすさまじい音に、木々から鳥が飛び立つ。
知性に乏しいモンスターの単眼には、驚愕の感情が宿っていた。
無理もない。おそらく長い間、このモンスターは森の中で最強だったのだ。
だがゾルムネムにとって、これは当然の予定調和だった。
「私の方が強い」
怒りと共に、サイクロプスが再び石斧を振り上げる。

しかしその場所に、すでにゾルムネムの姿はなく――。

微かな剣線の光。それと共に、サイクロプスが崩れ落ちた。

太い両足の腱が切り裂かれていた。瞬《またた》くような、わずかな間に。

ゾルムネムが血糊《ちのり》を振り払いながら呟く。

「そして貴様は【敏捷】が低すぎる」

立ち上がれない足を見限り、上体をひねりながら、魔の森の主は石斧を横薙ぎに振るう。

その時にはすでに、ゾルムネムは詠唱を開始していた。

「凍《こご》え凍《い》て凍《し》み割れるは青――」

魔法で生み出された極太の氷柱が、背中からサイクロプスの胸を貫いた。

魔の森の主は――短い喘鳴《ぜんめい》と共に、地に倒れ伏す。

戦いの終わりと見たロ・ニが、楽しげな声を上げる。

「わぁー、さっすが隊長」

「まだだ」

まだ終わっていない。ゾルムネムは、それを視て知っていた。

【HP】 104/7835
サイクロプスが突然頭を上げ、見開いた単眼をゾルムネムへと向けた。

そこに赤い光が宿ったかと思えば――次の瞬間、眩いばかりの熱線が放たれる。

ゾルムネムを飲み込まんとする極太の光の帯。

それは、森の木々を一瞬で蒸発させるに十分なほどの威力だったが――、

「――解呪結界《ディスペルサークル》」

ゾルムネムの生み出した光属性の結界。それが、熱線のすべてを消失させた。

本来ならば、魔法など間に合うはずのない一瞬の攻防。だがゾルムネムは、サイクロプスが動き出す前から詠唱を開始していた。

知っていたからだ。

魔の森の主には奥の手が――熱光線という【スキル】があると、知っていたから。

「だがこれで――」

ゾルムネムが踏み込む。

飛燕《ひえん》のように、銀の剣線が奔《はし》り――、

「――終わりだ」

サイクロプスの首が飛んでいた。

地に転がった巨大な頭を無視し、ゾルムネムはサイクロプスの死体を視る。たとえ勝利を確信していても、それはもはや習慣となっていた。

【名称】エルダーサイクロプスの死骸　【レア度】7

息を吐き、宝剣を鞘に収める。

「うむ……相変わらずに堅なるものよ。剣筋も見事だが、その未来が見えるかのごとき戦闘勘はいったいどうなっている？」

「そりゃ強いのは当たり前だよぉー、ムデレヴ。隊長は神魔なんだからさー」

ゾルムネム——神魔は、魔族の中でも特に強い力を持つ種族だ。

その姿形は、人間に近い。死人のように白い肌と、体表に走る黒い線の紋様を除けば、四肢も、五指も、その面貌に至るまで、ほとんど人間と変わらない。

だがその身体能力や魔法への適性は、魔族の中でも頭抜けていた。

加えてゾルムネムには——彼しか持たない、特殊な能力があった。

ゾルムネムは自分を視る。

【名前】ゾルムネム　【Lv】87
【種族】神魔　【職種】魔法剣士
【HP】13626／13626
【MP】29982／31578
【筋力】1462　【耐久】995　【敏捷】1344　【魔力】1503
【スキル】

剣術Lv9　体術Lv7　火属性魔法Lv4　水属性魔法Lv8　風属性魔法Lv6　土属性魔法Lv2　光属性魔法Lv9　闇属性魔法Lv6　全属性耐性Lv4　ステータス鑑定Lv4

ステータス鑑定。

それが、ゾルムネムが生まれ持った固有の【スキル】だった。

魔族や人、獣やモンスター、それから物品に至るまで、あらゆる存在の性質を、ゾルムネムは『ステータス』の形で可視化できた。

敵と己の力量差は一瞬でわかる。魔力の温存も、隠し持った技も、擬死《ぎし》の詐術《さじゅつ》すら、ゾルムネムには通じない。

何より今回の旅の目的において、この能力は非常に有用だ。

だからこそ、自分が発つしかないと思ったのだ。

「そんな……そんな……主が、ありえない、そんなことが……」

目の前の現実が信じられないかのように、男はうわごとを繰り返す。

ゾルムネムはパーティーメンバーへ視線を戻すと、端的に告げる。

「では話を戻そう。この男の処遇についてだ。何か、意見のある者は」

「殺す、でいいんじゃないスかね。どのみちこいつにこれ以上案内はさせられない。時間はかかるでしょうけど、森は自分らで抜けるしかないッスよ」

「ピクニック……スゥ……」

そこで、ムデレヴが言う。

「ただ処分するのみならば、我がもらい受けたい……次に人を喰えるのは、いつになるかわからんでなぁ」

「えー、ずるい！　僕もミーデに食べさせてあげたかったのに！　あの子人間が大好物なんだ」

ロ・ニがそれに続くと、ゾルムネムは一行を見回す。

「他に、この男を所望《しょもう》する者はいるか？」

「オレは別にいらねッス」

「ムニャ……おなかいっぱい……」

「ならば決まりだ」

ゾルムネムが告げる。

「欲する者で、等しく分けよ」

男の絶叫が森に響き渡る。

ゾルムネムは思量する。

この地に住む人間に案内させる試みは失敗した。だが、これも想定内だ。いくらか旅程は遅れるが問題はない。

この旅の目的は、なんとしてでも果たさなければならない。

そのために、あらゆる状況を想定した。そして想定外すらも想定内とすべく、常に柔軟な状況判断を心がけた。

失敗は許されない。

「たとえこの身に代えても――――」

戦乱の未来から、魔族を守る。

これは、世界を救う旅なのだ。

「――――勇者を打ち倒さなければ」

◆◆◆

講義へ向かう学園内の道すがら、ぼくはふと振り返った。

「……」

「……？　どうしたのよ、セイカ」

青空の下、イーファやメイベルと共に前を歩いていたアミュが、立ち止まったぼくに気づいて訝《いぶか》しげな視線を向けてくる。

「忘れ物でもした？」

「……いや、なんでもない」

顔を戻し、首を横に振る。

そして、微笑と共に歩みを再開した。

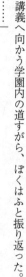

「何も問題ないよ。何も――」

書き下ろし番外編『呪禁奇譚』

夕暮れ時の都《みやこ》。

稲波貴紀《いなみのたかのり》は、左京《さきょう》の道を車（※牛車）で急いでいた。

齢《よわい》は二十五。朝廷において医と薬を司る、典薬寮《てんやくりょう》にて医師《くすし》を務める身であったが、この日は非番だ。それにもかかわらず表情に険しさが浮かんでいるのは、ひとえに患者の下へ向かっているためであった。

「大丈夫ですか？　逸雄《はやお》君」

正面に座る友へと、貴紀は話しかける。

逸雄は車の物見からしきりに外を覗くなど、明らかに平静でない様子を見せていた。

「ええ……僕は大丈夫です」

「……」

答える表情からも、そのようには見えない。

六つも下の友である逸雄は、大学寮で優秀な成績を修める文章生《もんじょうしょう》だ。

しかし今、彼から普段の知性をうかがわせる落ち着きは失われていた。

無理もない。

これから診《み》る患者とは、彼のただ一人の弟なのだから。

「……着きました、貴紀さん」

車はやがて、大きな屋敷へと到着した。

門をくぐり、妻戸《つまど》から入って、家人《けにん》に先導されながら豪奢な屋敷を進んで行く。

案内された先は、母屋《おもや》を過ぎたところにある対屋《たいのや》だった。

その一室に、患者はいた。

「ううう……ぐうぅう……っ」

「これは……」

一人の子供が後ろ手に縛られ、長い帯で柱に繋がれていた。

年の頃は十四、五といったところ。どことなく、面立《おもだ》ちが逸雄に似ている。

だが……、

「明名《あきな》、貴紀さんを呼んできた。すぐに……」

「うぅうやめろっ……開けるな、誰も来るなぁっ！」

逸雄の呼びかけに、子供は髪を振り乱して暴れる。

口からは涎《よだれ》が飛び、熱があるのか発汗《はっかん》もひどい。

そして、わずかに差し込む西日を恐れるかのように、決して顔を上げようとしなかった。

「……少し前に犬に噛まれたのだと、そう言っていましたね」

貴紀が逸雄に問う。

正気を失ったような弟の様子に、逸雄は表情を強《こわ》ばらせながらもうなずく。

「はい……高麗産《こうらい》の珍しい犬で、鷹狩《たかが》り用に父が買い求めたものだったんですが……」

「噛まれたのはどのくらい前でしたか？」

「一月半ほど前です」

「そうですか……」

逸雄いわく、弟の明名が数日前に熱を出した。

初めは咳逆《がいぎゃく》（※風邪）かと思われたが、症状はひどくなるばかりで、ついには錯乱《さくらん》までするようになった。

その一方で強い光や、肌に物が触れることは極端に恐れる。

水を飲むことすら苦痛のようで、満足に薬も与えられない。

そこで、逸雄の家の家医が下した診断が……、

「狂犬《たぶれいぬ》……間違いないでしょう」

狂犬《たぶれいぬ》（※狂犬病）は、犬や蝙蝠《こうもり》に噛まれることで罹《かか》る病だ。

日本での症例は少ないが、唐土《もろこし》や高麗では珍しくないようで、向こうの医術書には症状の詳しい記載がある。

それに照らせば、ほぼ間違いないと思われた。

しかし、逸雄は目を見開いて食い下がる。

「で、でも、犬に噛まれたのは一月以上も前のことなんですよ!?　明名の怪我もすぐに治って、しばらくは何事もなくて……」

「狂犬《たぶれいぬ》は、発症までに時間がかかると言われています。その期間は、おおよそ一月から三月。明名君の場合と一致します」

「っ……治るん、ですよね？　家医は、術《すべ》がないなどと言っていましたが……効く薬はあるんですよね!?　稲波の家にある医術書を読んできた貴紀さんなら、狂犬《たぶれいぬ》の治療法だって、知って……」

「残念ですが」

縋り付くように言い募る逸雄に、貴紀は首を横に振る。

「狂犬《たぶれいぬ》に効く薬はありません。この病に罹って、助かった例ははとんどないんです。私では、明名君を治すことはできません」

「そんな…………明名……」

逸雄が唇をわななかせる。痛ましい友の姿に、貴紀は堪《たま》らず目を伏せた。

しかし実のところ……このようなことは珍しくない。

どれほど裕福であろうと、高貴な地位にいようと、死ぬ時は死ぬ。

今回は狂犬《たぶれいぬ》という少々まれな病で、患者が友人の弟という特別な立場だっただけだ。

貴紀の家は、古くからの医師の家系である。患者の死は、すでに貴紀にとって身近なものとなっていた。

友の肩に、貴紀はそっと手を添える。

「仕方ありません。誰の責任でもないことなんです。あとは、もう……」

と——その時。

「——さあ早う、早うこちらへ！」

男の大声が、屋敷の中に響き渡った。

貴紀も逸雄も、周囲の家人も含めて、みな声の方向に目を向ける。

声は、どすどすという足音と共に次第に近づいてきた。やがて、渡殿《わたどの》の方から人影が現れる。

「早う、こちらへ！　我が息子に、安楽の呪《まじな》いを……」

「父上⁉」

隣で逸雄が、驚いたように言った。

人影は、間もなく老境に差し掛かろうという大柄な男だった。どうやら逸雄と明名の父にあたる、この家の当主らしい。

逸雄が父へ、責めるような声音で問う。

「このような時に、いったいどこへいらしたのです！　そのように息を切らして……」

「ええい、黙れ！　お前こそ明名を放ってどこへ行っていたのだ！」

親子が言い争いを始める。

それに割り込むようにして——声が響いた。

「おい、そこで立ち止まられたのでは病人が見えない」

当主の背後から、一人の青年が姿を現した。どうやら彼の客人らしい。

貴紀は、その青年を見て思わず眉をひそめた。

見目の整った青年だった。白い狩衣《かりぎぬ》姿で、一見すると年若い。貴紀と同じか、年下にも映る。

しかし貴紀は、その青年の立ち居振る舞いに言い知れぬ違和を感じていた。

少なくとも、この若い姿は偽りだろう。幻術か……ともすれば、化生の類かもしれない。

「こ、これはすまぬ！」

当主であるはずの男が、あわててその場からどいた。

屋敷の広さや、左京の一等地という立地からもわかるとおり、逸雄の家はかなり裕福で、位《くらい》も高い。その当主ともなると、本来ならば市井《しせい》の者が言葉を交わすことも難しい人物だ。

しかし今は、この若い客人の言いなりになっている。

いったい何者なのか。

家人すら使わず自ら屋敷を案内してきたのは、息子の病状から来る焦りもあったのだろう。

しかし、おそらくそれだけではない。

その答えは、直後に出ることとなった。

当主の男が、狩衣姿の青年へと縋るように言う。

「どうか、どうかお頼み申し上げる――――ハルヨシ殿」

「ハルヨシ……？　まさか、玖峨晴嘉《くがのはるよし》か……⁉　あの大陰陽師の……！」

逸雄が驚愕したように呟いた。周りの家人たちもざわついている。

玖峨晴嘉。

その名は無論、貴紀も知っていた。

年若い姿のまま百年近くも生きているとされる、歴代最強の陰陽師。

あらゆる呪《まじな》いに精通し、国を滅ぼせるほど強大な妖《あやかし》を何体も使役しているという。

都の守護者にして、軽率に関わってはならぬ祟《たた》り神のような存在だと、噂に聴いていた。

当の青年は、不機嫌そうに答える。

「いかにも、ぼくがハルヨシだ。だが今はぼくのことなどどうでもいいだろう。それで、病人というのは……その子か」

大陰陽師、玖峨晴嘉は、柱に繋がれ唸り声を上げる子供を見て、眉をひそめる。

「……光や刺激を嫌い、水を恐れ、まさしく狂犬の如く攻撃的な性格へと変わる……。狂犬《たぶれいぬ》か。惨《むご》い病に罹ったものだ」

その声音には、哀れみが滲んでいた。

どうやら晴嘉も、当主から病名は聞いていたらしい。

それだけでなく、元々ある程度はこの病気のことを知っているふしがあった。

「ハルヨシ殿、どうか……」

「無理だ」

貴族の当主へ、晴嘉は突き放すように言う。

「狂犬《たぶれいぬ》は、不治にして致命の病だ。ぼくでも治せない」

「……」

貴紀は、黙って晴嘉を見た。

晴嘉は当主からも患者からも目を逸らしつつ、続ける。

「ぼくにできるのは……せいぜいがこの子の苦痛を和らげてやることくらいだ」

「いや、いい、いい。それでいいのだ」

だが当主は、意外にも額《ひたい》に汗滲ませながら激しくうなずいた。

「元より、療治《りょうじ》のためにそなたを呼んだのではない。陰陽寮の術士から、すでに聞いている。呪術による療治とは、症状を抑え自然治癒力を高める程度のもので……病原を絶《た》つものではないのだと。いかな呪《まじな》いをもってしても、狂犬《たぶれいぬ》のような病は治せぬのだと」

「……」

「そなたには、明名を……我が息子を、楽にしてやってほしいのだ……」

「父上……」

逸雄が小さく呟いた。

父の覚悟を悟ったのか、その声には普段の落ち着きがいくらか戻っているようだった。

晴嘉も当主に目を戻し、微かにうなずく。

「……わかった、約束しよう。其の方の息子は、眠るように逝《い》くことだろう。別れの時間も十分に用意して……・・・・」

「――そのうえで！」

その時。

当主が、晴嘉の言を遮《さえぎ》るようにして、強く言った。

「明名を――死んだ明名を、蘇らせてほしい」

「は……？」

「ち、父上⁉　何をっ……」

　晴嘉が言葉を失い、逸雄も動揺の声を上げる。

　周囲がざわつく中、当主はかまわず晴嘉へと言い募る。

「陰陽道には反魂《はんごん》の法があると聞いた！　そなたならば、できるはずだ。寿命を超越し、最強と謳われるそなたならば……死人を蘇らせることなど、造作もないはずだ！　そうだろう⁉」

「父上！　正気ですか、死人を蘇らせるなどっ」

「黙れ‼　どうか、どうかお頼み申し上げるハルヨシ殿！　我が息子を元に戻してくれ……！」

　当主が膝をつき、頭を板間の床にこすりつける。

　対屋にて、問答が途絶えた。病人の呻《うめ》き声だけが、ただただ響く。

　落日と共に急激に陰っていく室内にて、晴嘉はわずかに目を見開き、しばしの間沈黙していたが……やがて、首を横に振った。

「……断る。其の方の頼みを、聞き入れることはできない」

「なぜだッ‼」

　当主が顔を上げ、叫ぶ。

「礼ならばいくらでもやる！　米でも布でも、唐土《もろこし》の書でも宝物《ほうもつ》でも、好きなだけくれてやる！　この屋敷でもいい！　そなた、確か嵯峨野《さがの》に居をかまえていたなっ。あのような地よりも、この左京の方がずっと……」

「礼の問題ではない」

言葉を失う当主に、晴嘉は険しい表情のまま続ける。

「死者の蘇生は、世の理《ことわり》に反しすぎる。そのような頼みを聞いていたらキリがなく、都が蘇った死人であふれかえる。それが、どれだけおぞましいことか……」

「何がおぞましいというのだ！　明名が蘇ることの、何が……っ！」

「……悪いが、ぼくがそこまでしてやるほどの義理が、其の方にもこの子にもない。酷なことを言うようだが……これがこの子の天命だと思って、受け入れることだ」

「……なぜだ」

当主が崩れ落ちる。

「なぜ、なぜこうなったのだ……。受領《ずりよう》の地位で蓄財を重ねすぎた神罰なのか、それとも息子を噛んだがゆえに斬り殺した高麗犬《こうらいいぬ》の祟りなのか……。権力のために、罪を重ねてきた自覚はある。いつの日か自分に返ってくる覚悟はしてきた。だが……これは、あんまりではないか。なぜ儂《わし》ではなく、明名が……」

対屋にはしばらく、当主の哀哭《あいこく》が響いていた。

その姿から目を逸らすように、晴嘉はうなだれる明名へと視線を向ける。

「……時が経つほどに、その子の症状は重くなっていくはずだ。苦しみを和らげるならば、早くした方がいい」

晴嘉の手が、狩衣の袖へと入れられ、何かを掴んだ。

「ハルヨシ殿」

それが取り出されるより早く、不意に貴紀が口を開いた。

晴嘉の方へと、微笑みながら一歩進み出る。

「先ほどから挨拶もできず、失礼しました。私は稲波貴紀。典薬寮にて医師を任ぜられた者です。本日は逸雄君に呼ばれ、医師としてここに」

貴紀へ、晴嘉は目を向けた。

「稲波……そうか、医師の家系の者か。元胤《もとたね》殿の名は、知人からよく聞いていたよ。優秀な医師だったそうだな」

「祖父をご存知でしたか。光栄です」

穏やかに話す貴紀に、晴嘉は同情するように言う。

「此度は、互いに甲斐がなかったな。狂犬《たぶれいぬ》では、医師としても術《すべ》がないだろう。やるせないだろうが、これを糧《かて》に精進《しょうじん》なされよ。この経験が、必ず其の方の……」

「ハルヨシ殿。いくつかお訊きしたいことがあるのですが」

晴嘉の言を遮るように、貴紀が問いを発した。

わずかに訝しげにしながらも、晴嘉が答える。

「なんだ？」

「ハルヨシ殿は、もしや過去に狂犬《たぶれいぬ》の患者を見たことがあるのでは？」

「西洋の癲狂院《てんきょういん》で、一度だけある。それ以前にも宋の書で知ってはいたが」

「そうでしたか。ではその際に、呪術による療治などは」

「いや。癲狂院にいた多くの患者の一人だったし、末期の症状ですでに療治の時期は逸していたように見えた。そもそも、呪術でどうにかできる病でもない」

「なるほど」

貴紀は、さらに問う。

「では仮に療治を行うとなれば、どのようになさったでしょう」

「……先にこの男が言っていたとおりだ。酷い症状をヒトガタに移していき、同時に体の自然治癒力を高める。それを続け、時間と共に快癒することを期待する。病や毒への対処は、これが基本だ」

呪術による病の治療法は、実は貴紀も知っていた。

様々な利点のある方法だ。副作用もなく安全で、術士の技量によっては快癒を待たずして症状が消える。さらには、病や毒の詳細を知らずとも使うことができる。

だが当然、欠点もあった。晴嘉は続ける。

「もっとも病が狂犬《たぶれいぬ》では、徒労《とろう》に終わるだけだっただろうがな。この方法は、所詮は体の自然治癒力に頼るものだ。病原を消し去れるわけじゃない。体に留まる毒や肉体そのものの異常、そして不治の病は治せない。患者の体力が落ちすぎていても駄目だ」

晴嘉は、横目で明名を見やりながら続ける。

「ぼくは西洋の医術書も読んだことがあるが、やはり狂犬《たぶれいぬ》が快癒した例はないようだった。肉体が自力で勝つことのできない病は、呪術の手に負えない」

「ふむ……。ちなみに、なのですが」

貴紀は、さらに問いかける。

「快癒するかは別として、狂犬《たぶれいぬ》の症状を、ハルヨシ殿ができうる限り抑えるならば……どのくらいの程度、どのくらいの期間可能なものでしょう」

「それは……」

晴嘉は、少し迷って答える。

「程度を言うならば、ほぼ抑えられる。体力が落ちていれば寝込むだろうが、少なくとも熱や錯乱など、明らかな症状は起こさない。期間は……生きている限り、といったところか」

それから、わずかに眉をひそめる。

「だが、ぼくも永遠に付き合えるわけじゃない。それに症状が出ていないように見えても、快癒に向かわない限りは少しずつ体が蝕《むしば》まれていく。そんなことをしても長く苦しめるだけだ。というか、さっきからなんなんだ？」

「いいえ、少々気になりまして。しかしそれは……よかった」

晴嘉がいよいよ訝しげな顔になる。

貴紀は、自分が笑っていることに気づいた。

確信したのだ。

この陰陽師は――十分に使える、と。

狂犬《たぶれいぬ》に効く薬はない。

呪術にも医術にも、明確な治療法は存在しない。

だが――狂犬《たぶれいぬ》には、治療例が存在する。


「ハルヨシ殿」

貴紀が、朗らかに陰陽師の名を呼ぶ。

それが場違いな声音だとは、貴紀自身も感じていた。

「先ほどは、永遠には付き合えないと言っていましたが」

「ああ」

「五日でどうすると言うんだ」

晴嘉は、不審《ふしん》そうな表情で問い返す。

「五日ならば、どうでしょう」

「治します」

貴紀は、ただ言った。

「明名君を、快癒させます」

その場の全員が、しばしの間沈黙した。

我に返ったかのように、晴嘉が口を開く。

「馬鹿な、どうやってそのような……」

「ほ、本当か⁉」

晴嘉の言をかき消すように、当主が叫んだ。

膝をつきながら、貴紀の足元へとすり寄ってくる。

「頼む！　治る見込みがあるのならばなんでもいい！　是非《ぜひ》に頼む……！」

「貴紀さん……僕からも、お願いします。明名を、助けてやってください」

続けて逸雄も、わずかに不安の滲む声で貴紀へと懇願する。

貴紀は微笑を浮かべると、晴嘉へと呼びかける。

「ハルヨシ殿」

「……」

「あなたも、何か処置をしてやるためにここへ来たのでしょう？　それが治る見込みのある療治ならば、願ってもないことではないですか。この二人もこう言っていることですし。ね？」

晴嘉は、しばしの間迷うように沈黙していたが……やがて大きく溜息をついた。

「……わかった。其の方の療治に協力しよう。五日だな？」

「ええ！」

貴紀は快い笑みでうなずいた。

あとはひたすら手を動かすのみだ。

「まず、部屋を暖めましょう。ここは少々冷える。誰か火桶《ひおけ》を……」

「必要ない」

白い何かが、いくつも飛んだ。

見れば、それは人の形に切り抜かれた紙だ。

陰陽師の使う、ヒトガタと呼ばれる呪符。

「火桶は空気が悪くなる。光で暖めよう」

晴嘉の言った直後、室内の空気が次第に熱を帯び始める。

光と言ったが、部屋を囲うように浮遊しているヒトガタが発光している様子はない。だが確かに、何らかの熱を生む呪《まじな》いが行使されているようだった。

晴嘉は、明名のそばへと歩み寄りながら言う。

「媒介《ばいかい》には髪の房《ふさ》を使おう。誰か、刃物を」

「それと、木簡《もっかん》を！」

貴紀が続けて言う。

「必要な薬があります。典薬寮へ使いを出してください。種類と量は私が書き控えますので
……」

言いながら、貴紀は考える。

ひとまずは麻黄《まおう》、連翹《れんぎよう》、それから碧珪《へきけい》、龍穴苓《りゆうけつれい》が要る。量は、とりあえず一日分あればいい。

以降の分は明朝、容態を見ながら決める。

思考をまとめると、貴紀は次いで狩衣の袖を括《くく》った。

「それと、明名君を縛る帯を解きます。これは拘束の仕方がよくない、暴れ方によっては首が絞まる危険が……」

言いながら明名へと近寄り、その手首を縛る帯に手をかける。

しかしその時、衣服へ微かに触れたのが悪かったか、少年が痛がって暴れ出した。

「痛いっ、やめろっ、触れるなぁっ‼」

抵抗のためだったのだろう。

自身に触れようとする貴紀の手へ、明名は唯一自由な口を大きく開き、噛み付こうとした。

狂犬《たぶれいぬ》は、この病に罹った獣に噛まれることで罹る。

主なものは犬や蝙蝠だが――人も例外ではない。

狂犬の牙が自らに迫る光景を、貴紀は妙に冷静な目で見ていた。

だが。

「っぐ！　ううう……」

明名の体が、急に止まった。

暴れていたのが嘘のように、不自然な体勢で固まっている。

見ると、明名の周囲には五枚のヒトガタが浮かび、五芒星《ごぼうせい》の陣を形作っていた。

「気をつけろッ！　其の方が噛まれれば元も子もないんだぞッ！」

目を剥《む》いて厳しく叫ぶ晴嘉を、貴紀は視線だけで振り返り、ふっと微笑んで答える。

「助かりました、ハルヨシ殿」

晴嘉は苦々しげな表情になると、そっぽを向いてぼそぼそと言う。

「……症状を移せば、錯乱することはなくなる。拘束を解くのなら早くしろ」

「ええ」

帯を解きながら、貴紀は少年へと語りかける。

「早く元気になりたいですよね、明名君」

「うぅ、ううう……」

涎と汗と涙を流しながら、少年は微かにだがうなずいていた。

「よし!」

貴紀は、快い笑みと共に言う。

「その気持ちがあれば、十分です。あとは私たちの仕事です」

◆◆◆

五日後の朝。

「……ふぅ」

夜明けの日が差し込む中、長く過ごした対屋の一室で、貴紀は立ち上がった。

傍らには、床に横たわった少年の体があった。

「やれるだけのことはやりました」

静かに呟く。

「この療治は、私たちを除いては行えなかったことでしょう。最善を尽くしたと言えます」

答える声は、どこからも返ってこない。

「だから……」

貴紀は振り返った。

床に伏す少年へと、微笑みを向ける。

「あとはあなたのがんばり次第です。明名君」

「……はい」

蚊の鳴くようなささやきの返答が、少年から響いた。

まだ顔の筋肉が十分に動かないのか、その表情は強《こわ》ばっている。

しかし貴紀には、明名が笑みを浮かべていることがわかった。

◆　◆　◆

「おや。こちらにいましたか」

広々とした屋敷の庭で、貴紀はそう声をかけた。

朝の空を眺めていた晴嘉は、振り返りもしない。

貴紀は思いきり伸びをしながら言う。

「朝日が気持ちいいですね。近頃はきちんと眠るようにしていたのでこんなのは久しぶりです。丑三《うしみ》つ時に妖《あやかし》退治をして明朝に出仕する陰陽師の方々は、徹夜なんて慣れたものなのでしょうが……」

「あの子の様子はどうなんだ」

ぶっきらぼうに問うてくる晴嘉に、貴紀は朗らかに答える。

「まったくもって順調ですよ。発話も明瞭《めいりょう》になってきました。何らかの障害が残らないとは言い切れませんが、少なくとも日常生活に支障がないくらいには快復できるでしょう」

「……そうか」

やれやれとでも言いたげに、晴嘉は嘆息《たんそく》する。

しかし貴紀には、晴嘉がその実ほっとしていることがわかった。

五日も昼夜を共にしたのだ。互いのことは多少わかるようになる。

「どうして治ったんだ」

晴嘉が問うてくる。

「狂犬《たぶれいぬ》は不治の病だ。医術でも呪術でも、治す術《すべ》はなかったはずだ」

「いやぁ実は……狂犬《たぶれいぬ》って、肉体が自力で勝つことのできる病のようでして」

「何……？」

「私の知る限り、一つだけ治療例があるんです。今から四百年ほど前に、日本の呪禁師《じゅごんし》が記録に残したものが」

貴紀は続ける。

「まず呪術によって、あらゆる症状を可能な限り抑える。そのうえで適切な薬を処方し、病原を弱める。この処置で、数日のうちに快復したそうです。しばらくは歩けなかったようですが、一月もすれば普通に生活できるようになったみたいですよ」

「まさか。なぜそんなことが……」

「おそらくですが、短期間に激烈な症状が出るだけで、そう強い病ではないのでしょう。初めの頃をしのげれば、あとは肉体の快復力が勝る……。もっとも、それが難しいのですけれどね」

貴紀が付け加える。

「呪禁師《じゅごんし》が典薬寮にいた、当時だからこそできた治療法です。今はもう、医師と術士が協力して療治にあたることはありませんから」

現在の典薬寮には、呪術によって治療を行う呪禁師《じゅごんし》はすでに存在しない。

遷都後ほどなくして呪禁《じゅごん》は陰陽寮の扱いとなり、やがてはこの官職自体が廃止されてしまった。

呪術による療治は今も陰陽師によって行われているが、組織が異なるために医師と術士が連携をとることはない。呪術と並行して投薬を行うような療治は、すでに失われた手法だった。

晴嘉が、わずかに感心したような声音で言う。

「そんな珍しい治療例をよく知っていたな。呪禁師《じゅごんし》など、もう廃止されて相当経つだろうに。寮内に記録が残されているとも思えないが……」

「いやぁ、うちには医術書の写しが山のようにありまして。その中には、遷都前に呪禁師《じゅごんし》が残したような古いものもあるものですから。稲波の家に生まれてよかったですよ」

「ふうん……」

「私自身、医術書を読むのが好きでしてね。あ、そうだ。ハルヨシ殿はかつて西洋を旅していたと聞いていますが、向こうの医術書には病原が目に見えない生き物だと書かれているって本当ですか?」

「……ああ。どうやらそれが、体の中で増えることで病となるらしい」

「やっぱりですか。私も体の気の乱れと言われるよりは、そちらの方がしっくりくるんですよね。生肉に火を通したり、塩漬けにしたり干したりすると腹を壊さなくなるのも、生き物が原因なのであればうなずけます。焼かれれば燃えるでしょうし、真水がなくては生きていけないでしょうからねぇ……」

「お前は、ずっと楽しそうだな」

晴嘉が呆れたように言う。

「どれだけ衣が汚れても、ずっと寝ずにいても……あの子に噛み付かれそうになった時でさえ、お前は楽しそうだった」

「どうもすみません、夢中になっていたもので。ハルヨシ殿のことも、ずいぶんとこき使ってしまいましたね」

「本当にな」

寝ていなくても元気で、なんでも器用にこなすので、ついつい便利に使ってしまった。

助手にほしいくらいだが……これほど贅沢《ぜいたく》な助手もない。

貴紀は、目を細めて告げる。

「私、好きなんですよね——人を治すのが」

「……」

「使命感でやっていた父や祖父とは違い、私はただ、好きで人を治しているんです。趣味みたいなものですね。それも、他のことがどうでもよくなるくらいの熱中具合でして。手元にあって使えるものなら、都の守護者だろうが祟り神だろうが、一切気にせず使ってしまうほどです」

「……」

「できることなら、死人さえ治したい。だからハルヨシ殿が明名君の蘇生を断った時、私は当主殿と同じ気持ちでしたよ。都が死者であふれかえることの、いったい何がおぞましいのか。そんなことができるのなら、どれほど楽しいことか……とね」

「……ぼくの周りには、変人ばかり集まるとよく言われるが」

晴嘉の声音に、苦々しげな響きが混じる。

「お前も相当だな。勤勉で身命すら惜しまない医聖かと思えば……ただ悦楽で人を治す医狂だったとは」

「医狂ですか。それはいい」

貴紀は笑った。

他人からの呼び名など、貴紀にとってはどうでもいいことだった。

「西洋の神話には、死人を蘇らせたばかりに神に討《う》たれ、星座となった名医がいると聞きました。私もそんな領域に至りたいものです……。もっともこの都では、神ではなく人に討たれることになるのでしょうがね」

今回の狂犬《たぶれいぬ》にまつわる騒動も、あるいは仕組まれたものかもしれなかった。あれほど政治的地位の高い当主ならば、少なからず誰かの恨みを買っているものだ。病に罹った高麗犬を掴まされた可能性だってある。

本人が噛まれることこそなかったものの、彼の側に加担することで、貴紀自身が恨みを買わないとも言い切れなかった。

もっともそんなことは、貴紀にとってはささいなことであるのだが。

晴嘉が呆れたように呟く。

「どうかしている……」

「そういうあなたは、意外とどうかしていませんね」

貴紀は微笑みながら言う。

「長きを生きた大陰陽師とは、いったいどんな人物なのかと思いましたが……普通で驚きました。それも、割合に人が良いときている」

「は、人が良い？　ぼくがか？」

「ええ」

自嘲《じちょう》するように笑う晴嘉に、貴紀は朗らかにうなずく。

「口では世の理《ことわり》がなんだと言っておきながら……その実、かなり迷っていたでしょう？　明名君を蘇らせてほしいと言われたあの時」

「……」

図星だったのか、晴嘉が押し黙った。貴紀は続ける。

「明名君を助けるには、それしかなかったわけですからね。迷ってもおかしくありません。良心を持った、普通の人間ならば」

「……」

「ちなみに、本当に死人を蘇らせられるので？」

「……ああ、死んだその日のうちならな。屍《しかばね》や霊魂のような形でいいなら、もっと時が経っていても蘇らせられるが……それはもう本人とは呼べない」

「へぇ、それはすごい。それほどの力なら、迷いもするのでしょうね」

うらやましい限りだった。

教えてほしいくらいだったが……今から陰陽道を志して習得できるような技でないことは、貴紀にも察しがついていた。

だからこそ言う。

「ただ、別に気にする必要なんてないと思いますけどねぇ……世の理《ことわり》なんて」

「……」

「あなたは不老の身でしょうが、あなたの助けたい人はきっとそうではない。そして今この瞬間は、どれだけ長く生きようと二度と訪れない」

「……」

「世界に義理立てするのも結構ですが、たまにはやりたいようにやってもいいと思いますけどね。そうでなければ、後悔が溜まる一方ですよ」

「……そうかもしれないな」

晴嘉は神妙な声音で、短く答えた。

貴紀はそれを可笑《おか》しく思う。

自分のような医道狂いの戯れ言を真剣にとらえるなど、やはり人が良いと言わざるを得ない。

貴紀はもう一度伸びをすると、踵を返す。

「さて、そろそろ戻りましょうか。私もさすがに腹が減りました。だいぶ早いですが、朝餉《あさげ》を頼んでも文句は言われないでしょう……」

「貴紀」

名を呼ばれ、貴紀は振り返った。

晴嘉は半身を向けたままで、ぼそりと呟く。

「感謝している」

きょとんとする貴紀に、晴嘉が続ける。

「此度はお前のおかげで、あの子を助けられた。ぼく一人ではどうすることもできなかった」

貴紀は一瞬呆けたような顔をした後、思わず苦笑した。

「……あなたの周りに変人が集まる理由が、少しわかった気がしますよ」

それから、微笑と共に言う。

「礼にはおよびません。あの治療法は何より、呪術によってどれだけ症状を抑えられるかが肝要でした。私の処方した薬などは気休めのようなもの。ほとんどあなたの功績と言っていいくらいですよ、ハルヨシ殿」

「いや。ぼくの呪《まじな》いばかりでなく、お前の知識と、あの子の気力体力。どれが欠けていても事がうまく運ぶことはなかっただろう。お前はあの場で、誰よりも医師としての務めを果たしていた」

「……そうですか。では、素直にその評価を受け取っておくことにしましょう」

貴紀は笑みを浮かべて言う。

「せっかく結んだ縁です。何か困ったことがあれば言ってください。医師の領分にある事柄ならば、きっとお役に立てるでしょう。そういえば、体に溜まる毒は呪術で治せないんでしたっけ？　よければ簡単な対処法をお教えしましょうか？」

「不要だ。事前に備えられるのなら対処法はいくらでもある。ぼくは首を落とされようが死なない」

「おやおや、医師いらずですねぇ……」

残念そうに言う貴紀に、晴嘉はぼそぼそと付け加える。

「……だが、弟子の中には体調を崩しやすい子もいる。その折には薬を頼むとしよう……ある意味で、お前以上に信頼できる医師はいないからな」

「これは褒められていると受け取ってよろしいのでしょうね。ではそのようにしましょう」

にこにこと、機嫌良さそうに貴紀は言う。

人の縁とは、互いを結ぶもの。

こちらも呪術が必要になったら呼ばせてもらおうと、貴紀は内心でほくそ笑んだ。

† † †

――狂犬病の治療法は、偶然にも十一世紀後半から十二世紀にかけて、世界各地で同時多発的に確立された。

日本においては、稲波貴紀が著《あらわ》した『医咒療治記《いじゅりょうじき》』にその記載が見られる。

狂犬病発症後の治療は、脳に達したウイルスが、体の免疫機構《めんえききこう》に駆逐《くちく》されるまでに引き起こす激しい神経症状をいかに防ぐかが鍵となる。そのためにすべての治療法で呪術が用いられており、中世日本では陰陽道に基《もと》づく呪禁《じゅごん》がその役割を担《にな》っていた。

呪術が完全に個人の技量に依《よ》っていた中世において、狂犬病の治療は、腕の立つ呪術師を雇えるかどうかがすべてだった。

医師であり呪術の心得のなかった稲波貴紀の場合、治療の協力者として、同時代を生きた大陰陽師・玖峨晴嘉を頼っていたと言われている。

貴紀は自身の書物において一切その名を記していなかったが、次の二点が根拠とされる。

第一に、その実力が申し分なかったこと。

そして第二に——晴嘉の残した日記において、自身の屋敷で催《もよお》された宴《うたげ》で酔い潰れる貴紀の姿が、たびたび描写されていたことである。

本作品は、二〇二〇年二月に小社より単行本刊行された
『最強陰陽師の異世界転生記～下僕の妖怪どもに比べて
モンスターが弱すぎるんだが～②』を加筆修正しました。

MONSTER bunko

最強《さいきょう》陰陽師《おんみょうじ》の異世界《いせかい》転生記《てんせいき》～下僕《げぼく》の妖怪《ようかい》どもに比《くら》べてモンスターが弱《よわ》すぎるんだが～②

2022年8月31日　第1刷発行

著者　小鈴《こすず》危一《きいち》
発行者　島野浩二
発行所　株式会社双葉社
〒162-8540
東京都新宿区東五軒町3-28
電話　03-5261-4818(営業)
　　　03-5261-4851(編集)
http://www.futabasha.co.jp
(双葉社の書籍・コミック・ムックが買えます)
印刷・製本所　三晃印刷株式会社
フォーマットデザイン　ムシカゴグラフィクス

ISBN978-4-575-75312-7　C0193
Printed in Japan

Mこ01-02

M モンスター文庫

農民関連のスキルばっか上げてたら何故か強くなった。

Noumin Kanren No
Skill Bakka Agetetara
Nazeka Tsuyoku Natta.

しょぼんぬ

ILLUST: 姐川

超一流の農民として生きるため、農民関連のスキルに磨きをかけてきた青年アル・ウェインは、ついに最後の農民スキルレベルをもMAXにする。そして農民スキルを極めたその時から、なぜか彼の生活は農民とは別の方向に激変していくことに……。最強農民がひょんなことから農民以外の方向へと人生を歩み出す冒険ファンタジー第一弾。

モンスター文庫

発行・株式会社　双葉社

モンスター文庫
1
まるせい
画 チワワ丸
生贄《いけにえ》になった俺が、なぜか邪神を滅ぼしてしまった件
自ら幼馴染の身代わりに邪神への生贄となったエルト。邪神の攻撃を前に死を覚悟し、最期を迎える……はずだった。が、ユニークスキル『ストック』が発動し、気が付くと邪神を返り討ちにしていた。生還したエルトは幼馴染に無事を伝えるため、故郷の村へと旅立つことに。道中、森を歩いていると強力なモンスターに遭遇。戦闘を回避しようと考えたその時、モンスターの傍で気を失っている少女を発見し――生贄系主人公による王道成り上がりファンタジー開幕！
モンスター文庫